兒童文學

工作者訪問稿

林文寶◎主編

目錄

序——一本書的完成

本書能夠編印成書，其間自有許多的因緣與際會。且容我道來。

本所自一九九五年九月，於〈國立台東師院八十六學年度申請增設系所班計畫書〉裡，對本所未來發展方向與重點即有如下的規劃：

本所設立旨在延續語文教育系長期以來的努力與耕耘，使其成為台灣地區兒童文學研究的重鎮，進而成為華文世界的研究中心。

因此，在發展方向首重兒童文學史料的整理，且台灣本土地區者為優先。所謂文學史料，較寬廣的說法，凡是能用來作為文學史相關研究的基礎資料或線索資料，都可以包括在內。如以資料的內容性質來作區隔，或可分為：作家資料、書目資料、活動資料（如大事紀要）等三部份（見一九九七年十月台東師院兒文所《一所研究所的成立》，頁十三～十四）。

而後，一九九六年八月籌備以來，更是一本初衷。尤其是一九九七年四月招生入學以後，更是落實於教學與研究。

就教學而言，課程有台灣兒童文學史，並由本人授課。授課方式，除閱讀現有文獻，並以參與、觀察與訪談相輔。這門課程旨使學生能了解與掌握台灣兒童文學的史料，進而有能力整理一九四五年以來台灣地區兒童文學史之資料。這些資料包括兒童文學論述著作、兒童文學出版機構、資深兒童文學作家以及作品等。因此在研究方法的使用上，除採用文學本身常用的研究法如傳記研究法、象徵研究法、新批評研究法、接受美學研究法等之外，還將就不同的對象，採用其他適當的研究方法來進行。

一、俗民誌方法

近年來，俗民誌研究越來越盛行，也日漸受重視。這是由於企圖建立放諸四海皆準原則的量化實驗研究，長期以來未有突破性的發展，使得質性研究日益受重視之故。俗民誌研究是一種自然的、地方化的、素質的研究，所以以此方法來從事文學史及文化背景的研究，實有其必要性。

舉凡任何一種文化，經過長距離、長時間的傳播，常會呈現出扭曲、變形的樣貌，有時甚至變得面目全非，讓人無法想像其原來的面貌。然而較令人憂心的是，它依然使用著原來的名稱，因而造成文化概念的混亂。但是，我們相信，任何一種自覺的文化現象，不管它如何變化，都不會完全失落它對自身初始狀態的記憶。因此，重回文化現場去體驗傳播文本與實際狀況之間的嚴重差距，便顯得益形重要了。

文化現場有直接現場與間接現場之分。直接現場就是一種文化的直接發生地，現在還在發生著，只要身歷其境、眞切感受，就能把握住這種文化的脈搏。間接現場則是指事件已經過去、地點比較泛化的次現場。而本研究將採用以下幾種方式重回文化現場，以探究兒童文學發展過程中的原始樣貌。

一、人物訪談：本研究使用人物訪談法之目的，是希望透過資深兒童文學工作者、著作豐富之兒童文學創作者及資深出版從業人員與其他相關人員的訪談，以期能驗證文獻中眞實意涵，以獲得文獻上所缺漏之珍貴資料，並藉以了解其對兒童文學工作所抱持的理念、想法與從事此工作的態度及過程，以使研究能更加周備。

二、口述歷史法：本研究擬對台灣資深兒童文學作家進行口述歷史，藉作家們口述歷史的蒐集、整理與分析，來建構及呈現以兒童文學史觀出發的台灣兒童文學發展概況。

三、舉辦座談會：座談會的舉辦，旨在邀請資深之兒童文學領域之專家學者、創作者及出版業者參與，以期能藉由座談討論獲得相關之史料文獻。

二、歷史研究法

本研究之重點為台灣兒童文學史的資料整理，所以將本著求實的態度、運用縝密的心思，於現存的文獻中尋求正確的歷史事實。因此必須採取歷史研究法來進行。進行的方式首先是蒐集一切與台灣兒童文學有關之文獻資料，並以批判的態度去考量資料產生時的時代背景、當時的思想影響、文字詞彙的應用以及文字風格等，來校正文獻的錯誤、考證文獻之眞僞、整理文獻之源流、評判作者的寫作目的及其動機，並加以分析綜合，以獲得當時社會現象之通則，俾使研究能得到眞實客觀的結果。

三、內容分析法

內容分析法是資料分析的一種方法，也是資料轉換的一種方式，它可以透過客觀而系統化的步驟，將資料內容中的訊息傳達出來，以達到探究研究主題的目的。本研究將採用此方法，將其應用在大眾傳媒資訊（包括兒童報刊、期刊、雜誌、圖書、節目等）、官方及私立機關之文獻及檔案記錄（包括主辦及參與的活動、政策等）、前人所統計之資料及社會指標等方面，並將這些資料以系統化、客觀化的方式加以歸納分析，以尋找出兒童文學史中之重要的指標性事件，以作為研究撰寫之依據。

四、文本分析法

文本研究是社會學門常採用的研究法之一。本研究擬採此法來分析及解釋文本中所隱含的意義。此處所指的文本包括兒童文學讀物、重要兒童文學事件、人物的訪談……等。在進行文本研究時，我們將著重意義之賦予，並建立評估文本的標準原則。落實於作業，則以指標性事件與人物的訪談為主，事件與人物各撰寫一篇，且以一萬字為限。

除教學外，個人又以「台灣地區兒童文學史料的整理與撰寫」為題，向國科會申請為期三年（八十七～八十九學年）的研究計畫（計畫編號 WSC 88-2411-H-143-001）。本研究旨在對一九四五年以來，台灣地區兒童文學的發展與演進，做一宏觀性的整理，進而撰寫出一部台灣兒童文學史。

研究首重資料，資料的蒐集與整理亦是研究的重點。其中擬對一九四五年以來兒童文學論述書目做提要，以作爲後人研究之參考手册。並對前輩進行訪談或口述記錄。同時確立與整理指標性事件，以作爲撰寫文學史的依據。

在教學與研究過程中，經深入蒐集後，始發現人力與經濟皆有所限制，尤其是基本資料的匱乏之度，更是在預料之外。因此，調整研究策略，並尋求最有效的支援。

於是，有與中華民國兒童文學學會合作，以收羣策羣力之效，且適逢爲迎接一九九九年八月「第五屆亞洲兒童文學大會」在台北召開，於是乎《台灣區域兒童文學概述》的編撰就於焉落實。

又有文建會的委託案——「台灣兒童文學一〇〇評選暨研討會」。其意義與目的有：

一、是重視兒童與迎接二〇〇〇年兒童閱讀年的實際行動。

二、為兒童閱讀年提供本土的優良兒童文學作品。

三、在新世紀之初，期待由此一〇〇名著之研討，為有心寫史者，建構出一部包含：故事、童話、小說、寓言、民間故事（含神話、傳說）、兒歌、兒童詩、兒童戲劇、散文、繪本的台灣兒童文學史大綱。

在全球化與個人主義的弔詭中，台灣地區自一九六〇年代末期，有愈來愈多的作家、學者對另一種殖民——新殖民主義，尤其是美國好萊塢文化與其商品侵略——開始注意。針對新舊殖民經驗，如何界定自己的本土文化，珍視傳統文化再生的契機及其不同之處，便成爲刻不容緩的課題。所謂台灣地區，除指創作地域之外，亦兼指其精神與內涵。所謂台灣兒童文學一〇〇評選，其旨在於歷史的、本土的

台灣兒童文學一〇〇評選工作，我們的預期效果有：

一、台灣地區兒童文學史料的重視與搜集。

二、提供本土性兒童文學作品，使其對台灣兒童文學發展有具體的認識。

三、有助於未來台灣兒童文學史的撰寫。

其間，台灣兒童文學指標人物的訪談，始自第一屆研究生，由於不盡理想，第二屆研究生接繼與補足。而一九九九年六月，高雄縣文化中心有「台灣囝仔冊・一步一腳印——八十八年度全省兒童圖書巡迴展」一案，其中「主題館」委託本所。本所於企劃書中所提執行方式有：

一、以圖表方式呈現光復以來台灣兒童文學有關指標事件、人物等編年紀要。

二、編印《資深兒童文學家訪問記》一書，訪問對象計有：華霞菱、潘人木、詹冰、林良、徐正平、陳梅生、馬景賢、傅林統、陳千武、黃春明、薛林、郝廣才、鄭明進、曹俊彥、林煥彰、桂文亞、許義宗、林鍾隆、鄭清文、黃基博、趙天儀等人。每篇約以一萬字～一萬五千字，每篇附有年表紀事。

三、展示作家與作品或雜誌。

四、展示早期光復以來各種兒童圖書目錄、兒童文學論述書目。

五、展示中華民國兒童文學學會、台灣省兒童文學協會相關資料。

於是兒童文學指標人物的訪問記錄，有了出版的機會。書名訂爲《兒童文學工作者訪問稿》（註：兒童文學工作者指的從事兒童文學的作家、畫家、編輯、理論研究者等），並依受訪者的年齡做爲編排的順序，而訪問的人物並非僅此十八位，我們希望能有機會訪問到七〇人左右，更盼望有續編的印行。

兒童文學工作者的訪談，雖然訂有撰寫格式，但亦容許訪談者有權宜的空間。是以文稿書寫格式可說大同小異。但每篇訪問則必須經受訪者過目與簽名後才算定稿。

又在編輯過程中，爲求全書體例更趨一致，在不礙原意之下略有刪改，但仍有徵求受訪者的同意。其間或未能再經受訪者過目，仍請受訪者見諒。

全書篇次排列，是以受訪者出生年次爲序。每篇皆有標題與篇頭語，並於每篇前面置有受訪者的影像與簽名。

全書能編輯成册，眞是感謝辛勞的研究生，及受訪者願意接受研究生的打擾。同時，更要感謝徐錦成同學幾個月的逐字校讀。除外，更要感謝高雄文化中心同意由萬卷樓圖書有限公司印製本書，我除了感謝之外，更是珍惜這份福緣。

林文寶

當創作的時候我想的是：我的題材適不適合小朋友？會不會有興趣？在文字的編排上適不適合小朋友的程度？

—— 華霞菱

☞左起：楊絢、華霞菱

春暉難忘——華霞菱專訪

地點：作家家中
日期：一九九九年一月十九日
時間：下午二點～四點半
訪問者：楊絢

華霞菱，筆名雲淙，天津市人。北平市立師範學校畢業。曾任小學教師、幼稚園主任共三十六年。早年在大陸曾寫些「小朋友通訊」之類的短文，來台之後，參加「教育廳兒童讀物小組」期間，寫過許多兒童讀物。如今退休在家，以習字蒔花自娛。

* * * * *

——請問您當年從事幼兒教育的背景爲何？

以前在大陸時，我在北平市香山慈幼院幼稚師範學校初中部，及北平市立師範學校讀書，當時的師範學校相當於今天高中的程度。一九四一年（民國三十年）畢業，當小學老師。一九四六年（民國三十五年）張雪門先生創辦台北育幼院，這是台灣省社會處成立的第一所育幼院。由於當時台灣說國語的情況還不普遍，所以雪門先生回到北平物色教國語的老師。因爲我讀幼稚師範初中部時，雪門先生是我的校長。所以一九四七年（民國三十六年），便隨先生來到台灣，在台北育幼院教書。

我在台北育幼院待了兩年後離開，到東港空軍子弟小學教了一年，之後再回到育幼院教書。由於民國三十幾年台灣經濟情況不是很好，而育幼院只培養孩子到小學畢業，雪門先生關心孩子們的出路問題，所以替畢業的男孩子安排到工廠學技術，而女孩子則成立導生班學幼稚教育。起先在北投地區開辦幼兒團，由育幼院附屬幼稚園的老師負責導生班的課程。導生班的學生早上到幼兒團上半天課，下午在育幼院裡學習各科課程。這些導生班畢業的學生很受當時幼稚園的歡迎，有人甚至到現在還在執教。我教了大概五、六年後，因爲雪門先生退休的緣故，便離開了導生班。之後我又到彰化台糖公司附設小學任教，待了兩年後再到新竹竹師附小幼稚園，做了十二年的幼稚園主任。

——請談一下您參與《中華兒童叢書》的經過？

說起我與兒童讀物的淵源，起因於民國五十年左右，省政府教育廳成立「兒童讀物小組」，由林海音先生、潘人木先生、彭震球先生主持，主編是彭先生。當時能寫兒童讀物的人還不多，我那時在竹師附小幼稚園教書，有人把我介紹給林先生，所以我就上台北參加這個兒童讀物小組。我之前對編寫兒童讀物沒有經驗，林先生鼓勵我試試，借給我許多國外的兒童讀物作參考。我的作品大多針對低年級小朋友而寫，第一本書是《老公公的花園》。而我在北師附小教小學時，參加過台北市辦的「兒童讀物寫作研習班」，當年的師資有潘人木先生、林良先生、林海音先生、嚴友梅先生……等。起先我是學生，到後來我也當講師。原則上教育廳兒童讀物小組出書分成三類。第一類是科學類，第二類是文學類，第三類是健康與營養。我寫的多半是文學類。

兒童讀物小組開始出版《中華兒童叢書》的時候，出版界因爲人才缺乏的關係，兒童文學讀物大都翻譯自國外，最常見的是王子和公主的故事。慢慢各出版社也出些本土作家的作品。但出版是現實的商業行爲，除了作家本身的想法外，還得考慮到出版社的營收狀況，所以作品水準並不整齊。而《中華兒童叢書》在當時有堅強的編輯陣容，以及比較充裕的經費，所以水準不在話下。後來漸漸出現一些優秀的出版社，像信誼基金會，有專門人才及資金，在印刷及內容上有嚴格的要求，讀物水準當然有更好的提昇。

——當年《中華兒童叢書》自己作品的插畫，您有參與意見嗎？

當年能寫又能畫的人其實不多，所以只好分頭進行。一邊找能寫的，一邊找能畫的。當我寫好他們決定採用後，就去找一位畫家照著內容配插圖。這樣會有畫家覺得內容不合意；或作家認爲插圖不合想像的事發生。現在有很多自己能寫又能畫的人，可以照著自己的意思寫和畫，就可以避免這種情形發生。我們當年對插畫大多不能表示意見，都是由主編做決定。

——請談談您如何運用《中華兒童叢書》到教學上？

當年教育廳使用一筆聯合國的經費，加上小學生每人繳些錢印出「中華兒童叢書」。全省的國民小學都可以按學生人數分配到若干套書。基本立意很好，但很可惜的一點是，全台灣省這麼多的國民小學，恐怕很少有老師用心帶小朋友讀這套書。有的學校甚至乾脆把這些書鎖在櫃子裡，當成學校的財產。因爲不使用，所以這些書等於廢物，而編輯、作家、畫家的心血也就泡湯了。雖然當時發現這樣的問題，但是沒有人管這件事，我覺得很遺憾，因爲那套書需要老師引導。當年國語實小受委託辦教師研習時，我一直向老師們推薦那套書，希望學校及老師們能好好利用這套書，因爲這對小學生的作文能力有很大的幫助。

在我教北師附小高年級時，每寫一篇作文前，先讓學生選一本跟作文題目相關的《中華兒童叢書》來讀，讀完後再寫文章。退休後我在家開作文班，我到台灣書店買了很多《中華兒童叢書》當教材。因爲學生寫作文，最怕的是沒有題材可寫，所以我以這套書做教材，希望學生看了之後經過討論，再自由發揮。我的立意是幫著他們找材料，並與國語課本作結合。這套書很有參考價值，比如國語課本裡有一篇《完璧歸趙》，是劇本的形式，經由實際演出後，讓他們寫一篇感想，或者寫寫對藺相如、廉頗或秦王個性的看法等等，學生的作文內容就比較言之有物。而我作文班很多家長，慢慢也會到台灣書店選購這套書給小朋友看。（可參考中國語文出版《讀書與作文的結合》，國語日報出版《幼稚園兒童讀物精選》。）

──請談一下您創作兒歌韻文的機緣和原則？

我創作兒歌是爲了給幼稚園用而寫的。從前台灣受的是日本教育，教國語的師資少，也沒有適當的教材。以我待過的幼稚園爲例，課程很守舊，教材用了十年也不更新。而當年雪門先生辦幼稚教育的理念是：以生活教育出發，從生活中發現小朋友的需要與興趣，用民主的態度引導他們。剛開始爲了傳達這樣的理念給其他老師，非常辛苦。因爲從前的教材，上起課來很容易，一堂課三十分鐘，玩玩積木、唱唱跳跳就結束了，老師們不太需要準備。一般老師起初不能接受這種觀念，所以我重新編了故事或兒歌，先從教材上開始作小幅度改變，希望其他老師能慢慢加入，大家一起從生活教育出發。所謂生活教育，跟課堂上那一套完全不同，比方新竹出蓪草，就可以教小朋友利用蓪草創作、或者闢一塊地教他們種菜，從整地施肥到收成都親自參與，這種才是活的常識。到慢慢有成果後，一些中南部的幼稚園到我們學校參觀，常向我們索取新教材。

而當年市場上賣的教材，幾乎是天下文章一大抄。有的很艱深，有的不押韻，有的不合乎小朋友的生活經驗。所以當信誼基金會成立，我就開始幫他們寫兒歌。兒歌第一個基本原則就是淺白，再來就是押韻，再加上趣味的內容。從小朋友生活經驗出發，每一句、每一首都不能太長，要像說話般朗朗上口，這都是要注意的地方。創作久了，你就會知道怎樣讓作品念起來既流暢又順口，這樣小孩才會有興趣學。而最重要的是不呆板，不要教條式地傳遞知識。

您如何找尋創作的靈感？

像我寫過一本《小糊塗》，靈感來自於當年在新竹時旁聽老師教學而來，當時竹師附幼春季旅行時常帶小朋友去動物園，小朋友對每種動物吃甚麼都很清楚。而我就想到以顛倒動物的食物爲創作題材。而另一本《午餐日記》的靈感，來自於當年在竹師附小，老師們親自下廚料理學生營養午餐的經驗。而另一本《幸運符》構思的時間就比較久了。故事主要是希望破除迷信的觀念，描寫一個小朋友戴了媽媽從廟裡求來的平安符，經過一連串的事情後讓他明白眞正的幸運並不全靠幸運符……。如果是寫兒歌，因爲每個單元都有目標，所以更需要細心構思。而我一直使自己處在學習的狀態，有機會就鍛鍊。

您對兒童文學創作的理念或中心思想？

當創作的時候我想的是：我的題材適不適合小朋友？他們會不會有興趣？在文字的編排上適不適合小朋友的程度？比方在寫低年級讀物時，要考慮他們文字的能力、以及啓發他們的主題。這些是我比較關心的。

——您從事兒童文學創作以來比較難忘的事？

我最珍惜的是爲兒童讀物小組寫作的那段日子，從創作到成書出版，從主編那裡學了很多經驗，也累積對自己的信心。比較難忘的例子是因爲看到雪門先生對育幼院的教育盡心盡力，我很感動。所以我對《春暉》這本描寫育幼院孩子生活情形的書，投入很深的感情。但是很遺憾的是，這本書出版前夕，雪門先生便過世了，所以我把這本書陪葬在雪門先生的墓裡。

——請問您對全國第一所兒童文學研究所有何期許？

我個人認爲鑽研兒童文學，除了學術上的東西，自己應該動手創作，才有實際的體驗。在理論上涉獵應該廣博，不要只限於知識層面。而若有創作經驗，才能眞正體會如何將想法變成文字的感受。我建議貴所能有自己的創作刊物，提供研究生發表及互相觀摩的機會。因爲看再多別人的作品都是別人的，你若不自己嘗試創作，永遠不知道寫出來的會是什麼？研究所常開研討會討論美國的作品怎樣？英國的作品怎樣？但是你們有沒有研究過自己的作品怎樣呢？我認爲自己投入寫作是一件很重要的事。

＊　＊　＊　＊　＊

結束了與華老師的訪問後，華老師向我們介紹她的兩隻貓，優雅的貓一如優雅的主人。從華老師的言談中，我們感受到她對自身成就的謙虛與飲水思源尊師重道的情懷。而華老師執著創作，以生活結合教學的方法，致力提昇學生文學素養的態度，非常值得我們學習。華老師曾寫過許多膾炙人口的兒歌與韻文，卻謙虛的說：「當年讀物小組的主編們教我很多。」記得小時候曾看過《春暉》這本書，如今有機會得知這本書的創作背景，也是一種難得的機緣吧！

每個成功作家的背後，不管有多少默默耕耘的過程，都是如人飲水，冷暖自知。在深入了解每個作家創作機緣和背景後，相信對於有心投入創作的人，是種勉勵，知道在創作的長路上，有伴偕行並不孤單。

附錄

一、兒童文學活動年表

一九四一年（民國三十年）

•「北平市立師範學校」畢業，任北師附小教師。

一九四六年（民國三十五年）

•任交通部交通小學教師。

一九四七年（民國三十六年）

•八月來台，任省立台北育幼院小學部教師。

一九四九年（民國三十八年）

•任東港空軍子弟小學教師。

一九五〇年（民國三十九年）

•重回台北育幼院任導生班主任。

一九五五年（民國四十四年）

• 任台糖公司附設小學教師。

一九五七年（民國四十六年）

• 任新竹師範附屬小學幼稚園主任。

一九六五年（民國五十四年）

• 出版第一本兒童讀物《老公公的花園》。

一九六九年（民國五十八年）

• 任省立台北師範附屬小學教師。

一九七一年（民國六十年）

• 《小糊塗》一書獲省教育廳頒第一屆最佳寫作金書獎。

一九七七年（民國六十六年）

• 自北師專附小退休。

一九八二年（民國七十一年）

• 《五彩狗》一書獲省教育廳頒第三屆最佳寫作金書獎。

二、著作目錄（兒童書部分）

書名	出版者	出版年月
老公公的花園	省教育廳	一九六五年九月
午餐日記	省教育廳	一九六六年
媽媽的畫像	省教育廳	一九六六年
一毛錢	省教育廳	一九六七年
幼兒傀儡戲（主編）	兒童出版社	一九六七年
幼兒新歌（與李蟾桂一同填詞）	童年出版社	一九六七年
小糊塗	省教育廳	一九六九年十月
顛倒歌（兒歌）	省教育廳	一九七〇年
三花吃麵了	省教育廳	一九七〇年十一月
小皮球遇險記	省教育廳	一九七一年四月
娃娃城	省教育廳	一九七一年十二月

春暉	省教育廳	一九七一年十月
跟爸爸一樣	省教育廳	一九七三年六月
那是一個好地方	省教育廳	一九七四年六月
五樣好寶貝	省教育廳	一九七四年十一月
《青青草》中收錄：自個兒玩的日子	省教育廳	一九七五年四月
《永恆的彩虹》中收錄：好吃的小東西	省教育廳	一九七五年四月
找	省教育廳	一九七五年九月
幸運符	省教育廳	一九七五年九月
贈言	省教育廳	一九七五年十一月
《哥兒倆的玩具》中收錄：心不甘情不願	省教育廳	一九七六年十一月
「看」中的——「花緣」	省教育廳	一九七六年十二月
兩個娃娃	信誼基金會	一九七九年十月
五彩狗	省教育廳	一九八〇年十一月
好好愛我	省教育廳	一九八〇年三月
岳飛的故事	國語日報社	一九八三年四月

顛顛倒倒顛顛	信誼基金會	一九八五年一月
幼稚園兒童讀物精選	國語日報	一九八五年十二月
好朋友（兒歌）	信誼基金會	一九八六年四月
魔術筆	信誼基金會	一九八七年五月
好朋友	親親文化公司	一九八八年六月
好寶寶（學習園畫書）	親親文化公司	一九八八年十二月
樂樂的圖畫書（垃圾污染）（兒歌）	東方出版社	一九九〇四月
如果聲音消失了	東方出版社	一九九〇年
長不大的小樟樹	東方出版社	一九九〇年
顛倒歌（兒歌）	信誼基金會	一九九一年七月
我有我會	光復書局	一九九四年八月
《花滿天》中收錄：海上旅行、娶新娘、魔術筆	信誼基金會	一九九五年三月

三、報導與評論彙編

給孩子一個廣大的世界：兼評「五色狗」　吳當　中國語文五十二卷五期．一九八三年　頁五十六～五十七

要有感覺才能寫出內心深處的真話。兒童文學也是文學，是文學就要有文學的質感。這質感如化成一個字，就是——「真」。

——潘人木

☞左起：洪曉菁、潘人木

兒童文學的長青樹——

潘人木專訪

地點：電話訪問
日期：一九九九年三月十六日
時間：上午十時～十一時三十分
訪問者：洪曉菁

當我還不知道有「潘人木」這個人之前，我已經讀過許多她所編輯或創作的兒童讀物了——就在十幾年前的一所鄉下小學的小小圖書室中。

鄉下小學校的圖書資源向來非常貧乏，但書架上卻永遠有好幾排規格一式一樣，內容涵蓋文學、科學及健康常識的兒童讀物，內容有趣、插圖美觀，這些兒童讀物滋養著鄉下窮孩子渴望閱讀的心靈。如果你問當時的我有沒有讀過《龍來的那年》、《二人比鐘》或《康爺醒》？我一定會高興地點頭，興致勃勃地和你討論書中的故事。但是，誰是「潘人木」呢？我還是不知道的。後來在「台東師院．兒童文學研究所」就讀期間，我接下訪問潘人木女士的工作，在蒐集資料的過程中，我才驚訝地發現：兒時熟悉且喜歡的書原來都出自潘人木女士之手。而經由訪問，也讓我對潘人木女士其人其文有了進一步的了解，更油然升起一股崇敬之心。以下就讓我們一起來了解台灣兒童文學的長青樹——潘人木女士。

潘人木女士，遼寧省瀋陽市人，一九一九年（民國八年）生，本名潘佛彬。重慶國立中央大學畢業，曾在重慶海關任職，新疆任教。一九四九年舉家遷台。其中篇小說〈如夢記〉曾獲「中華文藝獎金委員會．小說創作首獎」；長篇小說《蓮漪表妹》及《馬蘭自傳》獲「中華文藝獎金委員會．文藝創作獎」。除了小說創作外，亦熱心兒童文學創作和編輯。一九六五年～一九八一年任「台灣省教育廳．兒童讀物編輯小組」編輯、總編輯，曾主編《中華兒童叢書》四百餘本，這些書在七〇、八〇年代左右經常被中央圖書館（現在的國家圖書館）選為參加各種國際性兒童讀物展覽。此外，潘先生還主編數十種兒童讀物，及台英社編譯的十六巨冊「世界親子圖書館」；而她最為人稱道的是策畫、編輯國內第一套純自製的兒童百科全書——《中華兒童百科全書》。

*　*　*　*　*

請問您在什麼機緣之下踏進兒童文學的編寫工作？

我本來從事成人文學的寫作。子女上學後，有感於坊間兒童讀物甚少，他們沒有優良的兒童讀物可以閱讀，國語課本中適讀的課文又很少，而且那麼小的小孩就要應付考試，十分辛苦，因此我想給他們一點精神食糧。恰巧當時教育廳第四科陳梅生科長邀請我進入台灣省教育廳中華兒童讀物編輯小組，爲兒童編輯適合他們閱讀的讀物，我就答應了，從此踏進兒童文學編寫工作。

關於編輯

請問您編輯《中華兒童叢書》的源起？

一九六四年，聯合國兒童基金會和台灣省教育廳合作，成立兒童讀物編輯小組，編輯《中華兒童叢書》。當時缺少健康類讀物的編輯，由於我過去原來曾想學理科，平常也喜歡看科學健康類讀物，對健康較有概念，於是教師研習中心的陳梅生主任就找我擔任健康類讀物的編輯，我在一九六五年進入小組工作。當時非常缺乏健康類的稿子，於是我就試著自己寫一篇〈吉吉會唱營養歌〉。後來，林海音女士辭去文學類編輯，這個職位就由我擔任，一直當到總編輯。

請問您編輯兒童讀物的理念爲何？

因爲這個編輯小組受聯合國補助，所以他們定了幾個原則：第一個原則就是要創作，不要翻譯；第二就是要經過他們的審查。我的理念是：很多人認爲童書必須迎合小孩的興趣，但我認爲編輯兒童讀物有兩個方向，第一要有趣味，也就是看他們要的是什麼；第二就是看應該給他們什麼，他們應該要知道什麼，並不是百分之百迎合他們的興趣，因爲我們要給小孩的東西是由大人來決定的。

請您談談《中華兒童叢書》的特色。

這套叢書的第一個特色就是有前瞻性。例如當時我就預備編一套環保的書，因爲我涉獵的書比較多，知道別國發生這個問題，我們也可能發生。我想從低年級編到高年級，因爲任何一本書出來，我都有一套的計畫，它並不是單行本，將來編完了以後都可以成為一套。但我離開以後，這個計畫就沒有了。這套叢書的第二個特色就是我很要求文字的高雅，也就是要合於邏輯、合於文法，文字又乾乾淨淨，我希望小孩讀這套書的時候，能在潛移默化中吸收文字的美。我並不敢說我編的每一本書都是好的，但是每一本都是我的心血。

——從資料中我們發現，您在編輯《中華兒童叢書》時審稿非常嚴格，請問您如何審核稿件？

是這樣的，只要遇到不佳的稿子，我就大聲唸給同事們聽，問他們有沒有問題，通常他們就能發現其中有哪裡不對勁。我改的部分首先是文法，看表達的方式有沒有太陳腐，若有，就想法改。例如形容「高興」，一般人習慣說：「高興得跳了起來」，但事實上，「高興」有許多的形容方式，為什麼一定要「跳了起來」呢？其次要改的是，把囉嗦的句子改簡潔；再就是挑出一些不適合在兒童讀物中出現的字或句子，例如「該書」這個「該」字就不適合出現在兒童讀物中。我自認在兒童文學這個領域裡，我作編輯比作作者勤快，影響也較多。

——請您簡單地說一下您所參與過影響當時台灣兒童文學界的大事。

我參與編輯的《中華兒童叢書》在成書之後，就免費配發到各個學校給學生閱讀，每學期每人只要交一塊錢（後來是五塊錢），就能看到優良的兒童讀物，這樣的影響是非常深遠的。還有，當時的創作風氣非常低落，有一些老師很熱心，但也沒有一些個講習，等於在黑暗中摸索一樣。後來教育廳舉辦了「兒童讀物寫作研習班」，當時的任課老師有林良先生、馬景賢先生、林海音先生、楊思湛先生、還有我。有時是個別指導，有時是團體指導，大部分都是大班教學，但每一位老師仍要負責一對一或一對三的指導。我想這兩件事情——也就是兒童讀物編輯小組和兒童讀物寫作研習班——培養了許多作家和畫家，如今很多都能獨當一面了，成爲有名的兒童文學家。而且其中有很多人在編寫教科書。我想他們之所以有今日的成就，多少是受到兒童讀物一些啓示或影響，提起了對兒童讀物寫作的興趣，而他們的努力，也改善了過去兒童讀物的形式與內容，使兒童讀物更具可看性。這其中聯合國兒童基金會幫我們很多。尤其是陳梅生先生，當時他是教育廳第四科科長，他的觀念很新，對推動這件事的貢獻很大。另外就是潘振球先生，他雖然是教育廳長之尊，但幾乎是每一、兩個月就和我們編輯小組同仁聚會一次，他的熱心我到現在還是很感激的。

——您策畫編輯的《中華兒童百科全書》，被林武憲先生譽為台灣百科全書的先鋒，請您談一談這套百科全書的編輯過程。

有一次，我去美國朋友家做客，看到朋友的小孩只要一有問題，就搬出百科全書來查，要什麼資料書中都有。當時我在想，美國的小孩真幸福，我們何不為台灣的孩子也編一套百科全書呢？於是我就提出這個構想，擬定計畫，並向教育廳申請批准。當時的教育廳長是許智偉先生，因為這個經費很龐大，這麼大的一套書，全部都要用彩色，是一套革命性的出版物，內容和外觀都是革命性的，也是一個革命性的計畫，申請上去，一直很擔心，想不到他很快的就批准了。可是那時候整個編輯小組只剩下我和曹俊彥兩個人，我管文字部分，他管插圖和設計，我們不久就做成了樣本書，送到教育廳，當時教育廳有一位視察先生，認為組裡沒有一個總編輯不行，於是屢次地要我當總編輯，可是總編輯的責任很大，所以我就一直推。後來因為整個計畫與構思都是由我自己提出的，無總編輯不能推動，最後還是接下總編輯的工作。

——請您談談編輯《中華兒童叢書》和《中華兒童百科全書》的甘苦。

最初我們的兒童讀物編輯小組有一位外國顧問，記得我們編了一本講楊傳廣和紀政的書：《更高、更遠、更快》，他們兩個是台灣最傑出的體育家，一直到四十多年後的今天還沒有人能夠趕上，我們介紹他們也是應該的，可以鼓勵小孩上進。當時我們的書都已經印好了，但聯合國兒童基金會的中國顧問卻來跟我們說這本書不能夠發行，因爲他們聽說楊傳廣的思想有問題。其實我們書中從來沒有講到意識的問題，我反駁說政治歸政治，體育歸體育，這兩位優秀的人一定要介紹，如果發生什麼問題的話，我負完全的責任。《兒童百科全書》編輯過程中，也有一個小插曲，就是編到「麻將」這個條項的內容時，有的官員和讀者說這是在教兒童賭博，後來林海音替我不平，請人去跟教育廳說，也就不了了之。我說難道我編到「海洛英」這一條就是要教小孩吸毒嗎？講到槍械的發明難道就是鼓勵小孩爲非做歹嗎？不管是什麼東西，它的好壞全在於你用的方法。此外，在編輯《兒童百科全書》的時候，有一件很委屈的事，在我離職之前，我已經把整套書的卡片題則都做好了，而且我已經把第七册整個的完成了，主編的「簽付印」已寫在印校稿上，就只差印出來。但這一册的主編名字已換了新人。難道一個人新上任就能夠編出一本書嗎？編一本書的時間和心血有多少？書是我編的，爲什麼一個新的總編輯新上任，書就是他編的呢？我並不是一個爭名奪利的人，但這套書的每一册都應該要有我的名字，在我離職的時候，我已經有很厚的待印稿子，因爲在找人寫稿子的時候，你不能找他只寫一篇，所以我交代寫的稿子已經是從第一册到最後一册，甚至我辭職後到美國去，我也把所有漏掉的題則寫好了，我覺得至少可以把我的名字擺在編輯委員當中吧，結果編輯委員的名單上，都是些官員和知名作家，跟這套百科全書一點關係都沒有的人。後來這套書得到金鼎獎也沒有通知我，我不去領獎可以，我總可以出席吧？這等於是我生出來的孩子，但他們收爲養子後，卻把整個親情都切斷了。出版工作就是這樣，在整本書出來之前，工作人員就已經做了很久，一個人上任第一天就能夠拿出一本三百多頁的書嗎？他校正過嗎？他請人寫過嗎？我不怪這位總編，我覺得爲什麼會如此心胸狹窄呢？爲什麼這樣的不合理呢？爲什麼當時的編輯們沒有注意到這樣的事情呢？

關於創作

——您早期從事成人文學的創作，請問這對您日後寫作兒童文學有什麼樣的影響？

影響太大了。我本來就是學文學的，而且可以說是科班出身，經過很多名師的教導。一個有基礎的作家，雖然寫的是成人的小說、散文、或者是論文，但因爲有寫作基礎，所以要轉到兒童文學會比較容易，比較能夠了解應該怎麼寫。只要了解兒童讀物的寫作原則、用的語言和文字應該是什麼，就比較能夠深入。就外國的理論來說，兒童讀物不是次等的文學，反倒是更難寫的一種文學，是昇華的。普通我們要用成人的文字寫一段話的時候用了一百字，但在兒童文學中可能只用二十字，你必須要抓住重點，創造趣味，且要懂得兒童心理。我想寫作不管是寫成人的或兒童的，基礎是一樣的，既然都叫文學，文學的品質、文學的質感都要具備才行。兒童讀物要有文學的質感才會動人，才會好。文學的質感，粗淺地說就是感情的表現和心靈的互動，在兒童文學中更需要你用敏銳的觀察把典型的東西寫出來。我剛進兒童讀物編輯小組，就用大概兩個月的時間把小組所有的藏書讀完，你必須要讀，才能夠發現應該要怎麼寫，這種事情教是教不來的，需要自己去體會。常寫成人讀物的人了解文學的質感以後來寫兒童文學，當然需要一個轉換期，但是這個期間就比較短。

——您在兒童文學的領域中不只從事編輯，也有非常豐富的創作，請問您對兒童文學創作的看法？

有很多人對我說，你那麼大年紀了，怎麼還在寫？可是我一點也不覺得我年紀很大了，如果一個作家永遠不放下筆的話，是永遠不老的，永不過氣的。尤其對我來說，我的思想永遠是新的。我認爲兒童文學比一般文學的要求多一些，因爲其文字要求凝鍊，無一字廢言。所以我認爲要寫好兒童文學之前，一定要先寫好散文，因爲散文是所有寫作的基礎。此外，要有感覺才能寫出內心深處的眞話。兒童文學也是文學，是文學就要有文學的質感。這質感如變成一個字，就是「眞」。

——您的兒童文學創作型態非常豐富，請問您個人有沒有較偏好那方面的創作？

我寫過兒歌、童話、兒童散文、少年小說，我覺得每一種裡面都有一些不錯的作品。當然，如果一個作家認爲他所寫過的每一篇作品都是好的，那其實他就已經是一個失敗的作家。在這麼多的創作型態中，我比較喜歡爲低年級的兒童創作。

——請您談談什麼是您心目中本土的兒童文學？

我認爲不管寫什麼，寫山也好，寫水也好，寫風俗習慣也好。愛台灣的人不要把愛成天掛在嘴上，你要爲台灣做一些事才算數。從我住在台灣以來，一直到我後來進編輯小組，我就注意到這件事，所以編了好多本本土的書。現在很多人提倡本土本土，我認爲用不著强調本土，我們只把我們的環境，我們的精神生活寫出來，就是本土。現在已經是地球村了，我們爲什麼還要局限於這一點點的地方？但是我們要把我們居住的地方寫得淋漓盡致，我們的好山好水都要寫，我們好的風俗人情都要寫。曾經有別的機構來找我們編輯小組寫介紹節日的書，我找林武憲等人來寫，他們也寫得很好。我希望翻譯少一點，儘量朝本土化發展，但也要注意別做得太過火，不要那麼樣强調本土。你寫的是本土的文化，本土的山水，本土人的精神，自然就是本土了。我們不要尖銳的本土，要自然的本土，你寫個龍船比賽，寫個淡水河，寫個原住民，那不就是台灣，不就是本土了嗎？我看到很多日本人寫本土就寫得很好，爲什麼大家都喜歡看《阿信》呢？它裡面並沒有强調自己是日本人，但服裝是日本，地點是日本，自然就是日本本土，不需要强調「我們日本是怎麼怎麼好，我們是受了什麼壓迫」。我覺得我有一首兒歌就非常的本土，先講台灣北部，後講中部，南部，世界上沒有一個地方如此，所以它是本土的。我覺得要把本土的東西寫得很柔和，讓大家都能接受才好，因爲文學的本質本來就是含蓄，文學要用曲折的方法來表現。

——非常感謝潘先生接受我們的訪問。最後，請談談您對台灣兒童文學界的期許。

除了方才提到的，翻譯要少一點，儘量朝本土化發展之外，我希望已經成名的作家能夠投入兒童文學的寫作陣營；也希望從事兒童文學創作的人不要忙著寫，要先忙著讀，多讀書以後自然會得到一些東西，那都是你自己的，別人教不了的。熱心兒童文學的人永遠不要放下你的筆，我認爲寫作就像你走路一樣，要停、看、聽。「停」就是隨身帶著筆記本，看你身邊有什麼事發生，就隨時記下來；「看」就是看書，也看你的環境；「聽」就是聽別人講的事情。而且我看過一本外國人寫的書，說：寫作只要一個「聽」就好了。聽什麼？也就是聽你自己心底的聲音，你自己說我要寫，我要怎麼寫，你要聽，因爲這樣寫出來才是你自己的東西。現在很多兒童讀物的作家不太求突破，常常會模仿別人。其實文學就是表現一個人的特色，你要有自己的風格，你要有自己的語言、文字。我還要勸現在從事兒童文學寫作的人很少用成語，可以用，但是要少用。成語不是很容易用的，用不好會誤導兒童。

* * * * *

為了給台灣的孩子更優良的兒童讀物，潘人木女士數十年來堅守她的崗位，不計名利，默默耕耘，至今仍不斷有新作發表，宛如一棵長青樹，為台灣的兒童文學撐起一片濃密的綠蔭和清涼。

參考資料

致力於兒童科學讀物的潘人木　兒童文學史料初稿一九四五～一九八九　邱各容　富春文化事業股份有限公司　一九九〇年八月　頁二四七～二四九

大江南北的深情故事——潘人木筆畫人生　吳月蕙　婦友革新號第七十九期　一九九二年十一月　頁八〇～八十七

兒童文學的「掌門人」　林武憲　文訊第四十三期　一九八九年五月　頁一〇六～一〇八

我所知道的潘「先生」　曹俊彥　文訊第四十三期　一九八九年五月　頁一〇九～一一〇

潘人木答編者問　文訊專訪　文訊第四十三期　一九八九年五月　頁一〇一

附錄

一、兒童文學活動年表

一九六五年（～一九八二年）

•任台灣省政府教育廳「兒童讀物編輯小組」編輯及總編輯，主編《中華兒童叢書》。

一九六七年（～一九九五年）

•中華民國中山文藝獎及國家文藝獎評委，「中華民國兒童文學學會」成立以來監事之一，至一九九八年改任該會顧問。

一九七四年

•代社會局企編幼兒讀物十二冊。

一九七五年

•代青輔會企編中國節日小書一套。

一九七八年

•著作《冒氣的元寶》，獲台灣省教育廳第一期金書獎「最佳寫作獎」。

一九七九年

•代青輔會企編忠孝故事小書一套。主編《中華兒童百科全書》，共十六大冊企畫並主編全套題則，出版第六冊後離職。

•著作《小螢螢》，獲台灣省教育廳第二期金書獎「最佳寫作獎」。

一九八六年（～一九八八年）

・主編《世界親子圖書館》共十六冊（英譯中）。

一九九〇年

・獲信誼文教基金會幼兒文學特別貢獻獎。

一九九六年

・著作《愛蜜莉》，獲新聞局小太陽最佳翻譯獎。

一九九九年

・獲亞洲第五屆兒童文學大會台灣地區最佳翻譯獎。

二、著作目錄（兒童書部分）

書名	出版者	出版年月
藍穀倉	國語日報	一九五三年
十隻小貓咪	省教育廳	一九六六年十二月
小小露營隊	省教育廳	一九六七年四月
下雨天	省教育廳	一九六七年

愛漂亮的蝴蝶	省教育廳	一九六八年
快樂中秋	省教育廳	一九六八年六月
小畫展	省教育廳	一九六九年二月
阿才打獵	省教育廳	一九六九年十一月
玉蜀黍	省教育廳	一九七〇年五月
小鳥找家	省教育廳	一九七〇年五月
天黑了	省教育廳	一九七〇年五月
郵政和郵票（與宇平合寫）	省教育廳	一九七一年十月
小螢螢	省教育廳	一九七一年十二月
哪裡來（幼）（代社會局編寫）	省教育廳	一九七一年十二月
好好看（幼）（代社會局編寫）	省教育廳	一九七一年十二月
數數兒（幼）	省教育廳	一九七一年十二月
你會我也會（幼）（代社會局編寫）	省教育廳	一九七一年十二月
太空大鑑隊	省教育廳	一九七三年八月
小寶寄信	省教育廳	一九七四年

小紅和小綠（改寫自王漢倬作品）	省教育廳	一九七四年二月
上山求歌	省教育廳	一九七四年七月
六隻腳的鄰居	省教育廳	一九七五年二月
亞男和法官	省教育廳	一九七五年二月
土塊兒進城	省教育廳	一九七五年七月
咪咪的新衣	省教育廳	一九七五年七月
討厭山	省教育廳	一九七五年九月
咪咪的新衣	省教育廳	一九七五年十月
大房子	省教育廳	一九七五年十月
岩石——地球的記事本	省教育廳	一九七五年十一月
我拔了一棵樹	省教育廳	一九七五年十二月
認識原子	省教育廳	一九七五年十二月
石頭多又老	省教育廳	一九七五年十二月
小獅子的話	省教育廳	一九七五年十二月
汪小小學醫	省教育廳	一九七六年十月

汪小小尋父	省教育廳	一九七六年十月
有個太陽眞好	省教育廳	一九七六年十二月
阿灰的奇遇	省教育廳	一九七七年十二月
冒氣的元寶	省教育廳	一九七八年一月
汪小小養鴨子	省教育廳	一九七八年八月
絨寶兒	省教育廳	一九七八年十月
睡眠和夢	省教育廳	一九七九年一月
金鈴兒（譯作）	省教育廳	一九七九年一月
神鑼	省教育廳	一九七九年三月
這些鳥兒眞有趣	省教育廳	一九八〇年一月
恐龍	省教育廳	一九八〇年八月
小喜鵲捉賊	省教育廳	一九八〇年八月
鞭打老狼	省教育廳	一九八〇年十月
蜘蛛我問你	省教育廳	一九八〇年十一月
天空的謎語	省教育廳	一九八〇年十二月

兒歌數十首	省教育廳	一九八一年
動物的秘密	省教育廳	一九八一年一月
康爺醒	省教育廳	一九八一年三月
森林王國	省教育廳	一九八一年六月
寫給太陽公公的信	省教育廳	一九八一年六月
二人比鐘	省教育廳	一九八一年六月
我會讀一二四（教材）	信誼基金會	一九八二年
龍來的那年	省教育廳	一九八二年十月
長頸鹿的脖子	省教育廳	一九八二年十一月
數數兒	信誼基金會	一九八五年
走金橋（兒歌）	信誼基金會	一九八五年一月
小胖小（兒歌）	信誼基金會	一九八五年一月

世界親子圖書館（主編）收錄：你的身體，動手做，挽救自然，回到過去，動物王國，四海一家，綠色世界，我們的地球，美的生活探索科學，每日科學，宇宙奇觀，有趣的數學，歡度佳節，文學欣賞，父母經。	台灣英文雜誌社	一九八八年
看門的人；砍樹摘果子	佛光出版社	一九九〇年九月
圓仔山（與曹俊彥合作）	台灣英文雜誌社	一九九三年六月
五彩鳥	台灣英文雜誌社	一九九四年六月
小乖熊的兔兒爺	信誼基金會	一九九四年七月
寶弟想長大	光復書局	一九九四年八月
幾隻熊	光復書局	一九九四年八月
拍花蘿（兒歌）	信誼基金會	一九九五年三月
愛蜜莉	台灣英文雜誌社	一九九五年五月
跟屁蟲	信誼基金會	一九九五年五月

窮人逃債；阿凡和黃鼠郎（與周慧珠一起改寫）	佛光出版社	一九九五年八月
小帝奇	台灣英文雜誌社	一九九六年六月
小藍和小黃	台灣英文雜誌社	一九九六年六月
你睡不著嗎（譯作）	上誼出版社	一九九六年八月
起牀啦，大熊！	親親文化公司	一九九七年
灶王爺不見了（未出單行本）	精湛雜誌	一九九八年
咱去看山	台灣英文雜誌社	一九九八年十一月
老手杖直溜溜（創作兒歌）	台灣麥克公司	一九九八年二月
小葉子給媽媽過節	國語日報	一九九九年
小兔新新	中央日報	一九九九年二月
烏煙公公	民生報	一九九九年十月
鼠的祈禱	民生報	一九九九年十一月
龍家的喜事	信誼基金會	二〇〇〇年一月

因爲你和我在一起	上誼文化公司	二〇〇〇年
龍來的那一年	幼翔文化公司	二〇〇〇年二月
丁伶郎（原上山求歌）	三民書局	二〇〇〇年四月
一隻貓兒叫老蘇	民生報	二〇〇一年
你的背上揹個啥？	民生報	二〇〇一年

二、報導與評論彙編

(一)報導部分

潘人木的寫作生活　誦誦　婦友六十二期　四十八年十一月　頁十一～十三

寫媽媽潘人木　黨小三　純文學　六十年一月　頁一〇〇

愛的故事　程榕寧　大華晚報　六十六年四月

潘人木談兒童文學　林淑蘭　中央日報　七十一年四月

兒童節談兒童讀物　專訪　婦友月刊　七十一年

得獎專家——記潘人木　劉枋　采風卷　七十四年九月　頁五十一～五十五

潘人木——老伴突然走了，故事卻更新　黃美惠　民生報第九版　七十七年三月十八日

縱橫小說創作與兒童文學之間　潘人木　中央日報第十六版　七十七年六月二十日

兒童文學的「掌門人」　林武憲　文訊第四十三期　七十八年五月　頁一〇六～一一〇八

關愛兒童，記錄時代　文訊第四十三期　七十八年五月　頁一〇〇～一〇一

我所知道的潘「先生」　曹俊彥　文訊第四十三期　七十八年五月　頁一〇九～一一〇

伊是好命人　劉枋　文訊第四十三期　七十八年五月　頁一〇四～一〇五

散文如醇酒孩子可飲　中國時報四十六版　八十年一月十三日

會寫書的姥姥——訪潘人木先生　周慧珠　兒童文學家十期　八十二年四月

我愛詩，詩也愛我　潘人木　出版界三十六期　八十二年四月三十日

請問潘阿姨　精湛秋書號　八十三年

優雅與高貴——給潘人木大姐　小民　台灣日報第十一版　八十四年六月十日

中華兒童叢書和兒童讀物的守門神　采芃　小作家四十八期　八十七年四月

兒文專家齊聚談資深作家作品　王靖媛　國語日報二版　八十八年十月十八日

「告狀」——這就是我寫作的開始　潘人木　民生報　少年兒童版　八十八年十一月二十一日

又會彈又會唱——不斷的寫，不停的編的潘人木先生　林淑玟　國語日報　八十九年五月

會寫書的姥姥　彩芃　國語日報　八十九年五月八日

縱橫於小說創作與兒童文學之間——潘人木研究資料目錄　林武憲　全國新書資訊月刊二十五期　九十年一月　頁二十七～三十五

(二)評論部分

數學圖畫書　張海潮　中國時報第二十三版　八十年一月四日

起牀啦！大熊　林品章　國語日報第十四版　八十七年四月一日

聽聽鼠的祈禱　林武憲　小作家六十六期　八十八年十月

教育下一代愛護山林——潘人木發表「咱去看山」　曹銘宗　聯合報第十四版　八十七年十一月十一日

揉自然生態於兒童文學　王庭玫　聯合報四十八期　八十七年十一月三十日

一本有情趣、寫大自然的文學讀物　林良　國語日報　八十九年五月八日

比較起來，小孩的想法較具原始性，比較單純、幼稚。不過，就詩質而言，詩就是詩，無所謂兒童詩或成人詩。一首好詩，詩質千萬不可失。

——陳千武

☞左起：趙天儀、林良、林文寶、陳千武、馬景賢、傅林統

兒童詩的推手——

陳千武專訪

地點：台中陳千武先生住家
日期：一九九七年九月九日
時間：晚上七點半
訪問者：洪志明

他寫過很多現代詩，從年輕寫到老，從十九歲到七十六歲，總共譯寫了廿二冊現代詩集，是一個手永遠沒停過的現代詩人。雖然他為兒童寫的童詩不多，不過從他任職台中市政府以來，為兒童詩舉辦的活動卻不少，是一位標準的兒童詩的推手。他不是別人，他是台中市文英館前任館長陳千武先生。

陳千武先生本名陳武雄，另一個筆名桓夫，一九二二年生於南投縣名間鄉。日據時代台中一中畢業後，被徵為台灣特別志願兵，參與南太平洋戰爭。戰後從事林務工作二十六年，一九七六年創立台中市立文化中心，擔任首任主任，一九八七年從文化中心文英館館長一職退休。

日據時代他以日文創作，戰後重新學習中國語文，以中國語文創作現代詩、小說、文學評論，同時在一九六四年參與創辦《笠》詩刊，並主編《詩展望》，一九八〇年開始致力於亞洲現代詩的交流，參與主編《亞洲現代詩集》，並任亞洲詩人會議台灣大會會長，另任台灣筆會會長、台灣省兒童文學協會理事長，出版有詩集、小說集、評論集、兒童文學集多種，獲吳濁流小說獎、台灣榮後詩人獎、洪醒夫小說獎、笠詩翻譯獎、國家文藝翻譯成就獎、日本翻譯家協會翻譯特別功勞獎等。

他的一生，如同他年輕時代的詩〈鼓手〉中所敘說的一樣，「被時間遴選作一個鼓手」、「拼命的打鼓」、「聲音很響亮」、卻「很寂寞」、「鼓聲裡滲雜著寂寞的心聲」。

誰說勇者不寂寞，誰說智者不寂寞，誰說一個痛愛生命的人不寂寞……。而，這個寂寞的鼓手，卻也是台灣這二、三十年來，推動兒童詩不可缺少的一隻重要的推手。很多重要的「童詩」活動，都是經由他這位「生命的鼓手」擂起第一聲鼓聲的。

一九九七年九月九日晚上七點半，我拜訪他在新民商工旁邊的家，在他那掛滿名家畫作的客廳裡，聆聽他怎麼敲響那第一聲童詩的鼓槌。

——我們知道館長是一個現代詩作家，著作等身，對詩一向非常關心，不過童詩和現代詩總有一些距離，不知道爲什麽館長會投入兒童文學的推展工作，尤其是兒童詩的工作，而且樂此不疲？

＊　＊　＊　＊　＊

有些成人文學的工作者，尤其是某些現代詩的作者，有一個錯誤的觀念，他們認爲只有成人創作的文學，沒有兒童創作的文學；只有成人寫詩，沒有兒童寫詩的道理。他們認爲兒童寫的詩不算是詩，個人認爲這個觀念是錯誤的，應該加以澄清，所以才投入兒童文學的工作。

事實上，兒童文學也是文學的一環。成人有成人的想法，兒童也有兒童的想法，成人的想法是文學，兒童的想法當然也是文學；兒童的想法是文學中最原始的東西，如果我們能保持兒童這種原始的想法，把它化成文字，這會是非常寶貴的東西。

我本身是寫現代詩和小說的，會推動兒童文學的工作，是因爲我熱愛台灣，具有使命感，認爲這樣做，對台灣很重要。不只是我們重視兒童文學，日據時代的日本人也非常重視兒童文學的教育工作，那時候他們在學校就推動童詩的創作。反觀我們國民政府所推動的古典文學教育，其中並沒有眞正爲兒童創作的文學作品。我們有的，只是潛藏在民間的民謠和童謠而已。其實推動兒童文學工作的人，並不只是我而已，還有很多人也在做同樣的工作，像林煥彰先生就是一位。

林煥彰先生最早出版的一本詩集《牧雲初集》是我幫他寫序的。在這本詩集裡有一首〈長頸鹿〉，他以阿拉伯數字「5」的字形類似長頸鹿的樣子，作爲詩的表現形式。我在序文中加以評論，認爲這種寫作方式具有兒童味，很適合兒童閱讀。沒想到後來他果眞轉向兒童文學的工作。

雖然有很多人在關心兒童文學的工作，不過大部分的兒童文學作品，是以成人的觀念在寫作，他們並沒有立足在孩子的立場，恢復孩子的觀點來寫作，如果成人寫作時，能考慮孩子的心情，立足在孩子的立場，恢復孩子的觀點，那麼寫出來的作品，一定更佳。

我曾經翻譯過一本法國飛行員迪克儒伯里的作品《星星的王子》（按：即聖・修伯里的《小王子》），他在寫作時便是基於孩子的立場、以孩子的口吻、孩子的經驗、孩子的觀點、孩子所能了解的語句，來描寫自己在天上飛行的經驗以及幻想。他的目的就是要以孩子的觀點出發，寫出孩子能明瞭的作品。

孩子有孩子的原始思考，成人有成人的原始思考，我們應該尊重他們的原始思考，回復他們的想法，以他們的思考方式來寫作，這樣才能眞正的爲孩子抒發心聲。

——剛剛館長提到您曾經翻譯過《星星的王子》這本書，不知道可否請您比較一下，法國兒童文學和台灣兒童文學的異同。

剛剛我們提過《星星的王子》這本書，作者乃是把自己的想法、思考、語言等都回復到孩子的想法、思考、語言來寫作，而現階段台灣大部分的兒童文學作品，作者寫作時，大都基於成人要寫給兒童閱讀的立場來寫作，能回復孩子的想法的並不多。站在孩子的立場寫出來的作品，和站在成人的立場寫出來的作品，效果當然不一樣，兒童文學應該追求原始性的思考才對。台灣的兒童文學作品，很多都是以所知道的知識在寫作，看起來好像很有學問，可是詩的本質卻很淡。

——我們知道館長任職於台中市市政府以來，推動了很多兒童文學的活動，不知道您可不可以把您推動的活動跟大家介紹一下。

一九七六年，各縣市還沒有文化中心時，台中市首先設立了文化中心，我是首任的文化中心主任。我創辦文化中心時，主要的構想有二，其一乃是在蒐集即將不見的民俗文物，另一目的則是建立一個可以讓藝術家及文學作家利用的場地，讓文化中心成爲文學家、藝術家之厝，以發揮其藝術創作的能力。前者的目的，乃在充實既有的歷史文化，累積文化資產；後者的目的，則是在鼓勵創作，推動、刺激新的文化創作。

而推動新文化創作和兒童有關的，乃是舉辦兒童詩畫創作比賽，以及兒童詩畫展。兒童詩畫展，乃經過徵詩，徵畫、展覽等三個階段，鼓勵孩子創作。透過詩的閱讀，兒童可以得到新的思考；透過畫的觀賞，兒童可以吸收到藝術的精神。這個活動，對教育孩子，讓他們有氣質，陶冶他們的情操，有很大的效果，所以在我任職期間，每年都舉辦，總共舉辦了十幾次。後來，連日本的畫家都要求我們要把作品送到日本去展覽，結果很多學生也因而獲得日本的獎勵。這些兒童詩畫展的作品，前前後後，由文化中心集結出版，總共出版了四册《小學生詩集》。其中有些作品，已經成爲時代的典範，作家在寫作論文時，引爲參考的依據。像這樣有意義的活動，各縣市的教育單位，應該積極去推動，這可是做人教育的一環，可惜我們的政府並不太關心這一點，說起來這是成人的問題。

另外，我任職台中市文英館時當文化中心主任時，也曾經和台灣省文復會合作學辦過多次的兒童文學研習會，其目的就是在推動教師的兒童文學工作，使受訓的教師能具有正確的兒童文學觀念，以便藉其教學，來達到兒童的文學教育。後來籌組兒童文學協會也是本著這個理念，繼續推展此活動。學校的教師就像一粒種子一樣，藉著他們可以把眞正兒童文學的理念，散播出去。教師在研習時，我也嘗試讓他們寫作，總共出版了兩册的《文藝沙龍》。（按：陳千武先生除了推動兒童詩畫比賽，教師的兒童文學研習以外，還籌組了一個台灣省兒童文學協會，同時也創作了一些童詩、幾部少年小說，翻譯了不少日本的童詩、小說，還寫了很多童詩的理論和評介，並且把山地同胞的傳說翻譯成中國的文字，爲了保存台灣的文化，還改寫了台灣的民間故事，在他手上推動的兒童文學工作，實在不計其數。）

——館長您曾經爲台中市的兒童天地月刊編選，並評介過十八年的兒童詩作，是否可請您對這段工作的經歷稍微介紹一下。

台中市在陳端堂當市長時，我當庶務股長，那時我這裡有一顆市長的印章，有些章是要到我這裡來蓋的。本來我不知道台中市有一本《兒童天地月刊》，那時主編黃如荃爲了要更改發行人的印章來找我，我才知道原來台中市有這本小朋友的刊物。我翻讀裡面的詩作時，發現他們選刊的作品，大都沒有兒童詩應有的要素，他們把散文的分行，沒有詩質、缺少詩意，只有詩的形式的作品，當作詩作來刊登。黃主編聽了我的解析後，才來拜託我爲他們編選詩作。

經過一陣子的推動之後，台中市的童詩水準，終於變爲全省最高。

——館長您評選了那麼多童詩，相信您對童詩的指導，也一定有相當的看法，不知道您認爲一個老師在指導小朋友創作童詩時，應該抱持著什麼樣的態度？

指導學生創作童詩，不是在教孩子寫作。而是應該要把孩子的想法、感情、本身思考的東西抽出來。成人千萬不可教他們怎麼思考，也不可以用成人既有的理性觀念，來強迫孩子感受，只有這樣，孩子才能有不一樣的想法，寫出來的東西才會有生命力。

——我們知道館長您曾經翻譯過很多日本的童詩，也曾經把台灣的童詩翻譯成日文，介紹到日本去，在促進台日的童詩交流有很大的貢獻，是否可請館長把這一部分的經歷稍加介紹，並且說明其意義。

有一年研究中國文學的日本現代詩人保坂登志子，到台灣來參加亞洲現代詩人會議，開會期間她曾和台灣一些兒童文學作家接觸，因此對台灣的兒童詩產生興趣，回到日本以後開始翻譯台灣的兒童詩。

翻譯後，她便將所翻譯的作品寄到我這裡來，希望我加以監修。我發現她選的作品還不錯，而且翻譯成日文後，還另有一番趣味，於是便答應她做這件事。

沒想到作品翻譯出來，在日本竟然非常受歡迎，因爲日本人認爲我們的童詩作品，水準非常的高，勝過他們許多。於是翻譯到某些數量後，便決定各選一部分的中日童詩，出版中日對照的單行本，其中日本的童詩，便由我翻譯。沒想到中日對照的童詩集《海流》出版以後，在日本也非常受歡迎，因此這個工作便持續進行到現在，目前即將出版《海流》第四集。

——館長您做了那麼多文化交流的工作，對台日的童詩一定有相當程度的了解，是不是可以請您談談日本的童詩有哪些值得我們借鏡的地方？

日本兒童寫的詩和台灣兒童寫的詩比較起來，他們有比較多自然的、自發性的情感。不論在思考方式、想法、或內容都非常的自由，取材非常的日常性，寫作的方式也非常的開放。而台灣兒童受到比較多的灌輸教育，所以寫詩時比較依賴知識性，比較會從知識中獲得寫作的想法，自發性的思考，自發性的情感比較少。

兩國兒童詩之所以不同，應該和兒童所受的教育有關吧！日本的教育比較開放，而且他們推動現代文學也比我們早，所以才會有那樣的作品吧！

——由於語言方便，在台灣除了有一部分人推動和日本的兒童文學交流以外，也有一部分人熱衷的推動和大陸的兒童文學交流，不知道您對和大陸的交流有什麽看法？

和大陸的交流，彼此之間一定都會有收穫，但是大陸的文學乃在大陸政治控制下產生的文學，其文學的成果受其政權的影響，和自由世界所產生的文學有一定的差距。和他們交流，除了會影響他們以外，多多少少也會受到他們的影響，在此情況下，要提高我們的水準，可能性較低。日韓是自由度較高的國家，和他們交流，提高自己的水準的可能性，相對的會比較高。

——您創作過無數的現代詩，也接觸過不少的兒童詩，不知道您認爲現代詩和兒童詩

之間有何差異？

以內容而言，成人有成人的想法，兒童有兒童的想法，比較起來，小孩的想法比較原始性，比較單純，比較幼稚。不過，就詩質而言，詩就是詩，無所謂兒童詩或成人詩。成人和兒童的想法縱有不同，但是這沒有什麼關係，重要的是詩質，一首好詩，詩質萬萬不可失。

由於國民政府以古典文學爲主，來推動文學教育，使得很多人分不清什麼是詩，什麼是歌。以現代文學的觀點而言，詩和歌是完全不一樣的東西，歌可以輕輕鬆鬆的躺在牀上，不必用頭腦就可以愉快的聆聽，但是詩的閱讀就沒有辦法不用頭腦去思考、去感受。推動現代文學，推動現代詩必須先把這個觀點弄清楚才對。

——以館長您的經驗，館長認爲一個童詩的愛好者，要怎樣培養自己的寫作能力？

詩是思考性的文學，想要寫好詩，就必須不停的思考，不管是日常生活上所說的話，或所作的事，都必須不停的思考。

有了這樣的文學修養之後，一個人便具有思考能力，也因此能判斷事情的好壞。

文學的效用，也就在這裡。

——德國格林兄弟曾經把民間故事改寫成兒童能閱讀的作品，館長也曾經改寫過《台灣民間故事》，是否可請館長將您的作法介紹給大家。

不但台灣民間有很多這樣的故事，中國大陸的弱小民族也有很多這樣的東西，台灣原住民也有很多這類的東西，這是很重要的文化資產。爲了保留這些文化資產，我不但改寫了台灣的民間故事，也翻譯了台灣原住民的民間故事。在寫作時，我很强調其哲學性的批判價值，我認爲文學的價值就在其批判性。因此，人們可以從中了解做人的意義，並在自然的情況下，讓它發揮感化人心，陶冶人生的效果。

一般的故事、小說都有事情發生的時空，但是很多民間故事經過漫長時空的輾轉相傳，並沒有留下故事發生的時空，爲了方便讀者閱讀，提高其興趣，寫作時我特別賦予其時空關係，讓讀者有比較具體的感受。我在改寫這些故事時，主要的目的是在賦予它的文學性、藝術性和趣味性，以及哲理式的批判，使讀者更容易接受，而且也能從其中獲得啓示。

——今年台東師院成立了全國第一所「兒童文學研究所」，不知道您對這研究所，有什麼建議？

兒童文學研究所應以兒童文學的研究爲主，這和一般的文學研究所之性質應該相同，不過其專門性較高而已。台灣或中國的古典文學一直都缺乏眞正的兒童文學，只有隱藏在民間的童謠和民謠而已，這部分的文化資產當然需要整理出來，不過這不應該是研究所推動的首要目標。兒童文學研究所首應推動的工作，應該是創作；有了創作以後，再加以評論；有了創作和評論以後，才能建立眞正的理論體系。當然最近幾十年，我們也有一些創作和理論，針對這些創作和理論，我們應該先加以整理；整理以後，再重新檢討。過去理論不足的地方，應該有新的理論、新的發現，所以應該再加以研究，以發現新的理論系統。

另外，小學兒童文學的教育工作，研究所也應該積極的推動，這樣才能眞正的提昇兒童文學教育。戰後五十年，台灣沒有眞正的現代文學教育，只有古典文學教育，或許我們可以從兒童文學研究所開始也說不定。

＊　＊　＊　＊　＊

作為一個現代詩的鼓手，從少年到老年，從十八歲到七十六歲，陳千武走著，每一步都是一記震人耳的鼓聲。六、七十年來，他的詩作，他的詩評論，或是評論他詩作的評論，早已堆積如山了。頂著現代詩的光環，他投入兒童文學工作，做一個寂寞的推手，當然有他傻氣卻可愛的一面。

在他的堅持下，兒童文學的枝椏愈來愈茂盛，兒童文學的果實愈來愈甜美。只要有心，小樹早晚會長成大樹林。相信他為兒童文學澆水、施肥的心永遠不變，讓我們跟隨他，和他一起照顧這小小的苗、小小的芽，在荒蕪的草地上，把兒童文學開墾成一座大花園。

附錄

一、兒童文學活動年表（錄自《童詩的樂趣》）

一九六九年（四十八歲）

• 九月，翻譯少年小說《杜立德先生到非洲》、《星星的王子》，由台北田園出版社出版。

一九七〇年（四十九歲）

・執編青少年雜誌月刊《中堅》第四十九～五十四期。

一九七六年（五十五歲）

・十月，主辦台中市「兒童詩畫」競賽，入選作品在台中市文化中心展出，之後每年舉辦一次，直到一九八七年止。

一九八一年（六十歲）

・六月，童詩論文〈童心的發現〉、〈童詩賞析〉、〈淺說童詩創作〉等發表於《台灣日報・兒童版》。

一九八二年（六十一歲）

・十二月，兒童文集《富春的豐原》列入《中華兒童叢書》出版。編選《小學生詩集》由台中市文化中心出版。

一九八三年（六十二歲）

・十月，〈台灣的小人國〉故事，選入洪建全基金會出版之《兒童文學之旅4》。

一九八四年（六十三歲）

・一月一日，任《台灣日報・週日兒童天地版》之編輯，繼續執行二年。

●七月，少年小說〈姓古兩兄弟〉發表於台北金文圖書公司出版之《兒童小說坊1》。

●論文〈我看兒童詩〉發表於《成功時報》。

●十月、十一月，改寫《馬可波羅》、《哥倫布》傳記，由台北光復書局出版。

●十二月，改寫《台灣民間故事》（共三十五篇），由台北金文圖書公司出版。〈日本童詩欣賞〉發表於《詩人坊》。

一九八五年（六十四歲）

●二月，少年小說〈檳榔大王的竹筏船〉發表於金文版《兒童小說坊》。少年小說集《擦拭的旅行》完稿，未出版。編選《小學生詩集3》，由台中市文化中心出版。

●七月，策劃小學教師「兒童文學營」在豐原興農山莊舉辦五天。童詩論〈自然景象之美〉發表於《台灣日報·兒童版》。

●八月、九月，故事〈拍宰海〉、〈洪雅〉平埔族傳說發表於《台灣日報·兒童版》。

●十一月，童詩論〈詩的內容〉發表於《兒童天地》雜誌二一九期。

一九八六年（六十五歲）

●五月，策劃主辦台中教師「兒童文學研習會」舉辦七天。兒童詩論〈透過兒童心態看童詩〉發表於《大衆報》。

●七月，主編兒童論集《藝文沙龍二》由台中文化中心出版。

・八月，策劃並主持中部縣市教師「兒童文學研究營」在日月潭舉行。
・十月，任洪建全兒童文學童詩獎評審。

一九八七年（六十六歲）

・三月，在宜蘭國民中小學教師研習會演講「童詩創作與欣賞」。五月，編選《小學生詩集4》由台中市文化中心出版。
・十一月，任台中縣文化基金會主辦之童詩競賽評審。

一九八八年（六十七歲）

・二月，在台中縣教師研習會演講「新詩及童詩創作」。
・三月，在台北市兒童文學教育學會演講「童詩創作」；任中部五縣市童詩創作比賽評審。兒童詩論〈詩的韻味〉發表於《滿天星》雜誌二一九期。

一九八九年（六十八歲）

・三月，任中部五縣市童詩比賽評審。六月，童詩〈時間〉等十首詩列入《童詩創作一一〇》，由滿天星兒童詩刊社出版。
・十二月，參與籌組「省兒童文學協會」，當選為理事長。

一九九〇年（六十九歲）

・四月，翻譯日本少年詩、童詩，與日詩人保坂登志子合編台日文對照兒童詩集

《海流》，由東京KADO創房出版。

• 五月，編選《兒童寫給母親的詩》童詩集，由省兒童文學協會出版。

• 七月，策劃支持全省小學教師兒童文學研究營在日月潭舉辦一週。

一九九一年（七十歲）

• 二月，策劃在台中縣文化中心舉辦「兒童文學創作研討會研習」。

• 五月至六月，策劃「兒童文學創作」在台中市立文化中心舉辦。

• 七月，策劃主持全省小學教師「兒童文學研究營」在日月潭舉辦一週。

• 十一月，《童詩選集》由省兒童文學協會出版。

• 十二月，故事《福虎》發表於《滿天星》二十一期。

一九九二年（七十一歲）

• 六月，與保坂登志子合編台日文對照兒童詩集《海流Ⅲ》，分別由台北富春文化事業股份有限公司及東京KADO創房出版。

• 七月，策劃全省小學教師「兒童文學營」在靜宜女子大學舉辦一週。

• 八月，編選《我心目中的爸爸》兒童詩集，由省兒童文學協會出版。

一九九三年（七十二歲）

• 六月，童詩論文集《童詩的樂趣》由台中市文化中心出版。

二、著作目錄（兒童書部分）

書名	出版者	出版年月
杜立德先生到非洲	田園出版社	一九六九年
星星王子	田園出版社	一九六九年九月
馬可波羅・米開朗基羅	光復書局	一九八四年
馬克吐溫・哥倫布	光復書局	一九八四年
小學生詩集⑴（編選）	台中文化中心	一九七九年
小學生詩集⑵（編選）	台中文化中心	一九八二年
小學生詩集⑶（編選）	台中文化中心	一九八五年
小學生詩集⑷（編選）	台中文化中心	一九八七年
童詩創作一一〇	滿天星兒童詩刊社	一九八九年六月
兒童寫給母親的詩（編選）	兒童文學協會	一九九〇年
台灣民間故事	富春文化公司	一九九〇年十二月

台灣兒童詩選集（編選）	兒童文學協會	一九九一年
我心目中的爸爸（編選）	兒童文學協會	一九九二年
海流Ⅲ：台灣日本兒童詩對譯選集（主編）	富春文化公司	一九九二年六月
童詩的樂趣	台中文化中心	一九九三年

三、報導與評論彙編

㈠報導部分

揭發兒童的詩心，激勵創作的才華　林璟亨　台灣文藝一五五期　八十五年六月二十日　頁六十四～六十五

兒童文學老園丁歡度千歲宴　徐開塵　民生報十九版　八十六年十一月三日

㈡評論部分

小學生詩集　陳其茂　民聲日報等十一版　六十六年六月七日

看書對於寫作的影響很大，能引起小朋友的興趣，使他們有文學的修養，並改變他們的氣質。

——陳梅生

☞左起：吳聲淼、陳梅生

陳梅生專訪

爲兒童文學點燈——

地點：台北市和平東路陳公館
日期：一九九九年一月二十三日
時間：上午九點～十一點半
訪問者：吳聲淼

提起陳梅生，大家都知道他和台灣兒童文學的發展，有著十分密切的關係。一九四九年他在北師附小任職，從事基層國民教育工作，做過學生對兒童讀物興趣的調查研究。後來調升為國小校長，期間曾主編過兩本兒童雜誌：《中國兒童週報》和《學園雜誌》。一九六一年受命為教育廳第四科科長，稍後負責承辦「國民教育改進五年計畫」，成立了「兒童讀物編輯小組」。一九七一年在國民學校教師研習會主任任內，成立「兒童讀物寫作研究班」。一九八一年在高雄市政府教育局長任內，又率先輔導成立「高雄市兒童文學寫作學會」。這些事迹，就兒童文學的發展史而言，舉足輕重，關係匪淺。

數十年來，陳梅生始終和兒童文學有不解之緣，因為他關心兒童，更關切兒童讀物，甚至在從事教育行政工作時，以實際行動來表示他對兒童文學的支持，今天我們台灣的兒童文學能夠如此欣欣向榮，他有很大的貢獻。為了進一步了解當年兒童文學的狀況與感受一代學人的風範，於是有了這次的訪問。

* * * * *

——請問先生小時候有沒有接觸過兒童文學？

小時候我是讀私塾的，讀的是四書五經，因爲是讀私塾，所以兒童文學讀物是看不到的。但我們看章回小說，對《三國演義》、《水滸傳》、《封神榜》及後來看的《紅樓夢》等，都很有興趣，所以我自己看課外讀物的習慣是有的。私塾唸了五、六年後才進小學（這時虛歲十五，實歲十三）。小學裡是唸白話文，因爲我讀過古書，所以我可以用文言文寫文章，學校裡的作文比賽，常常得第一名。小學時家裡窮，靠著成績好而免學費，唸中學時也是公費生，只要蓋個圖章便什麼都解決了。高中時，因爲抗日，當年教育部長陳立夫做了一件事對我影響很大，就是淪陷區的學生貸金，學生都是公費唸書，幫助了很多家庭經濟斷絕的學生。高中我唸的是臨時中學，大學唸師範學院，所以我一生都是靠公費讀書的。但我對閱讀課外讀物是有興趣的，我自信讀過的課外雜書還不少。但眞正接觸兒童讀物，還是到北師附小以後的事。

——聽說您早期曾主編過兒童雜誌，不知詳細的情形如何？

我本身也是小學老師，後來當了龍安國小校長，專長是國民教育。年輕時和大家一樣，希望能寫點東西。我和我太太是大陸中山大學教育系的同班同學，到台灣來之後，在北師附小做老師，以前在學校修過圖書館學三個學分，教授是杜定友先生，他現在已經過世了，他發明了杜氏的分類法。我於一九四九年暑假到附小，名義上是教導主任兼輔導研究部主任，發覺圖書館的書有點亂，我就按圖書分類法做整理，一邊整理一邊看書，看了格林童話、安徒生童話等書，開始接觸兒童讀物。

在北師附小時，大安區教育會包含有大安國小、龍安國小、幸安國小。大安區教育會的理事提議編雜誌，是給大安區幾所國民學校小朋友看的兒童雜誌，名爲《兒童雜誌》，由我擔任主編。那是一份完全義務性質的工作，沒有稿費，是三十二開本一張報紙的刊物，但只出版了幾期。後來在一九五一年又編了《中國兒童週報》，是由十個人所出資，包括台北師範學校校長唐守謙、台北師範附小校長王鴻年等十人，每個人出五千元，合資一萬元。十人中還有阮日宣，是《聯合報》記者，也是我高中同班同學；羅慧明，師範大學畢業，是一位美術家，創作《大拇指漫畫》；林國樑，師範大學畢業，台北師範教授，是一位國語文專家。當時的《國語日報》是兒童報紙，但《中國兒童週報》則是針對兒童的看法和想法所編的兒童週報，在《國語日報社》印刷的，因爲只有那兒才有注音印刷。週報的發行量在十一週內就發行一萬一千份。第一版是兒童國家大事；第二版是童話小說；第三版是小故事和大拇指漫畫，是給低年級看的，第四版是兒童園地。週報賣五毛錢一張，但是沒計算中間商的利潤，沒人願意送，遠地訂戶又收不到錢，所以雖然出版成功，卻因行銷而失敗。然而對我的人生而言，《中國兒童週報》卻是一件很值得紀念的事。

當時台北市教育局長吳石山先生，是留學日本的本省籍前輩教育家，他退休之後，和大家合辦了一份《學園月刊雜誌》，亦由我擔任主編，只辦了約半年，每期分上下冊，和課本內容相關，有些課本作業在後面，前面則是兒童故事等。

雖然辦了三種刊物，但對我來講都是失敗的經驗，因爲我們沒有「錢」也沒有

「閙」，銷路是有，但行銷卻都不成功。

——一九六四年先生擔任教育廳第四科科長，編印了《中華兒童叢書》，請問您的作法及依據爲何？

我在小學擔任四年教師，三年校長，後來到師範大學視聽教育館做課程研究員。在這期間，派我出國進修，在「美援視聽教育」名下拿了碩士學位。當時的省政府教育廳廳長是劉眞先生，那個時候要找一位科長，大概因我是小學教師又多了一個碩士學位，也是一九五〇年高考及格，蒙劉廳長的青睞請我當教育廳的第四科科長，第四科當時主管三項業務：國民教育、地方教育行政及師範教育。

美國在一九六四年覺得台灣的情況已經很好，所以在那年就停止了美援。之後，聯合國中有個兒童基金會（UNICEF），對台灣的兒童有很大的幫助，當年小朋友感染砂眼的情形很厲害，基金會幫助學童防治砂眼的計畫，使罹患率由七四％降至七％，防治工作做得非常成功；還有食鹽加碘計畫，我們台灣的鹽缺乏碘的成分，這樣會使人得大脖子病的。這個計畫的支持人，名叫程怡秋。一般聯合國的人員都不會派駐在他的母國，唯獨他個人例外，他是中華民國的國民卻派駐在台灣，這個人對國家很有貢獻。美援停止後，他曾幫忙衞生處、教育廳的衞生教育計畫，有一天，大約是一九六一年，他問我說：「陳科長，四科有什麼計畫好合作的嗎？」我回答說：「出版兒童讀物可不可以呢？」沒想到他竟然回答說：「可以呀！」「那我們就談談看！」他很用心，回到台北後就打電報到曼谷聯合國遠東區總部主任那兒，問起：「中華民國要辦兒童讀物，兒童基金會可以不可以幫助？」這位主任名叫肯尼，自己在美國辦過出版物，對出版工作有經驗，也極有興趣，所以很熱心，一口便答應了。

六〇年代我國的兒童讀物大都因陋就簡，那時只要有注音符號就好，要做到世界級的兒童讀物是很辛苦的。因爲我在美國修過三學分的兒童文學，看到他們的兒童讀物印製得相當精緻，可以代表一個國家的實力。因爲印刷條件，包括紙張、裝訂等，每一樣都跟科技有關，從出版品中我們可以發現這個國家的科學發展到達什麼程度。例如在美國有一本「兒歌」，居然有八十七種版本之多，出版的形式相當多樣化，美國的兒童讀物是各式各樣都有的。我請程怡秋幫忙提供紙張、印刷油墨、稿費，還有編輯人員工作費用等，也就是說所有的錢都由他出。第一次計畫總經費是五十萬美金，是一筆相當大的預算，其中兒童讀物便占了二十五萬美金，因爲兒童基金會工作的對象是兒童，所以當年規定有三方面的內容，分別是科學、兒童文學及營養與健康三大類，一年出三十二册，兒童文學占一半，科學及營養與健康共佔另一半，每大類都分低、中、高三個年段，完全以七彩印刷，從全國最好的印刷廠中篩選出最好的十家來幫忙印刷，內容是完全適合小朋友看的，取名爲《中華兒童叢書》。編輯的人員找了五個人：總編輯是彭震球先生，當時他編的《學友雜誌》發行得很廣；林海音、潘人木兩位是大大有名的女作家；美術編輯是畫馬有名的曾謀賢先生；科學方面的專家則找從美援會工作退休的柯泰先生。當年一般外援計畫，有一個現象：美援存在，計畫存在；美援不存在，計畫也便不存在了。當時聯合國也要我們提出「相對基金」，但是我們政府拿不出來。所以當年想出一個辦法，那就是每位小朋友每學期交一塊錢。那時小學生約二四〇萬，除掉窮苦和山地小朋友可以不繳，大約還有二〇〇萬，一年便有四〇〇萬的收入，靠這個「兒童讀物基金」才將問題解決。這個制度現在還存在，我個人覺得很高興。當年聯合國是和教育部簽約，由我們教育廳執行，歷經了劉眞、閻振興、吳兆棠、潘振球四位廳長，廳長們決定政策，我個人只負責執行而已。到了一九六四年才印製出來。第一批《中華兒童叢書》出版後，因爲印得很有水準，大家都非常喜歡，省議員們也都很欣賞。

因爲《中華兒童叢書》的版權屬於聯合國，所以等於沒有版權，曾被推廣到泰國、菲律賓等地。每年有一個世界出版物的展覽會的舉辦，《中華兒童叢書》還代表中華民國出版物展覽過好幾次哩！另外還有僑社，凡是有海水到的地方都有華僑，華僑社會一定有華文教育，他們一般都採用台灣的傳統繁體字，因爲這樣，台灣變成了全世界華文兒童讀物的供應地區。一九六八年我離開教育廳後，潘人木大作家繼續編了《兒童百科叢書》，現在何政廣總編輯又編了《兒童的》雜誌、幼稚園用書等，都有很好的口碑。去年「中華民國兒童文學學會」贈給我榮譽理事的頭銜，又爲我們辦「千歲宴」活動，對我們是挺禮遇尊敬的，想不到當初「一學生繳一元」的制度，奠定今日的局面。

還有一項事情可以談，那就是一九六八年，台灣九年國民教育開始實施，蔣總統要求教科書要精編精印，但哪來的錢可以精印呢？於是我就提出教科書可以改爲收費，因爲憲法沒有規定免費供應教科書啊！憲法只規定窮苦者由政府供應教科書，所以教科書要收費，「羊毛出在羊身上」，印得貴便賣得貴，把教科書改爲有價供應了，全台灣的印刷條件一下子提高了很多，許多印刷廠都由黑白改爲彩色印刷。這時國小因爲免試升學，小朋友的時間多了，可以看課外書籍，所以便有人編兒童讀物、兒童雜誌，彩色印刷印得很精美，所以一九六八年起兒童文學成長的環境便變好了。

——一九七一年板橋教師研習會開辦了「兒童讀物寫作研習班」，請問當時您的想法和作法爲何？

「兒童讀物寫作班」是鑑於當年兒童文學寫作、繪畫的人才不多，當時的潘振球廳長很有心，他認為要多培養一些作家、畫家，才能解決問題。一九六八年，我擔任教育廳科長七年半後，到聯合國教科文教組織（UNESCO）去工作，被派至菲律賓去訓練師範學校的老師（亦即老師的老師）。一年半後，潘廳長派我到板橋研習會當主任。到板橋研習會上班後，有一次，一位叫徐正平的學員提議研習會辦一次「兒童文學研習班」，對這些在暗中摸索的老師多一點幫助，篩選一些有寫作經驗的小學老師，到板橋教師研習會來受訓，他開了六十幾個人的名單。要訓練這些對兒童文學已有一點基礎的小學老師，應該開什麼課呢？請什麼人來教呢？當時並沒有前例可循。於是我就請了在兒童文學界已經有名望的人，像林海音、潘人木、趙友培、林良，還有徐景淵，他是過去擔任台灣書店《小學生雜誌》的總編輯，和《中央日報》的編輯楊思諶等，這樣合起來有八、九個人，在台北博愛路的美而廉咖啡廳，請他們喝咖啡，我說：「我要辦兒童讀物寫作班，你們看看我要怎麼辦？」一面喝，一面談，就談出了一個大致輪廓，分成三部分來進行，一是「聽」——聽老師的理論；二是「看」——規定起碼看坊間出版書刊一百種，並做報告；三是「寫」——寫一篇畢業紀念文，每人一定要交一篇，否則不能結業。另外值得一提的是「大作家帶小作家」的上課方式，一個班學員共三十個人，一個人帶五個學員，這五個人可以到老師家裡去上課。

講授的時間很少，但看得很多，最後老師教學員寫一篇兒童文學創作，每一個人交一篇，好像寫一篇畢業論文一樣。他們（學員們）把整個研習會的精神都帶動起來了，這批學員們都很有成就感，所以後來的「洪健全兒童文學獎」及「中山文藝獎」的兒童文學獎項，這批人中間有好幾個得獎，寫作的人才慢慢出頭了，我們覺得士氣大振，也覺得很有成就。當時，惟一遺憾的是，沒有辦兒童畫家的研習班。

——在出版兒童讀物的計畫中，有一個子計畫爲設立鄉鎮圖書室及指導兒童閱讀等，其執行的情形如何？

我到美國的學校參觀過。我發現在美國的小學，圖書館是必要設備，每一個學校都有，從一年級開始就有圖書館時間。小朋友去那裡做什麼呢？老師最主要是要培養他們讀書的興趣，但兒童的興趣要怎麼去發現呢？一年級時老師把科學的、文學的書都放在架子上，讓小朋友去抓，抓抓這本，抓抓那本，表示小朋友的興趣在這裡，老師就個別予以指導。大概一年級是這樣。二年級開始，圖書館有很多書，書要怎麼找？借書怎麼借？還書怎麼還？怎麼保護公物？都詳細說明。我們中華民國是由公民訓練來訓練公民的，但他們不是這樣的，他們在平時生活中便養成習慣，譬如借書，要注意不要弄壞書，弄壞要賠的。他們的教學，逐年有進度，美國學校在這方面做得很好，所以當時我想在兒童讀物出版了之後，要在國小課程中排進閱讀時間，本來聽裡面也擬好全省三百六十個鄉鎮，每個鄉鎮起碼有一個國小要設立圖書室，根據美國的作法來指導兒童讀書。但是很遺憾地這方面沒有做得很好，因爲書送到學校裡面，有些學校因爲列入移交就把它鎖起來，連看都沒有看，有這種結果我們也是很失望的。

您對兩岸學術交流的意見如何？

我認爲和大陸交流是必要的，因爲和我們文化的背景相同，假如兩岸兒童文學可以融合起來，這是更好的。這也是我們台灣現在增加師資的一種有效的方法。利用教育部和國科會的經費，也可以請到美國或日本的專家。當年師範專科學校要開兒童文學課程，但是沒有師資，所以我開辦了「師專教授兒童文學課程研討會」，是在台中師專辦的，請來美國圖書館學的專家石德萊女士（Hellon Sateley），她在台灣住了兩個月，講授的對象是師範學院的老師，學員們記了筆記，蒐集了資料，回校去便去開課。台北師範有開課，台北女師也有，學員本身是國文老師，他們本身也對兒童文學有興趣，所以很容易把師專上課的教材大綱寫出來。但我認爲把外國人才引進來，是很重要的一步。

——請問先生在高雄市教育局長任內成立「高雄市兒童文學寫作學會」的經過如何？

「高雄市兒童文學寫作學會」的成立，是由一位許漢章校長所發起的。他本身在板橋教師研習會參加過寫作班，對於兒童文學很有興趣。後來他在高雄成立寫作學會，好像設立一個分會一樣，在高雄服務大家，鼓勵大家來研究兒童文學，因爲那時候我在高雄市做教育局長，所以他就請我當理事長，由他本人來當總幹事，那時他是一位國小的校長，現在已過世了。憑良心說，有了這個組織以後，不定時的聚會，把高雄市附近對兒童文學有興趣的老師、作家們集結起來，互相商討勉勵，是非常好的。當時我的行政工作很重，所以不是那麼地投入。但認爲許校長此一工作，是很有意義的。

——一路走下來，請問先生對於兒童文學有什麼特別的看法？

兒童文學集合了寓言、謎語、笑話、童話、童詩、兒童小說等，它本身是有門類的。兒童文學不等於是兒童讀物，兒童文學和兒童讀物是有區別的，兒童文學是文學的一支，譬如說童詩、兒童小說等，它本身是有兒童文學的內涵。當然，如果只將文章寫得淺顯一點，或者是在文字旁加注音，就稱爲兒童文學，這樣應該是不對的。所以兒童文學裡面應該有兒童文學的東西。兒童文學是比較屬於文學類的，不像兒童讀物，科學、道德與健康啦，什麼都可以放。在教育廳的計畫裡面，因爲兒童基金會的服務對象是兒童，所以對兒童的健康及衞生等，他們都很重視。但是我們腦筋裡眞正只有兒童文學，我們的決策都是以兒童的興趣爲取向、兒童的程度爲取向、兒童的意境爲取向，來做兒童文學這方面的工作。這可以由《中華兒童叢書》中兒童文學占一半的比例可以看出。現在電視普及了，小朋友恐怕很少看書，兒童文學好像沒落下去了。我希望你們研究所能多研究研究，看看怎樣使他們有興趣看書。看書對於寫作的影響很大，能引起小朋友的興趣，使他們有文學的修養，並改變他們的氣質。文學方面我不熟悉，但是希望我們兒童文學界更强一點，台灣可以出幾個像安徒生這樣的作家，現在台灣林良先生的文筆、意境都能把握到，此外也有很多人從事這方面的工作，希望大家在純兒童文學內有所成就，那就更好了。

——東師成立全國第一所兒童文學研究所，您有何期許？

我實在不敢說有什麼建議，因爲這行並不是我所學。研究所可不可以把本土的寓言或兒歌，用蒐集的方式，把從古以來或全世界各國同類的書收集齊全，然後促使出版界出版一套完整的書籍？有系統的做下去將來會有成就，我做的是比較膚淺的行政工作，你們是做研究、整理的工作。此外如培養一些作家，我認爲都是很重要的。能寫的人寫，不能寫的人就翻譯。我自己本身很想寫，想當作家，又因爲留學的關係，外文還可以，就翻譯了一些書。你們可以找一點前輩或是外國作家們的著作，從事翻譯工作，把一整套書翻譯出來也是不錯。我很想在自己退休以後，也能做一些翻譯的工作。在美國每年有一個最受歡迎的青少年文學的選拔，他們怎麼選呢？看一年內美國兒童文學類作品出版有幾本？每本書借出去幾次？次數多的就得獎，叫「紐伯瑞獎」，假如能將這些作品翻譯介紹到台灣來，也是很不錯的。

我在北師附小時，做過兒童讀物興趣調查研究，研究當年三年級、四年級、五年級、六年級的兒童喜歡看什麼書？我製作了一個調查表，把兒童文學分類、喜歡的原因和不喜歡的原因選項放在上面，這個東西我做了統計數字，你們研究所也可以做做看。

研究所的成立總是要靠師資，如果自己不夠，要請外面的人才，進行文化交流，大陸可以，日本也可以，其實日本在動畫卡通方面是全世界有名的。如果依市場的觀念來看，小朋友的書應該比大人們的暢銷，只要符合小朋友的興趣，出版童書還是大有可爲的。所以想出一些點子，利用資源來充實師資是可行的。我在中國醫藥學院也有和大陸做學術交流，後來開辦中醫博士班，也曾請韓國中醫博士來教課。這是初辦研究所可以做的事情。

* * * * *

從「兒童讀物編輯小組」，到「兒童讀物寫作班」，乃至「高雄市兒童文學寫作學會」；或是從國小老師，到教育部次長，陳梅生無時無刻都在掛念著兒童文學的發展，念茲在茲都在為兒童文學培養寫作人才。人的一生，如果都能有機會去實現自己的興趣與心願，夫復何求？

數十年來，陳梅生一直關心兒童文學，並以實際行動來表示他對兒童文學的關愛，兒童文學能發展至今日這樣百花繽紛的局面，我們這些身受其蔭的後輩，應該感謝這位有遠見、有理想，並堅持為兒童文學點燈的教育家才是。

參考資料

九年國民教育實施二十週年紀念文集　中國教育學會主編　台灣書店　民國七十七年九月　頁四四五~四五一

兒童讀物興趣的調查研究　原刊於《教育部教育通訊》二卷二十三期；後收於《國教筆耕集》　頁二一五~二二〇

小作家訓練營——兒童讀物寫作班

爲兒童文學點燈的陳梅生　邱各容　兒童文學史料初稿一九四五~一九八九　富春文化事業股份有限公司　民國七十九年八月　頁一八八~一八九

培養寫作人才的搖籃——兒童讀物寫作研究班　兒童文學史料初稿一九四五~一九八九　邱各容　富春文化事業股份有限公司，民七十九年八月　頁三二一~三三六

兒童讀物寫作研究班——開班緣起及其課程設計　研習通訊第一三九期　民國六〇年六月　頁一一~一六，頁四十三~四十七，頁七一

記兒童讀物寫作研究班　中國語文三〇卷第二期　民國六十一年二月　頁二十四~三十一

一年來的兒童文學——從兒童讀物寫作班談起　徐正平　國語日報　民國六十一年五月二十八日

附錄

一、兒童文學活動年表

一九三六～一九三八年

・小學（十三～十五歲）

一九三八～一九四一年

・浙江省立紹興中學

一九四二～一九四四年

・浙東第三臨時中學

一九四四～一九四八年

・國立中山大學師範學院教育系

一九四九年

・來台

一九四九～一九五三年

・北師附小老師

一九五三～一九五六年

・龍安國小校長，主編《中國兒童週報》和《學園雜誌》、《學園月刊雜誌》

一九五六～一九六一年

・師範大學視聽教育館研究員

一九五九～一九六〇年

・至美國進修碩士學位（美援），美國田納西大學課程與教學碩士

一九六一～一九六八年

・教育廳第四科科長（七年半），辦理《中華兒童叢書》出版計畫

一九六八～一九六九年

・聯合國教科文組織，派駐菲律賓（一年半）菲律賓大學

一九六九～一九七七年

・板橋教師研習會主任，辦理「兒童讀物寫作班」

一九七二～一九七四年

・赴美國進修博士學位（二年半），美國田納西大學課程與教學博士

一九七七～一九七九年

・教育部高教司司長（二年）

一九七九～一九八二年

・高雄市教育局局長（三年），擔任「高雄市兒童文學寫作學會」理事長

一九八二～一九八七年

・教育部常務次長（五年多），主管高等教育

一九八七～一九九六年

・中國醫藥學院院長（九年），綜理院務

一九九六～

・中國醫藥學院顧問至今

二、報導與評論彙編

(一)報導部分

爲兒童文學點燈的陳梅生　邱各容　新生兒童　一九八八年五月十四日，後收《兒童

文學史料初稿一九四五～一九八九》富春文化事業股份有限公司　一九九〇年八月　頁一八八～一八九

㈡專書部分

陳梅生先生訪談錄　陳梅生口述　國史館出版　二〇〇〇年十二月

「誠實為經，愛心為緯」——這是我不渝的信念，亦是我的詩觀、文學觀，乃至於人生觀。我畢生皆朝著這堅定不移的標竿實踐力行。

——薛林

☞薛林

薛林專訪

不墜的夕陽——

訪問者：林宛宜

提起台灣的兒童詩，就不免要想起為台灣的兒童詩的發展，奉獻極多心力的詩人之一——薛林先生。

一九二三年，薛林出生於四川省萬縣，本名龔健軍。高二那年因戰亂，留書離家出走，曾投效空軍未成，後來考入陸軍官校。二十五歲時應聘來台，任職於台糖公司。一九七二年結識詩人林煥彰，一九八〇年兒童節與林煥彰、舒蘭等人共同創辦《布穀鳥》兒童詩學季刊。一九八三年時自台糖退休後專事寫作，一九九三年創辦發行《小白屋幼兒詩苑》至今。

薛林從事業餘寫作五十多年來，出版了詩集、散文集、兒童詩集、兒童論文集和小說，是著作等身的詩人，作品常被收入各種詩選中，也曾榮膺國際性的榮耀。薛林目前獨立經營的《小白屋幼兒詩苑》，則是一本對幼兒來說，相當有啟發性與影響力的季刊。這份迷你詩刊，不但有作品、賞析，並設立幼兒詩獎。薛林說，是當年西南師範大學王泉根教授的來信堅定了他創辦詩苑的決心，因此當時自己的固定收入只七千多元，光是印製詩刊和郵資就要花費五千多元，但仍堅持「再苦也要撐下去，創辦幼兒詩苑是我唯一的選擇。」

薛林自比為詩苑的園丁，他說：「整整六年，我心酸過。痲痺後再甦醒過來。我喜悅過，一粒種子已變成一顆小樹苗。」薛林七十多歲高齡的身軀，不時在迎戰病苦，但他對詩的堅持及指導青年人寫作的熱忱，並不因此而有所削減。

薛林其實已不只是幼兒詩的拓荒者，更是「幼兒詩和童詩」的父親，他的一生，好像是為「兒童詩」而活。讓他持續長長的五十餘年創作，從少年到老，正是那永不停歇的熱情和對兒童的理解與愛。

* * * * *

——請問您與兒童文學的因緣？

從兒童文學顯著的歷程算起，那是在一九八〇年（民國六十九年）四月四日兒童節，舒蘭、林煥彰和我三人發起成立《布穀鳥》兒童詩學社，創辦《布穀鳥》兒童詩學季刊。但是從我的《我在兒童文學路上》這本論著的「索源尋根」篇章中去尋覓——遠在一九三一年（民國二十年）「九一八事變」，八歲的我，即幫著老師提著漿糊桶到各城門、廟宇、會館、碼頭、客棧、茶館、公園……等公衆場所貼抗日宣傳標語。全縣各中小學、師範、職校師生遊行示威，手揮小旗幟高喊：「趕走日本强盜，還我東北。」散場返校，我獨自一人到操場，用竹篾在地上亂畫亂寫，「你還認得記得嗎？」「老師，我認得記得。」「好，你跟我回教室。」回到教室後，老師給我一支粉筆，叫我站到黑板前的小板凳上，要我把剛才在操場上寫的寫出來。我一句一字的寫，寫完了，老師又叫我唸一遍：

我恨！我恨！
我恨日本鬼子殺死我們那麼多
爸爸媽媽哥哥姊姊弟弟妹妹
我長大了，
我要報仇，
我也要去殺死他們。

我唸完後，全班一陣熱烈的掌聲。震驚了全校，也傳遍了全縣……。這是詩嗎？是兒童詩嗎？我不懂，也不知道，只是把宣傳海報上畫的寫的記在心裡面。在路上我就悶悶的，回到學校，心鬱未開，一個人悄悄的跑去操場，亂畫亂寫，想不到老師竟然說是「詩」。由此可印證：我的「兒童文學思想」是「師法良知」，在生命原生細胞中就蘊含這種孢子。

一九三六年（民國二十五年）「雙十二事變」，蔣委員長中正先生西安蒙難脫險，全國歡騰，鑼鼓鞭炮震天撼地，不是任何節日和過新年可以比擬的。女師薛敦惠姊姊和我參加慶祝遊行大會後，在回家的路上她跟我說：「中國近百年來，就像一頭睡獅，任憑帝國主義者欺凌侵略，現在好了，這頭睡獅終於要醒來了……。」薛姐姐邊走邊說，我邊聽邊想，回到家裡，我寫了〈睡獅睜眼了〉：

睡獅睜眼了，
睡獅快醒來，睡獅快快站起來。
睡獅啊！你大吼兩聲！
看誰還敢欺負你，
丟石頭砸你。

一九三七年（民國二十六年）「七七抗戰」爆發，我已十四歲，被選任爲雲陽縣民衆教育館「兒童讀書會」會長。一九三九年成立「抗日愛國兒童劇團」，薛敦惠姊姊任團長，我任副團長。同年九月，我參加了江民生先生領導的淪陷區流亡學生「擦鞋捐獻救國團」當擦鞋童。一九四〇年（民國二十九年）春，我讀省立萬縣高級中學二上時，留書出走，赴渝，考入陸軍官校十八期入伍生團。未待訓練期滿，又自動轉入敵後基地的分校，同年五月由渝赴宜昌，因戰事逆轉，宜昌失陷，復轉折返四川萬縣高風場，學校擴大招生，九月再度出川，至離宜昌不遠的三斗坪離船上岸，經淪陷區，晝伏夜行，行軍三月餘，至魯西，再折轉安徽阜陽；再招生正式成立中央陸軍軍官學校十八期十一總隊。面對三面敵人，以一邊學習一邊戰鬥，以戰鬥實驗理論，以理論認識戰鬥，接受「戰教合一」訓練，參加抗戰。在這期間——也就是從一九三一年（民國二十年）「九一八事變」到一九三七年「七七事變」，抗戰爆發至一九四〇年抗日（民國二十九年）中初期，由三〇年代至四〇年代初，整整九年，我由兒童到少年跨齡階段時期，除了八歲時在一種本能意識下寫了〈報仇〉，又寫了〈鐵鳥〉、〈五個袁大頭〉各兩首，〈媽媽的糖炒栗子〉、〈擦鞋童〉、〈離家〉、〈帆影〉、〈三過其門不入〉……等。這些即爲我與兒童文學的因緣與原初兒童文學思想的幾個印證。

——您最早是創作散文、小說及現代詩，是在什麼情況下才踏入兒童詩創作的領域？

這個問題很難答，也很容易答。難答的是：從一開始的童年期作品印證，我開始寫作文，就蘊含兒童詩的潛在意識，只是在那個年代，沒有聽人說兒童詩，沒有老師指導，也無兒童詩園地，所以很難說出在什麼情況下踏入兒童詩的創作領域。

很容易回答的是：

第一、如果不考慮在我能寫作文的同時就蘊含兒童詩的潛在本能這一點，那就乾脆說：一九八〇年四月四日兒童節與舒蘭、林煥彰創辦《布穀鳥》兒童詩學季刊，即是我跨入兒童詩領域的開始。但是我不願意抹煞原初兒童文學思想本能。

第二、既不想抹煞我的原初兒童文學思想，除了以上記錄的小詩之外，我的《我在兒童文學路上》論著「索源尋根」篇章中就我已出版的散文、小說、現代詩摘出兒童語言組成的文句，或具兒語實質形式的小詩，也都是我的原初兒童文學思想。

從我自己的各類著作中所檢出的富有「兒童語言」組成的文句，或已具兒童詩意味與形式的作品來看，我的兒童詩沒有什麼「早」、「晚」、「現在」時空的分際，只是蘊含於生命的兒童文學思想偶然被某些事物觸及心靈所爆發而記錄下來的東西。

——請問您對自己最爲滿意的作品？

我已出版的二十二本著作中，以《愛的故事》和《追尋陽光的女孩》中英文詩影集，最受讀者朋友的喜愛。尤其是《追尋陽光的女孩》的讚美信函和書評，足可印成一本書，《愛的故事》則贏得了不少讀者眼淚。《愛的故事》在寫作的年代，說它是新詩、現代詩，不會有什麼議論，而在今天讀起來，在詩質與意味等方面，卻偏向於「少兒詩」，它在一九七五年抗戰勝利紀念日出版（林白出版社），共印了三版，總計一萬冊。事隔二十多年，武漢華中師範大學中文系王常新教授讀了《愛的故事》，來信說：「《愛的故事》我是一口氣讀完的，雖然淚水時常模糊了視線，不得不停止閱讀，但擦乾了眼淚之後又迫不及待地讀下去。……這樣的作品，是應該把它指定爲少兒教育參考讀物。爲國家民族戰鬥而犧牲的小英雄們，無論時光怎樣流瀉，中華民族是不會忘記他們的！」

《愛的故事》是我已出版書中的「最愛」，它不只贏得讀者的眼淚，也被公認爲一本適合少兒讀的詩集。

——您的文學觀爲何？

「誠實為經，愛心為緯」

這是我不渝的信念，亦是我的詩觀、文學觀，乃至人生觀。我畢生皆朝著這堅定不移的標竿，實踐力行。

關於幼兒詩苑與《小白屋》

——能否談談您探索「幼兒詩」的緣由？

在我創作出版《童稚心靈皆是詩》與《童稚心靈的空間》兩本幼嬰兒詩詩論集之前，我已從事「童稚心靈空間活動映象」與「幼嬰兒的肢體語言」探索研究工作多年。我所探索、尋覓、研究的不止於鄰里，幼兒園、大小飯館、公園、路邊、公衆場所，父母帶在身邊的寶貝我無不蹲下來與他們「交談」，與他們作朋友。看到這些天眞爛漫活潑的小天使們，我就有一種喜悅的衝動：對他們微笑、招手、搖手、揮手、飛吻、進而去親撫他們，握握小手、摸摸頭、說些他們喜歡聽的話。比方：你好漂亮啊！你好可愛啊！你好乖啊！如果你長一雙小翅膀，你就是小天使了……。這些老天眞的語言和動作，大都能觸動他們的心靈而獲得回應：微笑、揮手、搖手、飛吻……，大一點的小天使們還會說：「阿伯、阿公，再見。」揮手！再揮手！我的心滿滿的。自從構想寫嬰幼兒詩，就不斷的去接觸，希望以他們的「詩」來實驗我的理論，在我的記憶裡，啓開我心靈門扉的小寶貝約有二、三百位，他們的音容笑貌常反映在我心靈，甚至來到我的夢裡。就《童稚心靈皆是詩》與《童稚心靈的空間》兩本書和我在「小白屋」幼兒詩苑所錄製的幼兒詩，約估已近百首。

初生嬰兒雖然還沒有語言能力，他們只會「嗯哇！嗯哇！」的哭、咯咯的笑、呵呵的說。我們別小看或忽視「嗯哇！嗯哇！」的哭聲，這是他們最重要的語言：這代表了：「我的肚子餓了，我的肚肚痛呀，尿尿了，不舒服呀！我不要老是睡在搖籃裡，我要媽媽抱……」如果他不吃，尿布未濕，抱在懷裡還哭，那表示他生病了，趕快帶他去看醫生。我在《童稚心靈皆是詩》的第一個篇章「動力與最愛」裡第一首小詩——〈人之初〉是這樣寫的：

嗯哇！嗯哇！
不是我
不喜歡這世界，
是不習慣。

嗯哇!嗯哇!

國內著名兒童文學作家林煥彰先生讀了〈人之初〉後評論說:寫嬰兒「『嗯哇!嗯哇!』的哭叫聲,極爲傳神地把一個新生嬰兒給人的第一個印象和感覺,對人生注入了極爲生動而又有意思的情趣,似乎在嬰兒的既『原始』又『單純』的哭叫中,也蘊含了人生的深層的哲理。」我認爲心靈語言就是「詩」。初生嬰兒沒有語言能力,然而他們「嗯哇!嗯哇!」的哭叫聲,咯咯的笑,呵呵的說,就是最眞最美好的詩,尤其是那「嘴角輕牽」的微笑,更是完美無瑕的詩。

初生嬰兒沒有語言能力;嬰兒到初階幼兒沒有連貫語言能力;而接近兒童階段的幼兒,則只會「說」、「唱」和描紅,照著「看圖說話」本子寫,不能說是「文字創作」。但是他們每說一個字、一句話,塗鴉畫畫,音容笑貌,都是「詩」。但是他們的「詩」,還只是詩的「字」、「詞」、「句」,還得詩的記錄員以「塡隙」、「補植」的技法融結製作成詩。

幼嬰兒的詩,從何而來?凡是有靈性、有智慧的生命都有兩個共同的愛好與需求:視覺——愛看美好事物;聽覺——愛聽優美的聲音。幼嬰兒的詩由這兩條航道揚帆而來!好看的、好聽的都會觸動他們的心靈,活動於心靈空間的映象,表露於音容笑貌和四肢——統稱為「肢體語言」，「肢體語言」蛻變為「彩蝶」——美麗的詩。

我在一本小書《薛林小語》的「兒童篇」有這樣兩句話：

兒語　似花粉
詩的融結員
宛如工蜂
他把花粉帶回工作室
釀成蜜香味的幼兒詩
詩中蘊釀蜜　曰詩蜜

我想這就是「詩的記錄員」的工作。至於兒童詩呢？除了這兩種美的觸動為詩之外，還有便是：兒童多夢——幻想。他們的心靈如雲彩，變幻莫測，詩也是多樣的。又兒童詩與成人詩一樣，也都是有意境、意象、境界、詩意和音樂性，沒有一定的規範和格局，詩是隨著心靈觸動所寫出的心靈言語。

——您創辦《幼兒詩苑》這份刊物的動機、理念、目的？

《小白屋幼兒詩苑》於一九九三年一月創刊，它只是一個小小的刊物，旨在以愛心、誠實伸向原始，探索人類最神祕、最純眞的一些心靈活動映像，記錄爲詩。但並不因此忽視詩的理論及評析。我們以選刊父母、師長代爲採錄的作品爲主，藉以幫助我們進入幼兒心靈的世界，誠摯的希望喜愛幼兒詩的朋友，能和我們一起攜手爲幼兒詩的研究與推展盡一份心力。

所謂「幼兒詩」，我們暫且把它定位在「六歲以下的孩子可以聽讀的詩」，作者自然是成人，可以自由創作，也可以採錄幼兒們含有詩意的話語，加以潤飾，製作成詩。幼兒的語言永遠是新鮮的、最富詩意的。我們做這件事，是要尋回工商社會的人們失去的純眞詩心，也希望經由「幼兒詩」的挖掘與開拓，使新詩更新，使現代人更愛現代詩。

——您在記錄、創作與欣賞幼兒詩時，秉持的原則是哪些？

憑藉「良知」、「智慧」和「知識」錄製、創作與欣賞幼嬰兒詩，絕不做一字一詞的虛構或誇大。因爲兒童是自然詩人，幼嬰兒是自然詩人中的寶石。

最近「秋水詩社有限公司」出版了五本筆記套書，其中有我這樣兩則小語：「誠實是泥土，愛心是種子，播植不一定要收穫」。「智慧是一盞燈，點在心上，便是愛的光」。我想，把我這兩則小語運用在這一問題裡，也是適當的。

——《小白屋》目前的運作發行情形？

你所問的發行情形，是這樣的：

創刊時只印二〇〇本，隨後作者、索閱者越來越多，由創刊二〇〇本逐漸升至九五〇、三〇〇、三五〇、四〇〇本，至三十六期起將增至五〇〇本。贈閱機構和個人：一、台澎金馬各縣市圖書館。二、台澎金馬各縣市立文化中心。三、各公私立大專院校圖書館。四、部分私立圖書館。五、藝文社團和詩社詩刊。六、兩岸暨海外藝文朋友。七、作者是當然接受贈送者。

創刊發行至今，一九九三年一月至一九九九年一月，六年來已出滿二十五期。大陸作者遍佈十三大城市，二十三省市及特區，遠至新疆、青海、內蒙，只剩西藏沒有作者。美、日、韓、星島、香港亦有作者。島內：北、中、嘉南、高屏地區作者五十八人，大陸和台灣尚有遺漏不少作者未入統計。

評估：一、創刊初期，即獲中央圖書館、台大、師大、海洋……各大學圖書館，金門、澎湖……文化中心來函讚許，盼望繼續贈閱。二、兩岸廣大的作者羣。三、兩岸及海外素昧平生朋友不斷的讚許函，頗多珠璣金言，故闢「陽光書簡」專欄，已刊出三十三帖，還有一厚厚的卷夾，足可印一部厚實的書。由以上三點實錄，《小白屋幼兒詩苑》這個迷你刊物是受肯定的。

——「小白屋」似乎是您寫作之處的別號，是否有特殊的含意？

「白」，象徵良知，白如童貞的「貞白」。以這「白」為依恃，堅毅不懈不怠不渝，接納，包容。潛移默化，水乳交融，終創造出：「王者之香的——蘭；生命之花的——荷。」

「白」這個字，出現在我的詩頁，也出現於我的散文和小說。「白淨不污染」，是「警醒」又是「自勵」：任何文體的創作，都是健康的。這就是——小白屋。

關於兒童文學發展史

——能否談談《布穀鳥》的創辦目的，以及同仁參與的情形？

我們創辦《布穀鳥詩學季刊》，是經過思考與計畫後逐步行動的：

第一、無論是版面和內涵，都要不同於一般的兒童文學詩刊。

第二、我和舒蘭、林煥彰這三位發起人，各自估計自己的人際關係。

第三、根據人際關係而決定銷售網。

這三點決定之後，立刻採取動員工作：北市和北縣是由舒蘭、林煥彰負責聯絡，中部地區由洪志明、杜榮琛、李魁賢負責，嘉南地區由我、吳夏暉、陳玉珠負責聯絡，高屏地區由林仙龍、周廷奎、李春生、林玲負責，東部地區由藍祥雲校長負責。在邀請函中印出：「提倡兒童詩創作、理論、批評、教學研究，結合童謠、兒歌、謎語、美術和音樂」的理念。同時也摘錄了發刊詞中的三句話：「《布穀鳥》是爲建立中國兒童詩的理論而創辦；《布穀鳥》是爲提高中國兒童詩的品質而創辦；《布穀鳥》是爲推廣中國兒童詩的教學而創辦；從今天起，我們當盡心盡力做好這件有意義的工作。」這就是我們創辦《布穀鳥》的目的。

邀請函發出不久便陸續收到回函，很快就達到一〇八位同仁（最後到達了二七〇多位），爲了工作需要，還設置了駐國外顧問，並把國內顧問分爲企劃、音樂、美術三類。

《布穀鳥》的推廣對象？

《布穀鳥》推廣的對象有機關、社團、學校、老師和學生、家長，以及喜愛兒童文學的朋友。

您與林煥彰先生、舒蘭先生在《布穀鳥》三年多分別扮演什麽角色？

記得一九八〇年，我與舒蘭、林煥彰倡議成立「布穀鳥兒童詩學社」，同年的兒童節創辦《布穀鳥兒童詩學季刊》。當時我因公職在身，無法兼任任何社團職務，於是和舒蘭、林煥彰商量後，我擔任企劃顧問一職。

《布穀鳥》創辦期前兩年，由舒蘭的女兒戴萍任發行人，舒蘭任社長（實際的發行人），林煥彰任總編輯，我只是幕後默默推動社務的工作者。一直到一九八二年春，在我退休前一年，我收到一個小包郵件，拆開一看，赫然是一盒名片，這雖未經我同意，但也是舒、林二位的一番好意，所以從一九八三年四月四日第十三期起，舒蘭任發行人，我執掌了社務，林煥彰任總編輯，戴瑩任發行部經理。

——《布穀鳥》對您在兒童詩的教學、創作及推廣工作，有什麼重要的影響？

《布穀鳥》時期寫詩的小朋友，我不敢說他們長大後是不是每個人都會成爲詩人或作家，但我相信，應該會有不少人對兒童詩或兒童文學發生眞正的興趣和感情。《布穀鳥》時期努力爲兒童詩和兒童文學付出的人，現在也都更上層樓，在兒童文學界都占有一席之地。至於我的兒童詩教學，我有我的創作風格和施教方式。

——《布穀鳥》停刊的原因和停刊後同仁們的看法？

《布穀鳥》突然宣佈停刊，我雖震驚但心靈仍平靜。檢討《布穀鳥》突然宣佈停刊的原因：

一、舒蘭喪偶。其妻黃玉蘭因心臟病驟爾逝世，舒蘭深受打擊，遂有離台赴美，完成西北大學藝術碩士學位的意願。

二、編務、帳務、發行積煥彰一身，此係遠因。

三、煥彰原服務於生產事業黨部，後轉任聯合報副刊擔任編輯。搬家之日，將《布穀鳥》原始資料、帳冊、訂戶名單裝箱打包，由九樓運到一樓，再回頭搬運物件，下樓後，原搬下樓裝有《布穀鳥》資料的紙箱卻已不知去向，遍尋不著，最重要的連打字好待印的第十六期稿件也在其中。煥彰告訴我此一消息，我在電話中安慰他說：不要急，安下心來，無論如何先把新的作做好，《布穀鳥》第十六期也是要出的，把暫時停刊的原因公告全體顧問、同仁以及訂戶。煥彰答應照辦，舒蘭也有同感。也許是煥彰到了新環境，工作壓力更重，第十六期《布穀鳥》始終未能與大家見面。嘆息聲夾雜著責難，時有所聞。久之，雜音漸消，只留下偶爾傳來的嘆息和讚美。

——您認為《布穀鳥》在兒童詩教育中扮演著什麼樣的角色？發揮了什麼樣的功能？原因何在？

《布穀鳥》從創刊號到十五期，每一期的封面都有獨特的藝術風貌，內涵也都循著創作、理論、批評、教學研究，結合兒歌、童謠、童話、謎語、美術和音樂這創刊時的理念而努力。今天仍有一些教育工作者、年輕的兒童詩作者和中青代兒童詩人，仍然懷念關心《布穀鳥》，因為他們都是當年《布穀鳥》時代的讀者和作者；而今日台灣兒童文學的重鎮：中華民國兒童文學學會、台灣省兒童文學協會、海峽兩岸兒童文學研究會，以及一些詩刊和文藝社團的中堅幹部，有不少人是《布穀鳥》的編委同仁或顧問，不難想像他們對中國兒童詩教的功能和影響吧！

＊註：《布穀鳥》部分（整理出自「國立台東師院．教育研究所」郭子妃的碩士論文《〈布穀鳥兒童詩學季刊〉與兒童「詩教育」》）

對未來的期許

——請問您對台灣兒童文學發展的看法和對未來的期許？

在回答你這一問時，我認爲必須將「期許」一詞改爲「希望」。雖然我也是中華民國兒童文學學會與台灣兒童文學協會孕育接生人員之一，但是我在台灣兒童文學界並非什麼重要人物，在文壇、詩壇亦復如是，我只遵照我自製的「格言」或詩觀或人生觀去做。

我對台灣兒童文學發展的看法和希望如下：

一、作家應憑良知與愛的教育來創作。

二、藝文社團宜融洽和諧，達到共同意旨和目的，不做小團體和個人「秀」。

三、鼓勵設置兒童文學（詩）獎，不以重金誘因，宜重精神嘉許爲榮。

四、鼓勵創辦適合兒童閱讀的兒童文學（詩）刊物。
五、鼓勵創辦校園兒童文學（詩）刊物，替代老八股的官樣文章壁報。
六、成立兒童文學資料館，「世界華文兒童文學資料館」就是好榜樣。
如能做到以上六點，我們的兒童文學（詩）將蔚成蓬勃的氣象，在國際兒童文學界的地位也將更爲提昇。

＊　＊　＊　＊　＊

薛林對兒童詩的熱情，是熊熊不熄的。他自八〇年代起，就開始義務指導青少年、兒童創作與欣賞現代詩、兒童詩。除了鄰里習作者，一般青少年和兒童是採取函授方式指導，薛林甚至自付函寄郵資。近幾年來，雖然被指導者因升學主義而減少，但他也年事漸高，加上兩岸暨海外信函接續不斷，「幼兒詩苑」的種種業務，又由他一人獨撐，艱難辛苦可想而知。

函訪期間，薛林總在信末簽名的上頭寫下「不墜的夕陽」，這也應該是他對自己的期勉吧！他用了近一甲子的光陰，創作與探尋兒童詩、幼兒詩，他的付出與努力，不知影響了多少成人與兒童。我們應該給薛林更多的鼓勵、支持、喝采與掌聲！

附錄

一、兒童文學活動年表（薛林自撰）

一九二三年（一歲）

• 五月十八日生於四川省萬縣，嬰幼兒起生長受教育於雲陽縣。本名龔健軍，原名德全。

一九三一年（八歲）

• 值「九一八」事變，被趙翠蓮老師發現我寫了〈我恨日本鬼子〉。

一九三六年（十三歲）

• 寫了〈睡獅快醒了〉。〈老子打兒子的屁股〉，憶錄小學時的故事。

一九三七年（十四歲）

• 寫了〈鐵鳥〉二首……

一九三九年（十六歲）

• 就讀省立萬縣中學。寫了〈擦鞋童〉……

一九四〇年（十七歲）

• 高二上留書從軍。寫了〈石榴小紅裙〉、〈五個袁大頭〉、〈帆影〉、〈三過其門不入〉……。

一九四二年（十九歲）

• 陸軍官校十八期畢業，一九四四年初春至抗戰勝利這時段公餘時間，去上海法學院研讀經濟系二年。

一九四六年（二十三歲）

•《帆影》由《雲陽日報》印行出版。集結了「抗日」與「抗戰」兩階段淒苦的大時代在鄂西、豫南、魯西、皖北、陝西、四川以泛亞、蜀嵐、舒軍筆名在各戰地報發表過的〈上官業興死了〉、〈李雅樂失蹤了〉、〈闖關車〉、〈血草〉、〈雪花血花〉、〈黃碧花表姐〉、〈女兵〉、〈繡花手帕〉等八十餘首，以〈帆影〉一詩爲書名，乃處女詩集。是兒童到青少年時期的履痕或可數的足印。

一九四七年（二十四歲）

• 九月，應台糖約聘來台（落籍新營市已五十三年）。寫作不綴。

一九七三年（五十歲）

•《晚安曲》詩集於母親節由林白出版社印行二版，三千本。

一九七五年（五十二歲）

•出版《愛的故事》（林白出版社）。同年抗戰勝利紀念初版，四千冊。同年中華文化復興節二版，三千冊。一九七六年兒童節三版三千冊，三版共計一萬冊。由大中國圖書公司總經銷。

一九七九年（五十六歲）

•五月十八日及母親節《親情之歌》（林白出版社）連二版，以書名字體大小為別，一版二千冊，二版一千冊。

一九八四年（六十一歲）

•九月，出版中英文詩影集《追尋陽光的女孩》（布穀出版社）。印行二千冊。

一九八九年（六十六歲）

•十一月，《露珠兒的夢》兒童詩集由《滿天星兒童詩學季刊》以「露珠兒」系列專欄連刊後，印行一千五百冊。

一九九一年（六十八歲）

•父親節時出版幼兒詩詩論集《童稚心靈皆是詩》（秋水詩學季刊），印行二千冊。

此書出版前在「南青」月刊的「教與學」專欄逐篇發表至出書前夕。另一本幼兒詩論集《童稚心靈的空間》亦曾在這個專欄發表。

一九九三年（七十歲）

•兒童節時出版《天使之愛》（小白屋詩苑），印行二千冊。

•六月，《童稚心靈的空間》幼兒詩論集（小白屋詩苑），印行兩千冊。

一九九九年（七十六歲）

•兒童節時出版《薛林小語》（小白屋詩苑），印行一千冊。

•四月，印行《現代寓言小故事》（小白屋詩苑）。

二〇〇〇年（七十七歲）

•預計於公元二〇〇〇年出版《我在兒童文學路上》論著，此書自一九九七至一九九九年初陸續寫作完成，已完成二校稿，十二萬二千餘字。

二、著作目錄（兒童書部分）

書名	出版者	出版年月
露珠兒的夢（編選）	滿天星兒童詩社	一九八九年十一月

童稚心靈皆是詩（幼兒詩論集）	秋水詩社	一九九一年
童心與童稚之心	兒童文學家詩社	一九九一年二月
童稚心靈的空間（幼兒詩論集）	小白屋詩苑	一九九三年
不墜的夕陽：薛林的兒童文學及其評論	台南文化局	二〇〇〇年

三、報導與評論彙編

(一)報導部分

童心・詩心・愛心・寫「小白屋詩苑」主人薛林　涂靜怡　秋水詩刊第九十二期　一九九六年

小魚兒的夢怎：薛林與幼兒詩　吳月蕙　中央日報　一九九九年六月十七日

(二)博碩士論文

《布穀鳥兒童詩學季刊》與兒童「詩教育」　郭子妃　國立台東師院・教育研究所　一九九八年六月

兒童文學跟一般文學最大的不同在於：它的讀者是小孩子。這個特色確實使兒童文學稍微受到一點限制。但從另一方面來看，兒童文學的內容，卻比成人文學自由、廣闊得多。

——林良

☞左起：林良、林文寶

林良專訪

永遠的小太陽——

◎第一次訪問

地點：國語日報董事長室

日期：一九九八年五月

訪問者：馬祥來

◎第二次訪問

地點：國語日報董事長室

日期：一九九九年二月一〇日

時間：一五：〇〇～一七：〇〇

訪問者：蔡佩玲

提起《小太陽》這本書，相信大家都耳熟能詳；對這本書的作者子敏，也都非常熟悉。而子敏即林良也。林良一共用過六個筆名，其中子敏是最為人熟知的，當然林良也是兒童文學界十分響亮的名字。

林良，筆名子敏，曾任《國語日報》編輯，民國五〇～五十四年間亦曾主編台灣省教育廳《小學生》半月刊，現任國語日報社董事長。曾獲「臺灣省文藝作家協會兒童文學類中興文藝獎」（一九八七年）與「國家文藝特別貢獻獎」（一九九五年）等殊榮。寫了上百部的兒童文學作品，在兒童文學的翻譯、寫作、出版的領域中，林良樂在其中，熱誠從未稍減，其對台灣兒童文學的投注，不僅使台灣的兒童文學更為出色，也確立自己在文壇不可動搖的地位。

* * * * *

與兒童文學的因緣

——不曉得您在童年時代是否常閱讀兒童讀物？

我在童年時代因為得到書很方便，所以經常閱讀。六歲前我住在日本神戶，父親是學化學的，看得懂英文書，但他比較習慣看日文書，所以他都在書店存一筆小小的數目，跟他們約定，如果有有關化學類的新書儘管給他寄來，沒有關係。化學裡有一種科目叫做「定性分析」，他對定性分析化學很有興趣。日本的書店可以說是服務到家，把讀書看成是一件正經的事，所以也可以拜託他們連其他出版社有關定性分析化學的書也幫忙留意一下，他們可以做到這一點。因爲父親自己經常買書，所以對我們買書都不限制。我父親經常在禮拜六帶我到書店去，他選他的化學書，我選我的兒童書，選完後就到櫃台付款，所以得書很方便。

我喜愛兒童讀物，不只在小學過程裡看兒童讀物，到了初中我還在看兒童讀物，結果被同學取笑。他們問我看過《西遊記》沒有？看過《三國演義》沒有？我都沒看過。《三國演義》我只看過連環圖畫。許多重要的書都是從初二、初三這兩年才開始看，看唐詩、宋詞、《莊子》、《老子》，還看三十年代的文學作品。三十年代剛好是中國文學創作最發達的時代，有許多著名的作家像魯迅、巴金、茅盾、朱自清、葉紹鈞，都是那時候很多產、很努力的作家。我那時候才開始看成人的書，可以說直到初中一年級爲止都是看兒童讀物。當然有的兒童讀物也是文字比較多的，比如《苦兒努力記》、《水孩》，都是比較大部頭的書。我覺得我已經看了很厚的書了，但是仍然被同學當笑話講，說我那麼大了還看兒童讀物。這才激勵我開始去看成人書。可以說，在小學階段我看的都是兒童書。

當時，中國有名的書局，有商務印書館、世界書局、中華書局，還有開明書店等等，出書都又多又快，要找新書讀很容易。而我們又正好是愛看書的年齡，所以看書量相當多。

——您是如何踏入兒童文學的圈子？

我的寫作最起頭跟一般人一樣，並沒有特別想到要爲兒童寫什麼。我那時候寫過散文、寫過詩，也寫過短篇小說。努力爲兒童寫作，是因爲我來到台灣的第一份工作是爲《國語日報》編兒童副刊。兒童副刊有時候缺稿，這個主編就動筆自己去寫。寫的時候才發現爲兒童寫作並不像想像中那麼簡單，因爲我們用慣的詞彙、表達的方式，孩子都不懂。舉一個例子，說一個人脾氣暴躁像李逵一樣，孩子就不一定懂李逵是誰。還有對年紀比較小的孩子，跟他說什麼「惆悵」，他一定聽不懂。所以我才想到，兒童文學對我是一個挑戰。用一些簡單淺顯的文字來從事文學創作，可能一般人會覺得無法適應。但是，對我來說是工作，你不適應也要慢慢去求適應。我把它當作一種挑戰來對待，所以就愈寫愈起勁。另外一個原因，就是那時候我的環境。我的年長同事都有孩子，他們常到報社來，都成爲我的小朋友，使我有機會和他們建立了友誼。這在我後來的寫作上有很大的影響。我把他們想像成我的讀者，寫起來興趣就愈來愈濃。我就這樣走進了兒童文學這個園地。

在整個從事兒童文學的歷程中，哪些事件對您有較大的影響？

童年在大陸時所讀的兒童讀物，對我有一些影響。當我來台灣時，那些讀物並沒有在台灣流通。我深知兒童文學對兒童的影響，希望能向台灣的小朋友介紹我小時候讀過的書與知道的書，心中有一種使命感。

我的兩項工作對我有很大的影響。一項是爲《國語日報》編兒童副刊，一項是主編台灣書店發行的《小學生雜誌》。除了這兩項以外，我還參加教育廳成立的「兒童讀物編輯小組」的寫作。他們的第一本書就是我寫的《我要大公雞》。再來是擔任「中華民國兒童文學會」的第一屆理事長。此外，板橋國小教師研習會成立「兒童文學寫作班」，我也參與了每一屆的講課。這幾件事，是我在兒童文學工作中記憶較深的。

對兩岸兒童文學的看法

您對台灣兒童文學的發展有何看法?

根據我的認識,台灣兒童文學的發展是由民國三十八年政府從大陸退守來台才進入一個新階段。在民國元年到三十八年間,台灣兒童文學成長歷程與大陸較接近的地方在於都受到日本兒童文學的影響。在大陸是透過閱讀與留學生的作用。在台灣則影響更爲直接,因爲台灣曾受日本殖民。就兒童文學古老的根源來說,台灣有自己的民間故事與兒歌。這是台灣兒童文學的本土資源。因此總的來說,台灣兒童文學資源有自本土的、日本的、中國大陸的,還有原住民的,內涵可以說是相當豐富。

您對大陸兒童文學界有相當的接觸與了解,請問您覺得兩岸兒童文學發展有何差異?

如果以兒童文學的文類來區分,我們的童詩與童話比較活潑、可親、宜人。而在小說方面,會感覺到大陸沿襲俄國寫實小說的傳統,使讀者可感受到人與土地密不可分,場景的描寫技巧十分的高。而我們這邊這些方面比較不注重,因此小說給人較單薄的感覺,只有人,沒有土地,也沒有生活。但在童話這種自由、想像、想入非非的領域當中，我們倒是蠻有表現的。而台灣能有這種成績，可能是因為我們比較不嚴格要求童話一定要傳達某些主題。還有童詩也一樣，能讓孩子自由去想，而大陸至今還相當重視主題的教育意義。所以我認為，在我們的作品裡頭，最沒有說教意味的應該是童詩。我們教孩子寫詩，也是讓孩子自由發揮。大陸寫的童話較不靈活，童話有很大一部分應該是天馬行空，空靈的，但大陸的寫法比較像小說。大陸的作品我比較喜歡讀小說，像最近曹文軒的《草房子》就寫得很好。但拿來這裡，不知道台灣小孩讀不讀得下去。三十萬字，描寫得很細很細，比較不適合我們這邊小孩子的閱讀習慣。

對兒童文學的想法

——接觸兒童文學後，您的散文觀有何改變？

我的散文觀，起初比較傾向文字的經營，對於文字的經營興趣比較濃，內容反倒不關心。換句話說，隨便抓到一點題材就可以讓我來經營我的文章。但是接觸兒童文學以後，我的散文觀就改變了。我覺得有興趣經營文字的人，照樣可以經營他的文字，因為也是散文趣味之一。但是我比較傾向於把我的感受、我的印象，用自己的語言把它呈現出來。這才是我努力的目標。我不把文字經營變成我努力的目標，卻傾向於把我獲得的印象或感覺，呈現到令自己滿意的地步。這才是我努力的地方。換言之，重點在於所要呈現的是什麼，文字的經營只是次要。我的理想是：文字最好是透明的，只求能呈現你的印象或感覺。只有印象和感覺，幾乎看不見文字，這才是最理想的，我目前的散文觀傾向於這樣。

——知道您也創作兒歌，在這方面您的看法怎麼樣？

我寫得比較久的文類應該是兒歌。我很喜歡傳統的國語兒歌、小時候家鄉話的兒歌，還有成長以後有機會讀到的各地兒歌。對於兒歌的幾個特性，我都能夠掌握。比如說，句子要短。所謂的句子，不是指文法的句，或是意思完整的獨立句子；它指的是兒歌裡一個停頓、一個停頓的兒歌句。另外，節奏要明快，好讓小孩子容易掌握。兒歌還有另一個要素，就是韻腳的趣味。這些都是形式方面。對於內容方面，最好是能夠和孩子彼此會心，那樣的內容孩子才會有興趣。寫兒歌最好能有接觸孩子的經驗，才能知道孩子的興趣在那裡。這也可以靠回憶，回憶小時候發生興趣的是什麼。寫兒歌，動機就在喜歡兒歌那種形式上的特色。

兒歌的另外一個功能，就是教孩子說話。利用唸兒歌，孩子可以學會許多話。我覺得兒歌的內容應該會比兒童詩自由得多，因爲有些小孩子對於一些沒有意義的話也會發生興趣，作者可以往這裡發揮自己的幽默感。寫兒歌不必像寫詩那樣，要考慮到我感受到的詩趣是不是小孩子也可以感受得到。寫兒歌更能夠直接跟孩子溝通，比寫兒童詩還要愉快得多。

——那您的童詩觀又是什麽呢？

成人寫詩，通常都是先有一種感觸、有一種發現，再動筆試著去寫。他表達的是自己的發現或感覺，可以說很少做逆溯的思考，別人懂不懂不是他所關心的。但是兒童詩對這方面卻要稍加注意，要關心我所要表達的那種感覺，是不是孩子也可能起共鳴。對於童詩的語言，我主張要用比較淺顯的文字，讓孩子在欣賞的時候沒有文字上的困難。內容方面個人色彩不要太濃，最好是以能跟孩子共享的趣味來入詩。這點就顯出我對童詩的看法和對成人詩的看法不完全相同。

——您剛才說到文字要淺顯，要能夠和兒童共鳴，可見您相當重視兒童的接受，那會

不會成爲創作上的障礙？

一般的文學作品不太理會這些事情，所以在寫作上比較自由。兒童文學跟一般文學作品有它不相同的地方，它稍微受到限制。因爲它要設定它的讀者是小孩子，如果它有這樣的設定，作品又寫得好的話，小孩子一定會讀得很愉快。如果作品寫得不錯，但是沒有這樣的設定，小孩子也可能會看不懂。所以兒童文學本身的這個特色，確實使它稍微受到一點限制。但從另一方面來看，兒童文學的內容，卻比成人文學自由得多、廣闊得多。比如你有一些感想、有一些話要說，你可以讓一塊石頭來說，也可以讓一棵樹來說，讓一根羽毛來說。它的表達，反而自由得多。這也就是說，它一方面是受限制，但另一方面又是無限的自由。

我想到中國的《莊子》。《莊子》裡面的故事都是憑空虛構，目的是爲了表達他的思想，作品含有寓言的色彩。在兒童文學世界裡，作者有時候所享受的趣味也是這種寓言創作的趣味。兒童文學確是受到一點限制，但是那一點限制並不是致命傷。如果這一點限制，會使一個作者感覺到受不了，那麼他似乎更適宜去寫成人文學，而不必强調兒童文學有適度調整的必要。

——我發現您也翻譯了一些圖畫書作品，不曉得您是如何踏入翻譯這個領域裡的呢？

我加入翻譯工作的行列，最初是因爲《國語日報》本身的需要。國語日報曾經發現美國「考提克童書獎」的作品，裡頭有許多都很可愛。它是以圖畫爲主，有一般的故事，有童話，有散文，有詩歌，都是爲低年級的孩子而寫。我們特別注意到裡頭的插圖很有個人特色，非常的多樣性。反過來看國內的童書，很多插圖都很不用心。他們並沒有請畫家來畫，畫家也沒有心思爲兒童書畫插圖。眞正畫插圖的人畫得並不很好，稿費要求也比較低。所畫的插圖都不是値得欣賞的美術品。我們發現這些得獎的書都很優秀，所以就嘗試把那樣子的書介紹給國內兒童。那時候我國還沒加入世界版權協定。我們那樣子做，覺得是一件很正經的事情。

現在因爲著作權觀念發達，隨意翻印已不可能，但是做起來也並沒有困難，只要透過一定手續，買他的們的版權就可以了。他們會提供原色片給你，所以困難不大。不過在那個時代美金的比率那麼高，而國內的經濟情況很差，一般購買率都偏低，那樣做可以說是很勇敢的一個做法。在介紹國外的童書進來的時候，裡頭的文字要透過翻譯。那時候我因爲這是《國語日報》自己的需要，所以也參與了翻譯工作。因爲參與，才發現到翻譯的不容易，面對挑戰，竟激發起濃厚興趣。後來《國語日報》這套書出齊了，一共是一二〇本。出齊以後，就不再有這種大規模的計畫。有時候我的朋友經營出版社，要介紹一些國外的兒童讀物，偶爾也會邀我翻譯，所以我零零碎碎地也翻譯有幾十本書了。在翻譯的時候，會感覺到這個工作並不是那麼簡單，尤其是語言的處理最花時間。我認爲這份工作是不可以大量生產的，要花相當的心血才能翻譯一本。不過到現在爲止，我還是對這樣的一種工作很有興趣，同時也學會了怎樣翻譯外國的兒童讀物。畢竟翻譯外國兒童讀物跟翻譯外國成人讀物有它不同的地方。成人讀物就是給一般成人看的，而翻譯兒童讀物卻要注意原來的書是給幾歲的孩子看的，翻譯成中國的語言也必須是適合幾歲的孩子看的那種中國語言。不能像翻譯成人讀物那樣，否則孩子讀起來恐怕會非常不習慣。這也是一個很有趣的挑戰。

我認爲，翻譯第一要對原文忠實，但是對本國語文也要同樣地忠貞，不能翻譯出一種扭曲的中國話出來。以翻譯英文來說，你對原文要忠實，但是這忠實並不只限於語法上的忠實，或者是句子結構的忠實，尤其要關心的，是翻譯出來的是不是像一句中國話。但是翻譯的東西像中國話，對原文可能就不忠實了。所以說，這是一種兩難。我的習慣就是先把這個原文看過了，多唸一兩遍，連他說話的心態、表達的情感都捉住了，然後再來想想用中國話要怎麼說。這是一個過程。

第二個過程就是注意原句子某些具備的要件，比如說，原句子有一個「我」、有一個「吃」、有一個是「麵包」，麵包是很「硬」。「我吃硬麵包」，這句中國話裡有「我」、有「吃」、有「硬」，有「麵包」，四個要件都具備了，就不算是漏譯，或者說，不算是對原文不忠實。我說的「忠實」，就是一個句子裡的要素都在中文裡表達出來，但中文本身又是一句很自然的中國話。實際上我們在翻譯的時候，常發現外國人的句子結構比較嚴謹，每一個獨立的句子，要有一個subject，而predicate的部分一定要有一個動詞，規規矩矩。所以有時候我們在看外國人的作品時，文章裡I、I、I的，都是「我」，而中國話除了第一個句子外，其他地方都可以省略，並不會影響理解。所以翻譯外國作品，裡頭還是有一些可以變通的東西。

挑戰比較大的是翻譯他們的兒童詩，或者兒歌。他們的兒歌，原來的句子也許只有三個字，但我們一翻出來可能變成很長的散文，這樣就不合理，你怎麼讀都不像是兒歌。所以翻譯兒歌，頭一個就是注意它的音節。你有一個音節，我就要有一個中國字。有三個音節，那就用三個中國字來譯，這樣比較能表現出原來的節奏感。

要求原詩押什麼韻也跟著押什麼韻，這有時做得到，有時做不到。如果原詩有這樣的韻，而中國語言裡卻沒有這樣的韻的話，那就只能學它的韻法，押的韻不一定要完全一樣。如果要求韻腳一樣，音節數量也相當，才可以翻譯兒歌的話，還沒翻譯就先覺得困難，覺得被它拘束，這時候就要變通。

還有一些兒歌是配合著故事來的。那首兒歌獨立起來的時候，外國孩子會連帶想到故事，沒有什麼不懂。如果我們翻譯過來，我們的孩子讀起來可能不知道它說什麼，這時候也需要變通。

兒童文學創作經驗

——請問您在寫作兒童文學作品時，有偏好或習慣某種創作型態嗎？

我比較少從事需要資料的作品寫作，比較不喜歡爲了寫一個故事而去蒐集一堆資料。我喜歡故事是由自己的腦袋中自然誕生，不受別人的影響。因此我構思的時間會很長，這種方式比較辛苦，但是我比較喜歡。我覺得蒐集一堆資料來參考，那是做學問的方式，而不是創作。

——在不同媒體上的創作，是否對您有不同的影響？

報紙是幫助我們寫一個長篇的有力量的鞭策者。當我有一個長篇的構想時，就答應報紙寫一個連載，不管是兩天出現一次或一星期出現一次，到時候你就得去寫，最後你果然就能完成篇幅相當長的作品。像我們熟知的《木偶奇遇記》就是一篇連載。我在《國語日報》寫過一部長篇《懷念》，寫的是一隻狗的回憶錄。那時我答應每天刊出一段，這就逼著我每天早上起來趕快關進書房寫一段，帶到報社來交稿。經過兩三個月的緊張，我發現我已經寫完了一本書。報紙連載是鞭策我們寫長篇的一個力量，而期刊對我來說也具有同樣的功能。

不過長篇連載也有對作者不利的時候，因爲會受到字數限制的影響。不過如此一來，作者也許會被迫營造出一種節奏，在一千字或八百字之中，製造一些懸疑、預告，引誘讀者往下看。這種方式對兒童讀者確是有利的。報紙、期刊依我看來，都是鞭策我寫作的重要力量。

您的著作不只是由一家出版社出版囉？

對，不過有的出版社已經停掉了。比如說，「純文學」已經停掉了，還好我在「純文學」的四本書，還有「好書」出版的四本通通交給「麥田」。「麥田」這八本書都是成人文學。兒童讀物就比較分散，而且也有許多是已經絕版了。《國語日報》有許多我寫的書也都絕版了，必須從我的舊書堆中去找才找得到。我記得在台灣我最早的一本圖畫書，很簡陋的，薄薄的，紙張很差，但內容不錯，就是「寶島出版社」出版的《舅舅照相》。故事是說舅舅很喜歡照相，狗也照，小孩子也照，照完之後拿來給大家看。他照的狗只有一條尾巴，小孩子只照到肚子，就是說舅舅不會照相。現在都絕版了，找不到了。「東方出版社」還有一套少年通俗小說選，我爲他們改寫給兒童閱讀的《兒女英雄傳》。這本書本來是要放在文學名著裡，可是拖了一年我都沒改寫出來。最後只好收入通俗小說選裡。其實《兒女英雄傳》跟它們不同類，是我耽誤了他們，本來是兩個月要交稿，變成兩年交稿。

對兒童文學的期許

——您覺得進入一個新的世紀，兒童文學會有什麼發展趨勢？

下一世紀，我們的生活會有很大的不同。物質方面會有很大的進步，通訊科技也會有很大的發展，很多人可以利用電腦在家中上班。而另一方面，人與人的關係會發生徹底的覺悟，會重新追求現實生活中似乎並不存在的絕對價值，這絕對價值是爲了提升人性所必須。而在未來這種追求絕對價值的人性互動下，兒童文學中會慢慢呈現追求這種價值的興趣，會重新重視誠實、勇敢、仁愛這些美德。對經過努力而獲得成功的這種因果也會發生興趣。對於智謀、互相防衛等價值，會比較沒興趣。

——您對台東師院成立第一所兒童文學研究所有何期許？

我覺得研究生可以利用在研究所求學的時候，做一些有意義的事，整理一些有用的資料。例如台灣兒童文學插畫家與代表作的整理，兒童文學作家的簡介，這樣可以使外國人士很快能了解台灣兒童文學的發展情形。整個台灣兒童文學的發展史料的整理也是很重要的。個人要做這樣的事很困難，由研究所來作是比較適合的。

此外我覺得兒童文學的研究可以多元發展，使大家對兒童文學的興趣更多樣。而如果能挖掘一些新鮮的題目來寫論文，會更有意思。對外國兒童文學作家的研究，也可以進行。

* * * * *

將近兩小時的訪問裡，林良有如家中親切的長者，抑著自己風寒的不適，溫厚熱誠地回答一連串的問題，在今日喧嘩的文學表現中，更顯其謙和的風範。

由於時間的因素，未能與永遠的小太陽——林良多談一些，但是在訪談中，可以感受到林良對於兒童文學的熱愛與誠意。相信往後林良會有更多讓小朋友喜愛的作品出現，且讓我們拭目以待吧！

附錄

一、兒童文學活動年表

一九二四年
・出生

一九二四～一九三〇年
・居住於日本神戶

一九三〇年
・回居廈門

一九四六年

・來台，開始寫作，主編《國語日報・兒童副刊》

一九五七年

・出版第一本著作《舅舅照像》

一九六一～一九六五年

・主編教育廳《小學生》半月刊

一九七〇年

・獲得中國語文學會的「中國語文獎章」

一九七一年

・獲得省教育廳中華兒童叢書「最佳寫作獎」

・獲得聯合國兒童基金會駐華聯絡處「兒童讀物金書獎」

一九七二年

・《小太陽》獲得中山學術文化基金會「中山文藝創作獎」

一九八四年

・擔任「中華民國兒童文學學會」首任理事長

一九八七年

•獲得台灣省文藝作家學會兒童文學類第八屆中興文藝獎

一九九三年

•獲得信誼基金會兒童文學特別貢獻獎

一九九四年

•獲得國家文藝特別貢獻獎

二、著作目錄（兒童書部分）

書名	出版者	出版年月
舅舅照像	寶島出版社	一九五七年三月
	幼翔文化公司	二〇〇〇年一月
大象	文星出版社	一九五七年四月
七百字故事(一)	國語日報	一九五七年九月
有趣的故事	語文出版社	一九五九年八月
七百字故事(二)	國語日報	一九五九年八月

看圖說話(第一輯十冊)	國語日報	一九六二年一月
一顆紅寶石	小學生雜誌	一九六二年十月
七百字故事㈢	國語日報	一九六三年十一月
毋忘在莒的故事	小學生雜誌	一九六五年
巨人和小人兒	小學生雜誌	一九六五年
我要大公雞	省教育廳	一九六五年九月
國父的童年	小學生雜誌社	一九六五年十一月
馬家池塘的故事	小學生雜誌社	一九六五年十二月
一是小强	國語日報	一九六六年一月
綠雨點兒	小學生雜誌社	一九六六年一月
我愛樹	小學生雜誌社	一九六六年二月
帶個朋友來	小學生雜誌社	一九六六年二月
大衛歷險記	國語日報	一九六六年二月
哪裡最好玩	小學生雜誌社	一九六六年三月
兒女英雄傳(改寫本)	東方出版社	一九六六年四月

青蛙先生的婚禮	國語日報	一九六六年四月
小鴨鴨回家	省教育廳	一九六六年五月
小啾啾再見	小學生雜誌社	一九六六年五月
大年夜飯	小學生雜誌社	一九六六年五月
草原上的動物	國語日報	一九六六年八月
綠色的花	小學生雜誌社	一九六六年九月
小房子	國語日報	一九六六年十二月
小貓凱蒂遊運河	國語日報	一九六七年四月
造顏色的小孩	國語日報	一九六七年八月
快樂的動物家庭	國語日報	一九六七年十二月
守財奴的尖頭鞋	國語日報	一九六八年四月
會說話的鳥	省教育廳	一九六八年六月
動物和我	省教育廳	一九六八年六月
醜小鴨	國語日報	一九六八年七月
小鬼高弗利	國語日報	一九六八年十二月

未來的故事	省教育廳	一九六九年二月
影子和我	省教育廳	一九六九年二月
了不起的孩子	國語日報	一九六九年四月
從小事情看天氣	省教育廳	一九六九年六月
小琪的房間	省教育廳	一九六九年九月
灰驢過生日	國語日報	一九六九年十二月
*看圖說話(第二輯十册)	國語日報	一九七〇年四月
聯合國兒童基金會和你	省教育廳	一九七〇年六月
*看圖說話(第三輯十册)	國語日報社	一九七一年六月
彩虹街	省教育廳	一九七一年十月
小圓圓跟小方方	省教育廳	一九七一年十月
爸爸的十六封信	省教育廳	一九七一年十一月
我的書(十册)	國語日報社	一九七二年四月
白烏鴉	國語日報	一九七二年十二月
一條繩子	省社會處	一九七三年六月

今天早晨眞熱鬧	省社會處	一九七三年八月
小紅鞋	省社會處	一九七三年十二月
林肯	國語日報	一九七四年四月
我有兩條腿	省教育廳	一九七四年七月
草和人	省教育廳	一九七四年七月
家	省社會處	一九七四年八月
我的故事集（一、二集共十冊）：大將軍／大偵探／大爬山家／大攝影家／小船夫／船長伯伯／警察伯伯／勇敢警長／快樂的探長／油漆師父	國語日報社	一九七四年八月
我會讀書（十冊）	國語日報	一九七五年四月
黃人白人黑人	省教育廳	一九七五年四月
懷念（上、下冊）	國語日報社	一九七五年四月
如果我是鳥	國語日報社	一九七五年八月
小時候	省教育廳	一九七五年九月

兩朵白雲	省教育廳	一九七五年九月
大白鵝高高	省教育廳	一九七五年九月
鈴聲叮噹	省教育廳	一九七五年十月
小動物兒歌集	將軍出版公司	一九七五年十月
小紙船看海	將軍出版公司	一九七五年十月
淺語的藝術——兒童文學論文集	國語日報	一九七六年
白狗白·黑貓黑	國語日報	一九七六年四月
金魚一號·金魚二號	國語日報	一九七六年四月
看	省教育廳	一九七六年
一窩子夜貓子	省教育廳	一九七六年
第二隻鵝	省教育廳	一九七六年十一月
小木船上岸	省教育廳	一九七六年十二月
認識自己	幼獅文化公司	一九七七年
大浪逃生記	國語日報	一九七七年八月
認識自己	幼獅文化公司	一九七七年十月

孝的故事	行政院青輔會	一九七八年一月
香菜阿姨兒歌集	純文學出版社	一九七八年四月
松鼠胡來的故事	純文學出版社	一九七八年四月
老鼠阿斑兒歌集	純文學出版社	一九七八年四月
格洛斯特的裁縫	純文學出版社	一九七八年四月
汪小小學畫	省教育廳	一九七八年六月
媽媽	信誼基金會	一九七八年七月
老師的節日	華僑出版社	一九七八年十月
雙十節	華僑出版社	一九七八年十月
屈原的故事	國語日報	一九七八年十二月
吳剛砍桂樹的故事	國語日報社	一九七九年四月
我家有隻狐狸狗	書評書目	一九七九年四月
十個故事	國立編譯館	一九七九年六月
我會讀	快樂兒童漫畫週刊社	一九七九年十月
清明節	世界華文教育協進會	一九七九年十月

端午節	世界華文教育協進會	一九七九年十月
中秋節	世界華文教育協進會	一九七九年十月
過新年	世界華文教育協進會	一九七九年十月
爸爸	信誼基金會	一九八〇年八月
家具會議	省教育廳	一九八一年六月
貓狗叫門	省教育廳	一九八一年六月
鄉情	好書出版社	一九八二年
兒童詩（編）	國語日報	一九八二年
小鸚鵡	信誼基金會	一九八二年八月
兒童文學的發展和近況	文建會	一九八三年
名家教你學作文（講評）	國語日報	一九八三年
日本這個國家	國立編譯館	一九八四年
野心勃勃的日本	國立編譯館	一九八四年
兒女英雄傳（改寫）	東方出版社	一九八四年
愛的故事	香港晶晶幼教社	一九八五年

認識少年小說	兒童文學學會	一九八五年
你幾歲？	信誼基金會	一九八五年
童詩五家	爾雅出版社	一九八五年
現代兒童文學精選	正中國語日報書局	一九八五年
快樂少年	正中國語日報書局	一九八五年
認識幼兒讀物	天衞出版公司	一九八五年
瀑布鎮的故事	天衞出版公司	一九八六年
小方舟	好書出版社	一九八七年
犀牛坦克車	親親文化公司	一九八八年
愛火車的小孩	台灣英文雜誌社	一九九三年
我會打電話	光復書局	一九九四年
笑	光復書局	一九九四年
河馬在這裡	國語日報	一九九五年
偷牛的人；猴子扔豆子（改寫）	佛光出版社	一九九五年
永恆的愛	幼獅文化公司	一九九七年三月

庫克船長	格林文化公司	一九九八年
鱷魚橋	台灣麥克出版公司	一九九八年
流浪詩人	國語日報	一九九九年九月
費長房學仙	國語日報	一九九九年
兔小弟遊台灣	國語日報	二〇〇〇年八月
甘弟	格林文化公司	二〇〇〇年八月

三、報導與評論彙編

(一)專書

林良和子敏　中國海峽兩岸兒童文學研究會編　業強出版社　一九九三年十月

(二)報導部分

林良當馬的經驗（林良「淺語的藝術」）　野渡　書評書目第九十五期　民國七十年

三月　頁八十一～八十五

作家與書的故事＝子敏　隱地　新書月刊第十三期　民國七十三年十月　頁七十四～七十六

「在月光下織錦」的子敏　應鳳凰　文藝月刊第一八五期　民國七十三年十一月　頁二十～二十九

走在沙漠上看星星（《童詩五家》：林良、林煥彰、林武憲、謝武彰、杜榮琛等著）陳千武　笠　第一二九期　民國七十四年十月　頁九十八～一〇二

我與「爸爸的十六封信」　林良等　國文天地第六期　民國七十四年十一月　頁五十六～五十九

〈認識兒童文學〉（林良等著）評介　溫士敦　文訊月刊第二十二期　民國七十五年二月　頁一八九～一九八

林良經營白話的生活語句　徐美玲採訪　自由青年第七十六卷第一期　民國七十五年七月　頁十八～二十二

在月光下織錦的人——訪林良先生談兒童文學　潘麗珠採訪、陳毓璞記錄　國文天地第五卷第一期　民國七十八年六月　頁十～十五

童詩用韻研究示例——楊喚、林良、林武憲三家童詩用韻之研究　董忠司撰　新竹師

院學報第三期　民國七十九年六月　頁一～三十三

把和諧奉爲人類新宗教的子敏（林良）　姚儀敏　中央月刊第二十四卷第十一期　民國八十年十一月　頁九十九～一〇四

把和諧奉爲人類新宗教的子敏（林良）　姚儀敏　中央月刊第二十四卷第十一期　民國八十年十一月　頁九十九～一〇四

懷抱童心的文學耕耘者——專訪林良先生　劉叔慧　文訊月刊第五十五期　總號九十四　民國八十二年八月　頁九十四～九十七

會英文就可以了嗎？——林良、馬景賢談兒童文學的翻譯　簡得時整理　精湛二十八期　民國八十五年五月　頁二十四～三十八

兒童文學的領航者——訪《國語日報》董事長林良　黃麗慧著　全國新書資訊月刊二十二期　民國八十九年十月　頁三十三～三十六

㈢評論部分

從童心主義出發——評林良等著《童詩五家》　趙天儀　中央日報十二版　民國四十五年四月十七日

評《小琪的房間》　林鍾隆　國語日報五版　民國六十四年一月五日

我讀林良先生的「看」——兼談「兒童散文」　馮嶽　國語日報　民國六十四年四月十一日

小豬和蜘蛛讀後　勉之　國語日報三版　民國六十四年四月二十日

小學生畫刊的最後一年　林武憲　國語日報三版　民國六十四年十一月十六日

關於《綠池的白鵝》　藍溪　國語日報　民國六十五年五月五日

小池塘中的大世界　林武憲　國語日報三版　民國六十五年八月十五日

兒童文學寫作的指標——介紹淺語的藝術　黎亮　國語日報　民國六十五年八月二十二日

領航人——《認識自己》讀後感　馬路　國語日報七版　民國六十七年二月二日

我讀《小時候》　柯錦華　國語日報　民國六十七年三月十二日

評介《兩朵白雲》　邱阿塗　國語日報　民國六十七年四月十六日

《讓路給小鴨子》和《小鴨子回家》　邱阿塗　國語日報　民國六十七年七月二十三日

認識自己　莊茂禧　中央日報五版　民國六十九年十月十二日

從認識自己出發　林貴眞　聯合報十二版　民國六十九年十月十八日

人人該讀的「十個故事」　陳昆乾　國語日報　民國七十年一月二日

一些快樂、一些驚奇——推介《童詩五家》　林淸泉　國語日報三版　民國七十五年二

月二十三日

《認識兒童文學》評介　溫士敦　文訊月刊二十二期　民國七十五年　頁一八九～一九八

兩片瓊瓦‧‧難忘的兩本林良兒童書　廖宏文　國語日報八版　民國八十二年七月十二日

永遠的太陽公公　淨元　國語日報六版　民國八十五年九月二十九日

聲音與顏色的遊戲　張淑瓊　聯合報四十七版　民國八十七年三月三十日

小孩子都很會想念　陳璐茜　聯合報四十一版　民國八十七年六月二十九日

計程車司機——讀子敏《賣石頭的孩子》　銀樟　國語日報十二版　民國八十八年一月二十八日

應徵來的新媽媽——評《又醜又高的莎啦》佩特莉霞‧麥拉克倫著　林良譯　李潼　文訊月刊一六二期　民國八十八年四月　頁三十一～三十二

又醜又高的莎拉　沈惠芬　民生報‧少年兒童版　民國八十八年七月三日

從人生的「成長」這一方向來觀察，在兒童時期所接觸的兒童文學，對個人成長作用之大，也許要超過成人文學。

—— 林鍾隆

☞左起：林鍾隆、廖素珠

給兒童文學加上顏色——

林鍾隆專訪

地點：桃園縣中壢市林鍾隆辦公室
日期：一九九八年十一月二十二日
時間：晚上八點～十點十五分
訪問者：廖素珠

林鍾隆先生，台灣桃園人，一九三〇年出生，筆名林外、林岳、亘千山人等。小時曾接受八年日本教育，一九五〇年從台北師範學校畢業，歷任國小、初中、高中教師。從事國小教育六年後，高考教育行政人員及格，但沒去做官，後來高中歷史教員試驗檢定合格，轉任初級中學文史教員十二年，再考高中國文教員試驗檢定及格，轉任省立中壢高中國文教員十二年，一九八〇年於服務屆滿三十年後自請退休，專事寫作及指導中小學生作文。

林鍾隆先生在現代文學或兒童文學都有傑出表現，在兒童文學領域的表現尤其出色，無論在少年小說、童話、童詩、理論研究及翻譯各方面都繳出亮麗的成績。曾創辦臺灣第一份兒童詩專刊——《月光光》。作品得過布穀鳥詩獎、最佳童書獎、優良作品獎、金鼎獎等。一九六四年（民國五十三年）年所創作的少年小說《阿輝的心》，公認是台灣少年小說的經典之作。

林鍾隆先生退休後，仍寫作不輟。不僅成立「古道語文研究中心」，還編講義、指導作文函授並親自批改。星期天則帶著愛山的大人、小孩爬山。今年七十歲，頭髮斑白，精神卻比實際年齡少了一、二十歲，總是活力充沛，幹勁十足地為孩子們寫東西。新近的作品是桃園縣立文化中心出版的童詩集《我要給風加上顏色》、台灣省政府教育廳出版的《讀山》以及故事詩《大龍崗下的孩子》；至於編輯的作品，則有每季出版的《台灣兒童文學季刊》。

基於林鍾隆先生為兒童文學所做的各種奉獻及努力，「國立台東師範學院．兒童文學研究所」八十七學年第二學期，在林文寶教授指導的「台灣兒童文學史」課程中，選定林鍾隆先生為受訪作家之一，藉由對元老級兒童文學家的訪問，更深入了解台灣兒童文學發展的過程與演進。

＊　＊　＊　＊　＊

一、爬山的興趣如何烙痕在兒童文學？

從林鍾隆的著作中，發現許多與山相關的作品——如《天晴好向山》、《山》、《山中的悄悄話》、《山中的故事》、《爬山樂》、《石頭的生命》等等——可見林鍾隆與山的感情。究竟他何時與山結緣？其中的甘苦如何？

林鍾隆說：爬山是爲了運動，持續大概已有二十年。二十多年前，與師母開車到處玩，有一次經過台東成功的海岸，看見救國團健行隊，便停下來打招呼。心想：「啊！我們這輩子沒辦法啦！」沒想到年輕時的夢竟也實現，而且一爬就是二十年。其中有很多好玩的事。像要練習走路，他們就推著娃娃車練習走路，二公里、三公里、四公里慢慢加長距離，從平路、小山、再高一點的山，鍛鍊起來的。從軟腳蝦到走一天沒問題。現在，每個星期天都去爬山，從早上八點半，走到下午三點半。林鍾隆盛讚「山上空氣最好」。

爬山的確讓林鍾隆產生寫作靈感，所以有這麼多與山有關的作品。他喜歡走沒人爬過的山、沒人走過的路，常自己拿著刀子披荊斬棘，開一條山路。開好之後，自己走過一遍，再帶隊爬山。他說：「沒走過，帶不出來。」山路都是大概看看，就知道怎樣可以走上去，好像是天生的登山好手，但這是小時候所沒有的經驗。每年他會熱心地排定一年十二個月的登山行程，服務山友。他自豪地說：

「我帶的路，別人都不會帶的啦。」

二、怎樣的因緣開始創作兒童文學？

林鍾隆的創作因緣與他從事的職業有密切關係：林鍾隆是台北師範學校畢業（他强調不是師專，那時候沒有師專），師範一畢業就在國小教書，總共教了六年，所以跟小朋友接觸時間很長，那時間就是他練習寫作的時間。他自承讀國語才四年半，要怎麼寫文章呢？就是慢慢練。當時，小朋友很喜歡聽故事，常要老師講故事，所以就亂編亂講，覺得可以的，就試著寫寫看，將它寫下來。

對於林鍾隆創作童話，曾信雄在〈多產作家林鍾隆〉一文中有更多說明：

林鍾隆在十幾年前，就已經在童話界展露了頭角。據他說，並不是一開始就打算成爲「中國的安徒生」，動機裡頭多少還含有「無可奈何」的成分。因爲，他是學教育的，又是一個小學教師，學生難免時常鬧著要老師講故事。當故事講得「山窮水盡」時，他就自己編造，講給學生聽了以後，順手就把它寫下來。另外，那時候，他覺得一般學生的語文程度太低，於是就時常把自己發表在報刊的童話故事，用紅筆圈起來，貼在佈告欄上，讓學生閱讀，藉以引起他們閱讀的興趣，提高他們的語文能力。由於學生的反應良好，效果也相當顯著，於是，他對童話寫作的興趣就越來越濃厚了。

照我推想，林鍾隆當時如果沒有受到學生「逼迫」，或者他並不從事教育工作，也許今天他只是一個很成功的小說作家或散文作家，而不「同時也是」一位優秀的兒童文學作家了。（見一九七二年六月十八日《國語日報》第十二期兒童文學版）

三、對兒童文學的想法、抱負、理想、使命與創作動力。

林鍾隆作品範圍寬廣，可謂全才型的作家，對兒童詩、作文的教學、文學理論、童詩、童話、少年小說的創作，翻譯工作各方面均投入心力，彷佛生來就肩負這偉大的使命。對於訪者提出的「使命感」、認眞地從事全方位兒童文學創作，林鍾隆非常謙虛地回應。他說他想做的，就會去做。不管幾個人贊成，贊成多，贊成少，都沒有關係。他認爲兒童文學很好，也很喜歡詩，所以會去推廣兒童詩。一九七八年林鍾隆設立「彭桂枝兒童詩指導紀念獎」，並以此紀念其妻生前指導兒童寫詩的貢獻。

但曾信雄在〈多產作家林鍾隆〉一文中，卻補充說明了他的「認眞」與「使命感」。他說：

林鍾隆給《小學生雜誌》（已停刊）寫過一篇文章，說明他對童話創作的態度與方向，裡頭有一段話說：「我寫小說時，我希望我的小說能使我成爲小說家。我寫散文時，我希望我的散文會使我成爲一個散文作家。我創作童話時，也希望我的童話能在童話界樹立起作家的地位來。」嚴格的說，像他這種幾近「狂妄」的寫作態度是一般人少有的。這點，至少說明了他無論寫什麼樣的作品，都同樣抱著「認真」、「嚴肅」的心情去從事。（見一九七二年六月十八日《國語日報》第十二期兒童文學版）

「國立台東師範學院・兒童文學研究所」研究生游鎮維在他的論文研究計畫中，對林鍾隆也提出以下的說明：

林鍾隆都是以一個認真的態度來進行他的童話創作。這樣認真的態度，是起於他心中的志願：「要做中國的安徒生！」他說當他踏出師範學校時，在就業訓練時聽了當時教育廳副廳長謝東閔的演說，演說中，謝副廳長勉勵他們要立志做中國的安徒生，從那時起，林鍾隆「常常想要做中國的安徒生」，而且「這是值得努力的人生目標。」心中有這樣的志願，林鍾隆自然努力創作。

林鍾隆自己則說：「中國沒有『安徒生』，常認爲這是中國孩子的不幸，想做中國的安徒生。但不敢確信做得成，只是願意爲孩子們多寫寫而已！」又說：「孩子們的需要很多，幾乎對什麼都感興趣，但是，心靈的美，我想是最先要充實的，因爲心靈不美，他們所愛的，往往是不好的；心靈美的人，他們所愛的，不管是什麼，都將是好的。讓孩子們具有美麗的心靈，美麗的眼光，去看美麗的景物，去做美麗的事，去過美麗的生活，在美麗中快活地生長，這就是我在寫這些文章時，心中所想望的。」

對於兒童文學的理想，他認爲要活在現實中，能知現實以外的理想世界，並用來關照現實；努力追求，不爲現實所苦，能超離現實，進而擴大心靈空間。

至於翻譯兒童文學理論，他表示：有一段時期我們在探討兒童詩，但不知兒童詩的定位在哪裡？有人就像日本幾十年前的詩人北原白秋一樣，只有想像。其實，作品應落實在實際生活。所以，他將日本較新的作品翻譯過來，讓大家參考，看他山之石如何?部分也因爲以前要到研習會教課，也就是在兒童讀物寫作班講授「日本兒童文學現況」、「兒童詩歌創作」、「童話創作」、「少年小說創作」、「童話創作方法」、「童話創作技巧」、「詩與散文」等課程，必須有些材料，於是就要求日本朋友找尋相關資料郵寄過來，也買了好多日本兒童文學理論方面的書來念。至於有些作品的翻譯，則是經濟上的壓力。因爲，買房子不夠錢，所以就翻譯啊。似乎有壓力的時候，也是潛能發揮的時刻。

林鍾隆認爲:文章應該是從心裡出來的，很多詩是從胸口吹出來的。比如看到一幅畫，不能就只是想像那幅畫像什麼?這樣寫，沒有感情，是從腦袋出來的，很多的詩都是沒經過心，只有想像、比喻、擬人，那樣的東西不會感人。作品的根本要從心來，一定要有心。你看那朵花，一定要先有感覺，沒感覺寫不出來。有感覺，才寫得出好作品。要先感動自己，別人才會感動。想寫東西，又沒那個感覺時，就得慢慢培養。從你自己內心發出來的，才是自己的。你寫出來的東西，要有你的心，寫詩時，要想詩裡面有沒有你的感覺在。

四、關於《阿輝的心》

從一九六二年（民國五十一年）年起，林鍾隆已出版的作品有：改寫的注音讀物《三劍客》、《亞森羅蘋》，短篇小說集《迷霧》、散文集《大自然的眞珠》，以及《愉快的作文課》等。當時，有志於為兒童提昇讀物水準的林良、徐曾淵、蘇尚耀等曾鼓勵他創作兒童小說，於是林鍾隆就以童年農村景象、生活經驗為背景，以兒時友伴為模特兒來寫作。《阿輝的心》是一九六四年（民國五十三年）十二月起在《小學生雜誌》連載，單行本於一九六五年（民國五十四年）年十二月由「小學生雜誌社」發行。之後，《阿輝的心》曾由馬場與志子女士翻譯成日文，並於一九九一年在水上平吉先生主編的《小旗子》雜誌冬季號中，以六十四頁篇幅，一次刊完。

林鍾隆並不認定每個孩子都要像「阿輝」這樣完美的個性，也自認自己的體育沒「阿輝」那麼棒。他認為「阿輝」並不要求自己非勝過人家不可，因為他條件比人差，是被人家嘲笑的對象。為了不讓人家看不起，他要克服、要奮發、即使無奈、無助，也不與人衝突，很委屈也不哭。他如果沒有比人强，那種身分，一定被嘲笑。他堅韌地承受許多外在的壓力，很堅强，是因為不如此不行。所以，成就一身的好，如勤勞、忍耐、堅强、謹愼、客氣、誠實、知情善解、禮貌又敏銳。因為早熟，能好意待人、把握機會，懂得讀書好、會欣賞大自然、還兼有人文素養的生活美學等。

林鍾隆表示，寫作《阿輝的心》時，並沒考慮到教育意義。他記得鍾梅音提到，

「那舅舅雖然兇暴成性，卻是自始至終，巴掌不曾落向阿輝。」其實那樣的表現，就是他這個人，沒有那麼狠，自然就沒寫到那個程度。如果作者是比較狠心的人，也許就會寫「打」出來。但那時根本沒想到「暴力要不要出現在少年小說」這個問題。林鍾隆表示：聽過別人罵人，但就是寫不出那個口氣，因爲回來就忘了，學也學不來。除非當場錄音，再回去揣摩。

關於《阿輝的心》這本少年小說，其他作家是如何傳述呢？

林良認爲：「《阿輝的心》這部少年小說可以算是台灣的兒童讀物工作者走上創作之路的一個眞正開始。」

名作家鍾梅音則以爲：「林鍾隆以一位優秀的散文作家兼小說家而從事兒童文學工作，爲少年小說的創作樹立一座里程碑，也爲我們提示了一條嶄新的兒童文學創作路線。可以肯定的是：《阿輝的心》的寫作與出版，的確爲少年小說創作點燃了一盞明燈，更多的人則公認爲本書是台灣地區少年小說的經典之作。」

傅林統提到：「在日常生活和遊戲中，編織有趣的冒險活動而十分成功的作品很多，其中值得一提的有：林鍾隆先生的《阿輝的心》、法國盧那爾（J. Renard）的《胡蘿蔔》、瑞典林葛琳（Astrid Lindgren）的《少年偵探》等。」（見慈恩兒童文學論叢（一）〈兒童的冒險心理與少年小說的寫作〉頁一五二）。傅林統爲「生活小說」舉例時表示：「林鍾隆的《阿輝的心》描寫了兒童們在學校、在田野的遊戲，尤其是帶有鄉土性的遊戲，更是那個時代（光復初期）農村兒童的生活寫照。」（見傅林統著《少年小說初探》頁二十四）

邱各容在他的《兒童文學史料一九四五～一九八九初稿》其中一篇〈林鍾隆與《阿輝的心》〉文中指出：「一部少年小說歷經二十多年的錘鍊，還能讓讀者懷念不已的，當推林鍾隆先生所著的《阿輝的心》。」

鍾肇政在〈著作等身的林鍾隆〉一文中談到：「他的小說多以文字簡鍊流暢，佈局明快緊湊，故事曲折動人取勝。讀他的作品，往往都被牢牢地吸引住全神全靈，非一口氣讀完便不忍釋手。特別值得一提的是長篇少年小說《阿輝的心》……不單書暢銷，而且還被改編成兒童木偶戲，由電視公司長期播演……並且也曾由電台選播，不管從此書的內容來看，或從風行情形來看，都可以說開創了我國兒童讀物的新局面。」對於《阿輝的心》，林鍾隆除稿費外，未得分文版稅、權益費，甚至連一紙出版契約都未訂；改編成木偶戲時，作者未被知會，也沒支付應有的版權費等事，雖然林鍾隆表示他不在乎，但鍾先生不僅驚詫，也為他抱屈。

——五、兒童詩刊《月光光詩刊》與《台灣兒童文學季刊》。

《月光光詩刊》創立於一九七七年四月。林鍾隆回憶說道，創刊起因於他到板橋研習會講課，有二、三十位受訓的老師說要有個刊物，但沒有人帶頭，他揮揮手表示贊同，就開始啦！關於《月光光詩刊》的命名者及命名由來，就如同〈月光光〉歌謠的作者一樣，時間久遠，已不可考。〈月光光〉這歌謠全省都有，台灣小孩幾乎都知道，但流傳的版本不太一樣。客家區有、閩南區也有，應該是民間的文學，不是作家文學。大概〈月光光〉是歌謠，大家創辦的是詩刊，基於中國人稱詩為詩歌，歌謠跟詩混在一起，所以當時就拿來命名吧！

《月光光詩刊》創刊的宗旨是：

> 我們不希求孩子們成為詩人，我們也不期望，在孩子們羣中，發掘出未來的作家。我們所期望的，只是，讓孩子們有詩可讀，讓孩子們，也能像成人一樣，能以吟詩作樂，並以能作詩為自我高尚的樂趣。（見一九七七年四月《月光光》詩刊第一集，頁一）

《月光光》在出版七十八期之後，即結束。林鍾隆認為：以「詩刊」出發的《月光光》已光榮完成了任務。從一九九一年起，以《台灣兒童文學》之名重新出發，並改為季刊，若稿源多，或經費有著落，再改爲雙月刊或月刊，仍然像《月光光》一樣，要仰賴有心人的贊助來維持。《台灣兒童文學》園地絕對公開，歡迎投稿。關於創作、創作的討論、見解均歡迎，內容包括：創作理論、教學經驗、作品介紹、詩創作、童話創作、中、外兒童創作及文學訊息等。截至一九九九年三月，《台灣兒童文學》季刊已發行了二十九期，均由台灣國語書店出版。

——六、兒童文學的價值與意義何在？

對於兒童文學的意義與價值，林鍾隆表示：兒童文學的價值首要在「文學」的價值。文學的價值，並不在「教育」兒童，而是提供兒童「人生的」、「社會的」、「世界的」、「人類的」反省和憧憬。反省和憧憬，所指的並非「認識」問題。所謂反省和憧憬，是會讓兒童對自己的過去，對自己的「已有」，能與生認眞的省思；對自己的未來，能有憧憬的形象和境界。

反省與憧憬，文學的價值就在此，不能產生這種作用的文學作品，應該說，並沒有文學價值。

如果能使兒童，在閱讀中，閱讀後，心中產生對社會的、對人生的省思，對人生、社會與生某種憧憬，則已達成好的兒童文學的一個條件。

如果能使兒童在閱讀中，愛不釋手，廢寢忘食，又能對人生、社會產生反省和憧憬，那麼，又是達成好的兒童文學的另一個條件。如此，既是文學的，又是兒童的，就是好的兒童文學。

兒童文學，必須是兒童喜歡，才有意義，必須是能激發兒童的自我提昇，兒童文學才會有價值。

也許有人會提出疑問，要兒童有興趣，要兒童能理解怎麼能不迎合兒童呢？這的確是值得研究的問題。

如果迎合的用意和目的，是爲了「討好」兒童，是「降低」自我的水準，甚至爲了「討好」只求獲得更多的讀者，只想讓兒童，不必花很多的心思，那是眞正的迎合，這種作者，會改變內容，扭曲內容。

如果，作者所用心的，是對自己所要表達的意念，並沒有任何妥協，他所用心的，只是如何把自己所要表達的，在表達上下功夫，如古人所謂「深入淺出」，淺到兒童能懂，但其深依舊，只是，從其表面的「淺」，可以窺見內涵之「深」而已。這樣的經營，不算迎合，因此，作品的純度，不但能保持，而且很高。

兒童文學之所以被譏爲小兒科，就是作者缺乏「自重」，製造出很多「迎合」兒童的作品招來的必然結果。只要兒童文學工作者，能有從事文學工作的自重，兒童文學自然會得到尊重，並能夠與成人文學並駕齊驅。對於兒童文學的意義與價值，林鍾隆表示：兒童文學的價值首要在「文學」的價值。文學的價值，並不在「教育」兒童，而是提供兒童「人生的」、「社會的」、「世界的」、「人類的」反省和憧憬。反省和憧憬，所指的並非「認識」問題。

七、對兒童詩歌與兒歌分界的想法？

林鍾隆認為兒童詩與兒歌應分開，沒有錯。他表示：在日本，謠是可以譜曲，變成音樂的。詩就很少有人會拿去譜曲的！謠跟詩混在一起，把謠當作詩，詩也當做謠，這樣看法不是很正確，因為有的唸起來，根本就是謠，有的唸起來，根本就不是謠，而是詩！詩本來就是唸的、看的，謠是唱的。詩是社會的跟作家的，謠是偏向非作家的，屬於比較民間的。詩是作者有感而發，為自己寫的！謠是為別人寫的，還沒寫，就先想到，是要給小朋友唸或唱，為人家在先。詩則不管這些外在因素。兩個要分開啊！古人吟詩，現代白話詩也有人吟，但林鍾隆很不習慣這樣，唱不像唱，唸又不像唸。他說很多詩人覺得有意思，他並不覺得。

八、與日本、國際兒童文學作家的交流、接觸之想法與影響。

林鍾隆認爲：在兒童文學上，亞洲各國互相的交流很少，希望建立友誼，更進一步交流。而兒童文學在文學圈的地位，尙未取得和成人文學平等的看待，這也是大家要努力的。除此之外，他覺得從人生的「成長」這一方向來觀察，在兒童時期所接觸的兒童文學，對個人的成長，作用之大，也許要超過成人文學，這是我們要勉勵的。

對於曾經參與的國際交流，林鍾隆不僅謙卑地說自己渺小，也感嘆台灣是個渺小的國家。這「渺小」和土地的大小、人民的多寡，都沒有關係；關鍵在於「人的氣度」，也就是面對問題應有的態度。林鍾隆自認一向崇尙誠實，也認爲文學工作者更應當以誠實爲信念。在一次國際會議中，討論主題是：兒童文學在自己國家的「現狀」及「未來的發展」。他看到各國的報告大多能本此良心發言，談各自的陰影、衰象、困難和苦境等等。但卻感嘆地說，我們在這一個評判的尺度上，可能殿末。因爲在他出國之前，就有人表示「關心」，希望他不要說「我們的不好的地方」。看見人家是這樣「誠實」，我們是如此「粉飾太平」的心態，如何能「成其大」，他實在很懷疑，這種心態，又如何能與人平起平坐呢？對於這種「粉飾太平」的心態，是何時開始，又如何養成的呢？他非常感慨，也深感遺憾。他期盼在往後的國際會議上，台灣的代表能一改既往，誠實地面對問題，以誠實的態度，讓國際友人知道自己國家的「實況」。

九、創作與評論的關聯如何？

林鍾隆輕描淡寫地說，也許兩者之間有所幫忙，也許沒有幫忙。因爲，每個人狀況不同。對於感受力很强、有能力接受新的創作方向的作家，當然能客觀評論。但是，作家卻不能僅以自己創作標準的那把尺，來度量所有的作品。創作，可以只寫出自己內心的感覺、想法。評論則要懂得多，對兒童文學要有深刻的基本認識。

十、自認印象最深刻、最喜歡、最得意的作品？

對於自己的作品沒有喜不喜歡的疑問。只要人家喜歡，就喜歡。有一本《蠻牛的傳奇》，林鍾隆覺得還不錯，但一直不見別人提起。他說，剛出版時，曾寄給李喬，他誇過。之後，便沒聽到人家稱讚了。但上次在靜宜大學一個研討會中，遇見留德的梁景峯手上拿了那本書，他好奇地問：「你怎麼有這本書？」才知梁也欣賞這本書。

其實林鍾隆自覺《蠻牛的傳奇》寫得還不錯。只是有人可能不相信那是事實。而很多事實人家常常不相信，假的人家卻認為是眞的。

林鍾隆也愉快地分享了〈我要給風加上顏色〉的創作經驗。對於這首曾經榮獲《布穀鳥》第一屆「紀念楊喚兒童詩獎」的詩，他娓娓說道：「想像，可以帶來樂趣。有一天我在房間裡抽菸，無意中看到煙飄向窗口。接近窗口時，卻被風吹了回來。但是，窗是關著的。忽然，煙又向窗口飄去。這回是從窗框交疊的縫裡，被吸了出去。關著窗，仍然有風進出；看那煙，就知道風的出入情形。我於是想到如果風有長相，能被看見，會是怎樣的情景，因而沈醉在自己的想像中了。」

林鍾隆藉顏色的想像把風加以形象化。把自己想像的過程，一一呈現出來，供大家欣賞。把自己的快樂，提供出來，要大家跟他同樂。用豐富的想像力把我們引入他的詩中，眞有引人入勝的魔力，使我們能與他同樂，並且產生共鳴，這是詩很難得的成就。

十一、對自己未來的展望。

林鍾隆表示，他寫作沒有計畫。不像很多人家計畫寫作，或擬定專寫某一系列主題的。他隨興、隨意，高興怎麼寫就怎麼寫，高興怎麼做，就這樣做。把寫作當成很愉快的一件事情。雖然寫作時辛苦了點，但辛勤勞動後，心情卻變愉快了。

雖然林鍾隆已經七十高壽了，卻仍努力不懈地勤奮寫作。曾經林鍾隆想學電腦，但打字、看螢幕要眼力，敲鍵盤要記憶，眼睛不方便，還挺痲煩，就放棄了。他心想：如果電腦會聽語音就更方便了。這語音輸入法，只消說話，電腦就將語音轉換為文字，多好！就像有些對講機，人離開時用聲音控制即可。有一段時間，他手不能寫字，又幫幾家出版社連續翻譯作品，過度勞累，結果手無法執筆。有兩三年，他口述錄音，讓學生謄稿打工，眞是辛苦！林老師慶幸地說，還好現在可以寫啦。

——十二、對台東師院兒童文學研究所的期許。

林鍾隆認為：我們台灣的兒童文學，很需要有台灣人本身的創作，也就是本土的作家與作品，來提高我們的文學水準。對於台東師院兒童文學研究所，林老師關心同學是否從事創作？但也謙虛地表示不敢指教，倒是認為大家都為兒童文學而努力，就值得安慰了。

不過，他願意將自己心目中兒童文學「成功的決定性條件」，與有志者分享。這

「成功的決定性條件」有四個，一是獻身的熱誠，不誠無物，不誠，不動人。二是對兒童的了解與愛心：了解愈多愈深，愈能打動兒童的心；愛心不僅是動力之源，更是成就境界的原動力。三是個性的發揮，對於題材的處理、表達的技巧、文體……樣樣都要有與人不同的個人風格。最後是民族性格，要成就世界文學的高度境界，絕不能和任何外國作品相似，必須有所不同，而所不同的，必須有民族的特性，才能代表國家，並進軍世界。

* * * * *

林鍾隆先生接受訪問的時間是星期天晚上。白天，他照例去爬了山，走了近二十公里的山路，這也是他持續二十幾年的興趣。之於文學，遠從民國三十八年處女作的發表至今，也已經有半個世紀了。即使已經七十歲了，林鍾隆還孜孜矻矻地為兒童文學這塊園地盡心盡力。無論是爬山或寫作，他所呈現出來的恆心、毅力，是早期台灣人勤奮的典型寫照。誠如前輩作家鍾肇政、彭瑞金所稱許，這是他成功的地方。

也許是心中那份理想的執著、對自我的要求與生活的體悟，讓他努力不懈地自我充實，始終以一顆年輕、冒險的心，向前積極邁進。開路登山如此，少年小說的寫作如此，兒童文學的推廣也是如此，他總是爬沒人爬過的山，走沒人走過的路，一步一腳印，這樣踏實，這樣堅定。一路行來，點點滴滴在心頭，卻也彷彿山頂上吹拂過的天風，有一份奇異的感受。

其實，這位愛爬山的詩人，創作是很生活的。在他七十幾本的創作中，你可以在其中認識「林鍾隆」這個人。因為，作家的心就流露在作品中。謙卑的「全能型」作家，有詩人的溫文儒雅，有長者的風範，有成為「中國安徒生」的抱負，有教育家的理想，除了戀戀山情，更有一套山人哲學。

相對於林鍾隆的廣博深邃，這篇訪問當然無法窺見他的全貌，但相信已可見到一些風采。雖然林鍾隆不習慣人家幫他做生日，但是，我仍忍不住想以此文敬賀林鍾隆七十壽辰，恭祝他平安健康。

附錄

一、兒童文學活動年表

一九三〇年

・七月二十四日出生於台灣桃園。父林元福，母巫三妹。排行老三。

一九三七年

・入草湳坡國民學校。

一九四三年

・入楊梅國小高等科。

一九四六年

・考取台北師範學校。

一九五〇年

・台北師範學校畢業；八月任小學教師。

一九九〇年

・《詩畫集》獲一九九〇年中國時報最佳童書獎。

二、著作目錄（兒童書部分）

書名	出版者	出版年月
三劍客（翻譯）	惠衆書局	一九六二年七月
亞森羅蘋（翻譯）	惠衆書局	一九六三年
愉快的作文課	益智書局	一九六四年
作文講話	益智書局	一九六五年七月
美玉和小狗	省教育廳	一九六五年九月
阿輝的心	小學生出版社	一九六五年十二月
雷雨中	自立晚報	一九六六年
擲魚	自立晚報	一九六六年
餓鬼的故事	自立晚報	一九六六年
颱風的故事	自立晚報	一九六六年
笱蛄	自立晚報	一九六六年
害人精	小學生出版社	一九六六年
背書	小學生雜誌社	一九六六年八月
醜小鴨看家（童話集）	自費出版	一九六六年八月

養鴨的孩子	小學生雜誌社	一九六六年八月
媽媽的好兒子	自立晚報	一九六七年
燒蜂仔	自立晚報	一九六七年
作文教學研究	板橋國教研習會	一九六九年三月
魔術師傳奇	東方出版社	一九六九年十一月
好夢成眞	省教育廳	一九六九年十一月
盜馬記（翻譯）	東方出版社	一九七〇年
土人的毒箭（翻譯）	東方出版社	一九七〇年
蠻牛的傳奇	省教育廳	一九七〇年八月
最美的花朵（童話集）	青文出版社	一九七三年四月
毛哥兒和季先生	國語日報	一九七三年十二月
奇嶺少年	今日少年雜誌社	一九七五年
奇妙的故事	兒童月刊社	一九七五年十月
日本兒童詩選集（翻譯）	學生圖書供應社	一九七六年一月
龍子太郎（翻譯）	學生圖書供應社	一九七六年七月

南方島上的故事（童話繪本）	日本東京學習研究社	一九七六年九月（昭和五十一年九月）
北海道兒童詩選	笠詩社	一九七七年一月
兒童詩研究	益智書局	一九七七年一月
信兒在雲端（翻譯）	洪氏基金會	一九七七年九月
爸爸的冒險	同崢出版社	一九七八年三月
奇異的友情	同崢出版社	一九七八年四月
魯賓遜漂流記（翻譯）	光復書局	一九七八年四月
威普拉拉（翻譯）	小讀者出版社	一九七八年六月
作文指導	快樂兒童漫畫週刊社	一九七八年十一月
數字遊戲（圖畫故事）	洪氏基金會	一九七九年四月
少年偵探團（翻譯）	水牛出版社	一九七九年四月
短篇童話傑作選	水牛出版社	一九七九年四月
星星的母親（兒童詩集）	成文出版社	一九七九年十二月
思路	七燈出版社	一九八〇年十一月

作文指導	快樂兒童漫畫周刊社	一九八〇年十一月
兒童詩指導	快樂兒童漫畫周刊社	一九八〇年十一月
白馬王子米歐（翻譯）	水牛出版社	一九八一年四月
沒有人知道的小國家（翻譯）	水牛出版社	一九八一年四月
兒童詩觀察	益智書局	一九八二年九月
明天的希望（寓言、童話、散文）	成文出版社	一九八二年五月
可敬可愛的楊梅	台灣書店	一九八二年十月
小飛俠	光復書局	一九八六年二月
木偶奇遇記	光復書局	一九八八年
老師也會有哭的時候：日本童詩精華	民生報社	一九八八年九月
婆婆的飛機	民生報	一九八八年十月
蔬菜水果的故事（創作童話）	聯經出版公司	一九九〇年三月
山（詩畫集）	台灣書店	一九九〇年四月
小小象的想法（兒童散文）	成文出版社	一九九一年三月
作文小百科（童詩篇）	正生出版社	一九九二年一月

爬山樂（童詩）	省教育廳	一九九四年四月
山中的悄悄話（童詩）	省教育廳	一九九五年四月
山中的故事	省教育廳	一九九六年四月
我要給風加上顏色（童詩）	桃園縣立文化中心	一九九七年五月
讀山	省教育廳	一九九七年
大龍崗下的孩子（故事詩）	省教育廳	一九九八年十二月
少年小說中的寫實主義	靜宜大學	一九九九年四月
水底學校	富春文化公司	一九九九年七月
愉快的作文課	螢火蟲出版社	二〇〇〇年

二、報導與評論彙編

(一)報導部分

多產作家林鍾隆　曾信雄　國語日報兒童文學版　民國六十一年六月十八日

我所認識的林鍾隆先生　久井知秋作，林桐譯　國語日報兒童文學版　民國六十八年二月四日
兒童文學教育的開拓者——我所認識的林鍾隆　蔡淺　笠一四〇期　民國七十六年八月　頁五～七
喜歡沒有勾心鬥角的兒童世界——專訪林鍾隆先生　林麗如　文訊月刊一七二期　頁八十九～九十二

㈡評論部分

《阿輝的心》讀後感　林桐　國語日報三版　民國六十二年一月十一日
我讀〈小蝌蚪找媽媽〉　曾門　國語日報三版　民國六十二年四月八日
「現代童話」簡介　曾信雄　國語日報三版　民國六十三年十一月三日
打開兒童詩的視野——《日本兒童詩集選》讀後　趙天儀　國語日報三版　民國六十五年二月二十九日
一本好書《愉快的作文課》　欣靈　國語日報六版　民國六十五年三月二十一日
評林譯《龍子太郎》　藍祥雲　國語日報三版　民國六十五年九月十二日
談《龍太子郎》　春之　國語日報三版　民國六十五年十月十七日

《日本兒童詩選集》　王萬清　國語日報三版　民國六十五年十一月二十八日
鍾梅言　皇冠啼笑人間　民國六十六年六月　頁七十四～七十八
看〈月光光〉談童謠　林桐　國語日報三版　民國六十六年九月二十五日
《愉快的作文課》讀後　陳永泰　國語日報三版　民國六十七年十二月五日
評介《星星的母親》　馮輝岳　青年戰士報十版　民國六十九年五月十日
關於少年小說——兼談《阿輝的心》　張彥勳　文學界二十八期　民國七十七年　頁二
二〇～二二三
《阿輝的心》——少年小說里程碑　徐錦成　國文天地一七六期　民國八十九年一月
頁一〇五～一〇七

我覺得目前台灣的插畫家應該朝兩個方向加強：一是多和兒童的生活做接觸，也就是直接面對兒童的事物；另外就是對台灣的自然與人文的關懷……

——鄭明進

☞左起：鄭明進、邱子寧

鄭明進專訪

——做一本人生的大書——

地點：台北士林雨農路鄭明進老師住所
日期：一九九九年二月五日
時間：午後二時～
訪問者：邱子寧

鄭明進，一九三二年生於台北市六張犁，台北師範藝術科畢業。於學生時期開始創作，曾以水彩畫作〈柿子〉入選第六屆全省美展，而後屢獲殊榮。由於從事教職，鄭老師開始與兒童美育的關係密不可分，也因此正式接觸圖畫書，更以圖畫書的推介作為推廣美育不可或缺的重點。而鄭明進老師陸續擔任出版社編輯與顧問的工作，其間擘畫引薦世界各國優秀圖畫書，如「漢聲精選世界最佳兒童圖畫書」、「台英社世界親子圖畫書」……等等，在台灣圖畫書發展歷程中持續扮演引領與推動的角色。洪文瓊在《兒童文學見思集》曾讚稱鄭老師當為「台灣的兒童圖畫書教父」，認為他以「網魚先養魚」的哲學觀推廣圖畫書，其目的是在培養未來的藝術欣賞人口，進而改善藝術創作的環境。也正因為這樣的信念，讓鄭明進老師堅持在推廣美育及關注兒童文化的工作中展現最大的熱情，稍有回饋即樂此不疲。而這份熱情，可以從以下訪談記錄中清楚感受。

* * * * *

──請問老師緣何走入兒童文學？

我在廿歲的時候自台北師範藝術科畢業，然後就擔任國小老師；由於教授美術，便發現一個問題：小朋友不知道要畫什麼？我們教小朋友畫畫，一般來講有兩種方式：一是要小朋友寫生，另一種則是想像。寫生和想像相較：寫生比較直接，在校園或是家裡附近都可以進行；想像就得憑藉記憶，比如說生活的想像，其實就是一種回憶畫。但是我在教學的時候發現，小朋友對於回憶畫比較難以發揮，他們的想像力不是那麼豐富，於是我就開始嘗試去刺激他們的想像。台灣那個時候的圖畫書不如現在這樣豐富，所以我當時就拿了一本國外的圖畫書，自己先將內容翻譯出來，然後用圖畫書來跟小朋友講故事。比較多的是寓言故事，我記得是一個英國插畫家伯瑞・懷德史密斯（Brian Whildsmith）的作品，他畫的故事像是〈龜兔賽跑〉、〈北風與太陽〉等等，小朋友看了之後，想像力似乎獲得刺激；因爲圖畫書本身有圖象，這個圖象就好像電影一樣，畫面的刺激可以幫助小朋友對於圖象的加强，所以我開始注意到國外的圖畫書。從那個時候開始就透過很多方式，一直蒐集購買，愈來愈發現圖畫書的美妙。

——所以老師一開始是藉由國外的圖畫書來幫助小朋友去想像、思考，然後創作。

主要是幫助小朋友畫畫，因爲在一般的日常生活裡，小朋友不太有能力表達出來，但是圖象本身會刺激他們。當然這不是要他們一味模仿圖畫書的內容，最主要是豐富他們的想像。而近十年來，國內出版商直接從國外購買版權，圖畫書大量引進，小朋友想獲得這方面的助益就更方便了。

——圖畫書的發展和經濟環境有很大的關係嗎？

的確有關係。這可以從兩點來看：一是國外圖畫書的版權昂貴；二是圖畫書的風氣倘若不盛行，就無法達到平衡成本的銷售，這需要時間。最早我是在漢聲擔任執行編輯，當時漢聲對於圖畫書的引進可說相當有心。在創作方面，一九七五年我四十三歲時，洪文瓊及吳英長兩位先生應朋友吳豐山委託籌畫一套書，他們找我幫忙做一本，從那個時候開始，我自己眞正創作圖畫書。這本書是由林良先生執筆，由我插畫，其中三幅圖畫——分別是青蛙、螢火蟲和壁虎——隨後在日本參展，這是台灣最早開始到國外參展的兒童圖畫書插畫。

——我們大致可以將老師從事的工作分期：教學、編輯、編輯顧問。請老師回顧在從事這些不同工作的過程裡，是不是有您個人以及台灣兒童文學史上印象深刻値得標誌的兒童文學指標事件？

擔任編輯顧問的工作是在我教職退休以後，是一九七七年我四十五歲的時候才開始的。大概也就是那個時期之後，台灣對圖畫書的引進才稍稍有所展進。

在圖畫書方面，台灣省的《中華兒童叢書》對於台灣圖畫書的刺激與發展確有幫助。雖然它都是爲國小學生所編寫，內容也不全然都是圖畫，但是它卻培養了台灣一批對兒童插畫有興趣的人才從事插畫工作，帶給台灣插畫進展很好的刺激。

在出版方面，則是「國語日報」出版的一套「世界兒童文學名著」。這套書基本上是以歐洲和美國圖畫書的形式引進台灣。那時候並沒有購買版權，而是直接取用，書的形式也比較薄小。我記得當時最出名的一本是《小房子》，這些圖畫書對台灣的讀者或是研究者都帶來許多刺激，那段時期是值得標記的。

——《中華兒童叢書》的編纂的確是台灣兒童文學史上十分重要的事件，那麼老師和這套叢書有什麼樣的合作關係？

《中華兒童叢書》基本上對台灣當時的畫家都邀稿，所以在我這個年齡層的畫家作家幾乎都有作品參與。這確實是台灣插畫進展的一個起步，因為這套書是由聯合國文教基金會撥款補助，由政府主持，所以稿費比較穩定，這對從事插畫藝術的工作者而言相當重要，以往許多出版社根本不敢接觸插畫，在叢書階段性穩定出版之後，許多出版社如「信誼」、「漢聲」等等接連跟進，風氣漸昇。

——前些時候也和華霞菱老師談到《中華兒童叢書》，在當時圖與文的創作是分開的，

似乎作者與插畫家之間鮮少聯繫。

當時的情況是作家先把文字寫好再交付兒童讀物編輯小組，由小組編輯去找插畫家來完成插畫的部分。一是時間緊迫，二則是因為這些讀物本身並不是圖畫書的形式，它是以文為主、以圖為輔。這是插畫，並不像圖畫書那樣要作家與畫家有比較强的聯繫。

——那麽老師可以分享您自己個人的創作歷程嗎？一開始您是畫插畫，然後才有圖畫書的創作，兩者之間的差異又如何呢？

插畫相對來說比較輕鬆，它比較沒有上、下文之間的關聯或者是故事性的轉換，圖畫書的創作難度稍稍要高了一點。所以我記得在將軍出版公司的那個階段（大概是我四十三歲的時候），林良先生寫了一本書叫作《小紙船看海》，給我很好的刺激。故事是說一個住在山上的小朋友放了一艘紙船到河裡，順流而下，與一個住在山下街上的小朋友做的紙船會合，一同流向大海到港口。這本書讓我發現圖畫書的樂趣。圖畫書必須具有故事性，要製作一本圖畫書需要新鮮而具有創造性的方式，於是我就用紙板畫和水彩混合的方式製作出來。

——那麼也就是說從《小紙船看海》這本書開始，老師才眞正思考圖畫書的製作囉。

是的。在當時林艮先生還有一本書叫作《小動物兒歌集》，它是一首兒歌搭配一張畫，並不連貫，這是插畫的形式，所以兩本書是不相同的。之後在信誼出版社，主要是以幼兒爲主，那時是出版社編輯先有了文章再交由畫家評估是不是適合自己創作，然後再與作家討論商量，這時候彼此之間的聯繫自然就多了。往後除了自己創作之外就是擔任編輯或者是訓練等相關工作，台灣有一種圖畫書的銷售方式是採用套書的形式，而擔任銷售工作的人員就必須有些職前訓練，在上課時我會提醒他們圖畫書本身的意義，以及它們對兒童的影響，像是兒童繪畫心理的發展，或是視覺的發展……等等問題，這些都必須跟他們談淸楚，如此也能有助他們的銷售。我擔任這部分的工作有相當久的一段時間。但我覺得台灣有一些很好的圖畫書都以套書的形式銷售，是一種不好的現象。

——這個問題我們也問過　廣才先生，他說台灣市場狹小，如果不以這樣的方式銷售

根本得不到利潤，這的確是一種惡性循環。

這的確需要花時間解決，不過問題主要還是我們購買圖畫書的風氣不盛。在國外圖畫書一推出，幾乎所有的圖書館便會採購典藏；如果一個國家社會的圖書館遍及地方鄉鎮，那麼光是圖書館的購書就可以達到相當高的銷售比例，大可不必那樣辛苦地找家長直銷。比較起來，台灣的圖書館購進圖畫書的並不多，圖書館功能並不彰顯。我想如果這部分的功能可以發揮，例如增添圖書購置的經費，添購方向也多重視圖畫書的話，套書的問題就可解套。

——延續創作的問題，能不能請您談談個人創作經驗裡比較難忘的部分，例如比較順利或是曾經遭遇的瓶頸？

創作每一本圖畫書都有其樂趣和難處。我記得在創作信誼所出版的《一條線》的時候，這本書是由「信誼」出版，原先是由一位年輕的插畫家寫作並插畫，但是信誼認爲插畫的部分猶未精緻，於是就把文字稿，寄給了我，我一看到文字稿腦海裡就浮現了圖象，因爲我在教小朋友畫畫的時候，小朋友就用一條線來代表地平線，這在繪畫心理稱爲基底線，在這條線之上，小朋友把所有的東西都擺在上面。於是我就想到這個點子，我用粗細不同的毛線，從頭到尾就拉出一條線，在線的上頭有山有遠景，時序從早上到晚上，小朋友就沿著這條線，從山上走過農村再到城市的晚上，在創作的時候我一直想到小朋友的心理和視覺的感受，然後才用這樣的方式表現，所以這本書創作起來心裡覺得很舒服，在表現上也比較有創意，這是一個例子。

——老師在退休之後，是以講座式的教學爲主？

其實也有創作的部分，但退休之後的工作反而多了起來，創作量當然就少了。當時我一方面在出版社擔任編輯，一方面又忙著訓練直銷人員，在講授的同時，我感到比這些直銷人員還要重要的其實是媽媽。爲了讓媽媽們對圖畫書能夠更了解，我就透過《雄獅美術月刊》介紹了世界許多優秀傑出的插畫家，讓媽媽們和喜愛藝術者有機會認識這些插畫家的創作背景和動機。這也是第一次純藝術的刊物上刊登有關插畫的文章，可能是因爲我曾經擔任過《雄獅美術月刊》的編輯顧問，所以有這個立場，他們願意接受。而這些文章到了一九九一年便集結出版，這讓許多年輕人、或者有心想要了解圖畫書的奧妙的讀者能夠認識這些優秀的插畫家。這段時間我深深感受到媽媽本身的藝術教育要比老師重要，因爲小朋友還沒進入學校教育之前，媽媽是理所當然的美術老師，如果媽媽沒有一些美術概念也不好，因此那時對於媽媽的美術教育也有了興趣。

——老師開始發覺媽媽對幼兒美術教育和視覺教育有重要影響，大概是哪一個時期？

大概是我五十四歲左右。一開始是在書評書目社，那時我進行一項實驗叫作「非畫家插畫班」，就在社區對媽媽進行教學，後來這些東西也結集出版了一本《媽媽美術教室》，這本書也等於表達了我希望媽媽對於幼兒美術教育能夠重視並加强的看法。

——曾經在老師的課堂上聽過，有一些人才就是從媽媽美術教室中被挖掘出來的。老師能夠談一下這個部分嗎？

媽媽美術教室是對任何人開放的，這些人完全沒有繪畫基礎。我的教學，一開始是先教「觀察法」。東西擺在眼前，一般稱作寫生畫，我卻稱作觀察畫。透過觀察，這些媽媽的眼睛才明亮起來，才注意到周邊事物都值得畫。最先是鉛筆畫，等到她們對鉛筆的掌握熟悉精準了以後，畫出的事物都有了形體，然後才用彩色筆畫。一般多半是由鉛筆直接就到水彩，而我則是間接逐步的。在教授水彩的時候，提供一個目標讓學生寫生，並特別提醒媽媽們用細膩的筆法去畫。其中有一位媽媽將周遭的花花草草畫的很好，在省立美術館整修後重新開幕時，她的畫就在裡頭參展，結果研究生物的鄭元春老師看見後十分驚嘆，問她是從哪一個大專院校畢業，她答說是媽媽美術教室，他不相信便問是誰教的，才知道原來是我。鄭老師覺得這位媽媽的畫十分出色，便幫她出了十張卡片，甚至介紹她去繪製郵票，去年她就畫了三張。而現在巧連智有關自然科學觀察類的書都委請她繪製。從一個媽媽到一個插畫家，這是一個很好的例子。

——提到自然科學類的插畫，這讓我想到老師似乎特別偏好這方面的插畫，能不能說明一下爲什麽？

談到自然科學類的圖畫書，不得不提日本一家叫作「福音館」的出版社。我在漢聲的時候，出版的圖畫書可以分爲兩類：心靈成長類和科學類。科學類幾乎都是由福音館引進，爲什麼我會引進這家出版社的東西，這主要是因爲這家出版社將科學類的圖畫書用比較生動、有趣且淺顯的方式表達出來，再加上細膩的插畫表現，圖象與自然的事物十分貼近。小朋友藉由科學類的圖畫書可以發現自然的奧妙，對於自然的事物和人文的關係也會益感親切。它不像文學類那樣有童趣，它講究眞實性，那種自然的細膩讓我很受感動，我希望台灣的小朋友也能夠看到這樣的科學類的圖畫書，體會這一類插畫的用心，所以我一直在這方面做提倡。

另一方面也是因爲台灣太多科學類的讀物都是以幻燈片和照片來代替插畫，我反對這樣做。反對的原因是因爲攝影家所用的鏡頭是一種「冷眼看世界」的態度，這與畫家用「熱眼」觀察，用畫筆轉化出來的是不同的。畫家用心去畫，即使是寫實也富有一種人的味道。這是我之所以反對用攝影來介紹自然讀物的主要原因，這種情況在台灣是慢慢地好轉了許多，當然有很多自然事物要去觀察、去畫出來並不容易。像這次在新光三越展出羅伯・英潘（Robert Ingpen）的插畫，那種筆觸是透過畫家對自然的觀察而轉化出來，他的用心與人文精神都在畫作中，他對空間的設計與安排，那種色彩是攝影無法達到的；況且許多歷史也是鏡頭不會捕捉到的，他必須去蒐集資料，將歷史活現出來，我想這是攝影辦不到的。

——老師投身兒童文化工作有一段相當長的時間，之前將老師的工作做了分期，有教學、執行編輯、編輯顧問等等，角色身分因階段不同，能不能請您替不同階段的角色扮演說明一下自己所專注的方向與態度？

在教學方面，我希望中、小學從事美術教育的老師能夠多專注在自己的工作上，能從周遭教導學生觀察自己的生活。一方面能夠使學生多重視本土，另一方面也就是希望老師能把美術教育看遠一點。所以我在教中、小學老師的時候，除了看重本土作品，我也將歐美日本的作品展示出來，目的就是期望他們能具備國際觀，使他們在教學時也能夠專注到這些問題，這是對中、小學教師的教學部分。

另外也透過各種機會和媽媽們談歐美、日本各國優秀的圖畫書，其精神與內涵，讓他們了解圖畫書對幼兒來講就是最好的精神營養資源。兒童在幼兒時期並不需要強加任何歷史或文化的意識，而圖畫書本身是那樣原始自然，於是我以童趣帶進，讓媽媽們了解圖畫書本身是一種圖象教育，在文字教育之前就是圖象教育，圖畫書就是圖象，它在文字之前發揮了最大的功能。而世界各國的圖畫書之所以能這樣交流、這樣在各國走動，歐洲的圖畫書在台灣出版隨即受到歡迎，就是因爲圖畫書是以圖象爲主。所以圖畫書似乎可以說是傳達視覺最直接原始的一種方式，而歐洲的圖畫書之所以能在台灣受到歡迎，除了歐洲圖畫書的發展有悠久歷史文化之外，最重要的是圖畫書的文化排擠性很少，圖象是最原始的了。

台灣一向偏重文字教育，我們的圖象教育很糟，像教科書上的插畫也太差了。我們說圖象在幼兒時期是很重要的，而我們的教科書並不重視它，所以現在我們接觸了圖畫書之後，教科書不改不行。倘若不改，我想這就成了台灣很有趣的文化現象，圖畫書畢竟已經有一定程度的發展和流行了，如果教科書還是那樣一成不變，這樣的差異就有意思了。家裡有圖畫書而學校卻沒有，這肯定有問題。幸好現在師院也有圖畫書的課程，也開始重視圖畫書。不過我卻又覺得師院的文學課程好像停留在一個層次上，我覺得還必須加强。師院必須要引進圖畫書，否則絕對會和小朋友產生隔閡。應該先從幼兒的圖畫書開始接觸，如此才會發現圖象教育的重要，這是我們必須努力加强的。

——我們的學校教育一向只教我們怎麽寫，卻好像忘了教我們怎麽看。

「看」在我們過去的教育的確很缺乏，但在歐洲卻不一樣。我自己有一個親身體驗，當時我第一次到歐洲搭乘德航，在飛機上我拿了一份德國的報紙，雖然我不懂德文但是我看圖象，當時給我一個很大的震撼；在報紙的頭版有半版就是一張天氣地圖，用不同的顏色來表示天候氣溫。而這樣的圖象，台灣直到現在都還沒有。我們對於自己的生活中最重要的天氣，在報紙上居然只有一小塊看不懂的圖示。之後過了四、五年，我又看到一份美國在歐洲發行的英文報刊，還是一樣半版的圖象。而台灣的天氣圖卻是越來越難找到了。可見我們的圖象教育在大衆媒體也很缺乏。

——那麽在擔任執行編輯時，您著重的方向又爲何？

在漢聲編輯世界繪本精選的時候，參與的人都必須看過大量世界各國的圖畫書；在台英社的時候，就連總編輯和副總編輯都得來上我的課。上課以後挑選各國圖畫書的眼光才會高，而我的課程是先談世界圖畫書的歷史，大概是從兩百多年前開始談起，如此才能提昇鑑賞圖畫書的能力。而早先台灣的圖畫書之所以不發達的緣故就在於缺乏好的編輯，以前的編輯不了解圖畫書，出版社的老闆也不了解圖畫書，所以多是從國外買版權回來，以致本土圖畫書不發達，要使本土的圖畫書發達，首先就必須提高編輯的能力。編輯能夠左右作家、畫家，因此編輯本身必須有很好的想法，然後去和作家、畫家談，而不是完全交由作家、畫家決定，在歐洲亦是如此，都是要有好的編輯才會有好的書籍出版。

——關於人才培養的問題，像不同的出版公司就有不同的政策與方式，您的看法如何？

人才的培養要從基礎開始，出版公司不太可能投注在這個部分，因爲出版社主要的功能是作品發行，人才培養如果落在出版社上頭是不公平的，他們也不需要擔負這樣的工作，這在國外也是如此。人才的培養是要從基礎教育，要從學校教育開始。像一九九七波隆那國際童書插畫展在台灣展出，參展的畫家八十位當中有二十位是學生，他們還沒有出版圖畫書就已經畫了圖畫書去參展了。像波隆那是允許未出版的圖畫書參展的，而且會在畫作註明尙未出版。可見他們在學的學生就已經在從事圖畫書的繪製了，而且比例相當高。除了畫展之外，出版社也會邀集他們的插畫家到場，而年輕的學生就會拿著他們自己的畫作當場請益，所以波隆那儼然就是一個交流的場地，使學生得到學校教育之外更直接的指導。所以台灣的波隆那畫展與國外的展出形式有所差異。波隆那是一個書展兼畫展，所以出版社會請來畫家，活動非常可愛，台灣則不是那樣。台灣的書展形同拍賣市場。我想人才的培養還是必須由學校教育進行，當然如果出版社提供的工作機會不多，學校自然也就不會在這方面重視了。另一方面，台灣的藝術教育似乎偏重在純藝術方面，實用方面比較弱。而即使是實用設計方面，似乎也跟兒童出版沒有關係，多以廣告設計為主，其實這也跟銷售量有關係。像格林出版公司就不得不出外尋找畫家，因為在台灣找不到好的畫家，這也是一種成本負擔。

——那麼擔任編輯顧問時，又有哪些有趣或是難忘的事呢？

擔任編輯顧問的時候，最主要就是訓練編輯閱讀很多圖畫書，這樣他們在編選的時候就會有很多的想法，因為編輯本身也是由零開始，所以在選圖畫書的時候，有些圖畫書他們會認為不好，看法不同。這時就要花費很多時間將各式各樣不同插畫家的特點一一指出，而這些特點有時候並不好說明，因為許多時候是插畫家的一種感性的表現，用言語很難傳達。它是一種心靈的感受，必須大量接觸過藝術之後才能感受出來。訓練編輯的時候這是難處所在，只能大量閱讀好的作品，不只看文字，更要讀圖畫，這樣子能力才會出來。目前台灣的圖畫書的量算是蠻多的，但是一般的編輯不見得有能力購買完全，也不一定都能擁有。而台灣的出版社之間似乎不太有關係，常常各自爲政，彼此出版的書籍也不參考閱讀，這樣子形成一種隔離，好書應該共同研究。在日本可以十家出版社聯合出版一本目錄，在台灣恐怕兩家在一起就會打架。這和台灣的政治情況倒是頗爲相近。所以不管是文化或政治都應該走向共生共榮的發展才是。

不管是出版界或是兒童文學界都應該發揮一種整合的力量，我一直期望文學學會能夠學辦一種徵文徵畫的活動。比如說在出版界選出兩本書，低年級兒童能夠透過畫畫來表達他對圖畫書的感動，中、高年級就以文章的方式來發表感想。我一直期望能夠有這樣的活動，也和洪文瓊老師提過，但是學會始終沒能做到。這是一個讀書計畫，每一家出版社提供好書然後由學會選出，那麼活動經費再由幾家出版社分攤，但是計畫卻一直未能推行。在亞洲兒童文學學會上我也提出，結果也是一樣。作家的文字思想太重，對於圖象教育的障礙始終打不破。

——接下來的問題比較籠統，一般而言，藝術家都會有自己的創作觀和藝術觀，那麽老師能不能談一談您的看法？

談藝術觀不如談風格。當圖畫書的對象是孩子的時候，自己的風格就不能融入太多，假使是代表自己的作品，風格就會比較鮮明。在做圖畫書時，我通常不願太張揚自我風格，但即使有此認知，我的圖畫書仍然常常被批評爲太具藝術性，而童趣、屬於兒童的那個部分比較弱。事實上我也的確是由畫水彩、油畫等純藝術而轉入兒童圖書界的。我想每一個作家畫家都有其生活觀，生活觀其實也就是藝術觀，當然也牽涉到技法的部分。

而我覺得目前台灣的插畫家應該朝兩個部分加强：一是多和兒童的生活做接觸，就是直接面對兒童的事物，最好對兒童的生活做一種速寫的描繪，這比較能夠畫出生活味。如果太憑靠想像，那麼自我的味道就會比較强烈，兒童在看的時候就會比較有距離。另外就是對台灣的自然與人文的關懷，對自然必須多接觸，因爲在創作的時候會帶入自然的景象；還有人文方面就是對台灣的歷史文物等資料必須去尋找掌握。像羅伯·英潘繪製歷史插畫，他蒐集了許多資料，就好像在拍電影一樣。而台灣的畫家就是缺乏這樣的觀念與信念，像這次的插畫展有多少畫家去觀摩，我很懷疑。台灣的畫家埋首工作卻疏於觀摩進修，這也是台灣的畫家無法精進的原因。不謙虛研習大師作品，光是忙於工作，如何能養成自己的風格、找到適合自己創作的路呢？台灣的插畫家工作量太大，出版社也都只找已經出名的畫家，這樣子很快就消磨掉畫家的才氣，而作家卻不自知，反而誤以爲創造出了風格，其實這只是外殼卻沒有骨髓。這也和插畫市場有關係，畢竟光靠一家出版社不能供給畫家的生活所需，如果多家出版社一齊供養卻又讓畫家膨脹了自己。台灣的畫家於是就跨足在多家出版社之中，這種情形很糟糕，在日本根本不可能發生。但是這種情形又不好指責，畢竟在台灣靠插畫維生也不得不如此，只是這樣一來畫家就不容易進步，只能在原地踏步了。

最近《圖畫書的美妙世界》一書的編纂完成最讓我高興，因爲這本書集合了國內目前已出版最優秀的圖畫書作介紹。編這本書有一個小故事，因爲是要趕在波隆那畫展之前完成，所以藝術館有一位小姐就來委託我，可是她說只要國內的插畫，我跟她說如果只是國內的介紹那麼我不編，編出來只有六十頁，好東西不多。她說國外的東西有版權問題，我說我來處理，於是我撥電話給每家出版社的老闆，說是爲藝術館編纂的東西是有教育性的，他們也都因爲我負責編纂而慨允。時間緊迫，而我花了二十天就趕製出來，我太太直說不可能，不過我說經費就在那裡，勢在必行，所以我編完交付藝術館就去吊點滴了，結果他們半年多才出版。不過總算出版了，內容豐富絲毫不遜於國外。編纂這本書的稿費不多，但是書的價值卻難以估量；人不能短視近利，總是要看得遠一點。只要想到這件事情可以爲很多人帶來助益，做起事來也會很有活力，細胞會活躍很多。所以我的學生常問我爲什麼總是精神奕奕，我說只是我倒下去的時候你們都不知道，倒下去再起來就好啦。

這幾年台灣雜誌、報刊的發行讓許多插畫家有個較容易的起步，不過眞正好的作品應該是在圖畫書上來表現，在雜誌、報刊的雜亂東西是留不下來的。但是現在插畫家卻投入太多在這些東西上，所以台灣的圖畫書製作如果要再進一層也不是那麼容易，這是我的悲觀吧。再則，還是得讓圖書館普及並採購圖畫書才有辦法。此外還有加強本土化，像我們現在賣力幫農委會製作的「田園之春」系列就是在做這項工作，只是我們的力量太小。像信誼出版社對本土的東西也要做得更好一些，不光是文學，對科學類讀物也要清楚一些。科學本身包含自然與人文，像美國的幼兒科學圖畫書也包括美術在裡面，音樂和美術實際上是劃歸在科學裡面的，而台灣卻闕漏這部分，加上升學導向，以致多數人普遍缺乏基本素養。

另一方面，台灣的文學教育本身對於圖象教育就不重視，這個觀念一直僵執著。然而文學確實包含藝術，如果我們從幼兒開始就重視藝術圖象教育，那麼文學一定會更好。

幼兒從圖畫書慢慢培養出興趣，同時自然也會轉入閱讀文字較多的童話、故事……那麼文學自然就會蓬勃。我最近看日本的圖書目錄就很驚訝，四歲幼兒看的書就有兩百頁之多，不光是圖畫書，還有很多童話；於是我就跟《精湛》的編輯說我們幼兒的閱讀能力太差了，像「福音館」給幼兒的童話書的量就那麼多，我們卻還只是圖畫書。從圖象轉入文字閱讀，我一直在思索這個問題，像童話也需要插畫，台灣一直沒有做好。我記得五年前，一位科學讀物的文字編輯的一個德國朋友是研究兒童文學的，他到台灣來觀察兒童文學的情形就說：奇怪，台灣有十二歲的兒童讀物，可是怎麼十三、十四、十五都沒有呢？他這一問，那位文字編輯就來我這裡找答案，我直說：不要叫他到這裡來找我。因爲這的確是空的。台灣的文學環境從幼兒開始就持續不穩定，正常的文學發展是應該一階一階上來的，但是台灣因爲升學導向及其他因素，社會整個動盪不安。若能從幼兒就開始接觸圖畫書、童話，潛移默化而獲得人格情感教育，我想整個社會一定祥和許多。文學教育確實需要從幼兒開始，而且也應該開廣一點，不要那麼狹隘。日本的松居直在「台英社」出版了一本《幸福的種子》，就傳達這樣一個概念，這是一本關於文學萌芽的重要的指針書籍，他就是從圖畫書談起的。

——**就閱讀而言，原本漫畫攤占去許多兒童和青少年的閱讀時間，但是最近就連漫畫市場也凋零了，大家連字都懶得看了，取而代之的是電玩、電視、電影……。對於這些相對强勢的媒體的影響，老師有什麼觀察和想法？**

例如電視，它的效果是立即的，傳達是單方面的缺乏討論；而現代人普遍足不出戶，懶惰的習慣與這樣的媒體剛好搭合，這恐怕也是教育使然。我想台灣的有線無線頻道之多恐怕是世界之冠。像松居直也談到電視不同於圖畫書，圖畫書可以翻頁、可以重複思考，這是兒童最需要的。又譬如報刊雜誌，多的是影視娛樂花絮，卻少見報導農夫如何辛苦耕作，科學家又怎樣實驗的歷程……。這些體現人生的種種經歷才是值得注意、省思的。

——老師在六張犁出生，童年經驗是不是給您一些影響？

講六張犁，許多台北人都不知道。我小時候那裡附近都是農田，現在都是公寓了，當時每到颱風就淹水，農地汪洋一片，颱風一過水自然就退盡，不像現在整個地下室都積水不退。那時候捕魚或是捉東西，手腳靈活什麼都會，是在自然裡成長。有時候我就想，如果可能，就到山上去當一個校長，經營一所不一樣的學校，旁邊有一條河流從山上流下，到了山下再循環回去，這樣的水就是活的了。學生早上一來就捕魚、釣魚或者養兔子，到了下午才上課，寫寫作文或者畫畫、唱歌、聽音樂，跟自然充分親近，由內而外表現出來就是自然。現在的森林小學小朋友畫的畫，我看也未必自然，那種線條是漫畫的；自然的事物有曲折，需要用心觀察。好比我教媽媽們畫花，她們問能不能畫人工做的，我說不行，東西遠遠看是一樣的，但是拿近一看卻大不同，眞花有水分、有細小的葉脈可以讓水穿透，假花絕對沒有。自然的東西是活的。

——老師提到歐洲的經歷帶給您一些觀感。就老師的觀察，台灣從國外借鏡過來那些經驗成效斐然，未來又有那些値得繼續引介推行的呢？

大約三十年前，我到歐洲第一個發現就是成人和兒童的世界劃分很清楚，像百貨公司裡就沒有兒童的影子，不像台灣成人兒童生活都混雜一塊。其次，我對書店的感覺就是很大，就像現在的誠品書店那樣；他們的超級市場也有一小段區域是賣書的，就像是小書店那樣。到歐洲之前我也到日本，到日本的書店我一定帶寫生小椅子去，可以看一整天，這件事我說給《民生報》的記者聽，他還給報導了出來。書店的形式在台灣漸漸備具規模了，像誠品書店目前有計畫地擴增，我向他們建議如果要深入鄉鎭則需要以讀書俱樂部的形式開始，俱樂部的成員以一定的數量向書店訂書，這樣才能將圖畫書甚至讀書的風氣帶起來。幾天前，在波隆那畫展上，我和誠品書店負責兒童館的葉菁華小姐也談了將近三個鐘頭，他們目前是十週年了，也思索著一些改變。我說我到那裡找書，挑了一個鐘頭都找不到，實在有必要向讀者推薦以階段年齡分類的好書，好書的指標總要出來。再來，先前我在《精湛》陸續發表的傑出插畫家介紹也即將出版。

以讀書推廣而言，現在台北有「毛毛蟲」他們推行故事媽媽，媽媽會把故事帶到家庭，但這僅限於台北縣市，如果要普及台灣各鄉鎮就有其困難。但是，如果是由書店來進行俱樂部的形式，像媽媽說故事這樣的團體，一方面出版會和社區密切結合，另一方面也才能幫助鄉鎮希望讀好書的人有親近書的機會。透過俱樂部書訊的形式才能普及。

此外，我一直覺得學校就是一個推廣圖書最好的地方，可是它並沒有和地方社區發生良好的互動關係，學校似乎不應只為校內師生而設，它應該擔負起向地方社區推廣圖書的作用。也許應該利用晚間為地方社區居民開設一些課程，也不必另設社區大學，就直接運用學校既有的設施，就當作設置社區大學之前的實驗，學校的師生應該主動積極一點。像師大就設置這樣的課程，開放讓中、小學教師利用晚間進修，我的初階班有五十八人之多，進階班也有二、三十人，想停都不能，學生十分踴躍。

不要把每件事情都放到首都，發展事情應該要以全國作為考量，各個地方要兼顧才是。像作家、畫家好像非得在台北才活得下去，這總是不對的。日本的出版社設立，世界各國的插畫家都可以來投稿。像「福音館」就有一位俄國的插畫家幫他們畫，當他收到稿費時，高興地說這筆稿費可以讓他生活兩年來畫下一本書，這樣的例子倒是可以來說明城鄉生活水平的差距。所以關於推廣的事情，如果政府不能做，學校也應該負起這樣的責任。

——老師對台東師院兒童文學研究所的成立的期許與指教？

培養人才並不容易，學生都是嚮往這個領域才來報考，當然除了所裡師資的配合之外，我希望還能讓學生有足夠自由開放式的學習，閱讀的機會多一點，多利用學校蒐藏的書籍來開拓自己，當然這需要充分的時間。此外，學生也應該多與校外人士接觸。在國外有客座教授的設置，這些老師多半是實務性的，因此能給學生在理論之外的另一種學習，這扇窗子得要開大一些。

* * * * *

因為熱愛自己的土地，因為對周遭人事物懷抱濃烈的興趣與情感，鄭老師對台灣

社會發展的批判自然嚴竣；然而老師卻從來不是一個只懂口說的人，對於關切所在，他一向帶頭行動。鄭老師有一個夢想：「有時候我就想，如果可能，就到山上去當一個校長，經營一所不一樣的學校。……學生早上一來就捕魚，……到了下午……寫寫作文或者畫畫、唱歌、聽音樂，與自然充分親近。」這塊風景圖來自老師的童年印象，同時也作為老師生活裡的一幅插圖；對老師而言，生命的形式就是一本圖畫書吧。而我們從老師對生活認真的創作中，也確實看到了最精彩的圖畫。

附錄

一、兒童文學活動年表

一九三二年

• 生於台北市六張犁。

一九三九年（七歲）

• 就讀大安國小。

一九四五年（十三歲）
•就讀台北第四中學（今建國中學初級部）。
一九四九年（十七歲）
•就讀台北師範藝術科。
一九五一年（十九歲）
•「柿子」（水彩）首次入選第六屆全省美展。
一九五二年（廿歲）
•台北師範藝術科畢業，分發至台北縣石碇國小服務。
一九五四年（廿二歲）
•調至台北市龍山國小任美勞科教師。
一九五五年（廿三歲）
•「田園」（油畫）獲十二屆台陽展佳作獎。
一九五七年（廿五歲）
•「今日兒童美術教育研究會」成立（參與發起者有張錦樹、鄭明進、陳宗和、張祥銘、黃植庭等人）。
一九五九年（廿七歲）

•參加板橋第一期全省美術教師輔導團研習會（李澤藩等多位教授指導）。

一九六〇年（廿八歲）

•創辦「今日畫會」（會員有鄭明進、張錦樹、張祥銘、王鍊登、周月秀、葉大偉、簡錫圭、張國雄、歐萬桂等九人）。

•「風景」（油畫）獲台北美國新聞處主辦「中國青年畫展」油畫部第三獎。

•參加「第一屆今日畫展」。

一九六二年（卅歲）

•「靜物」獲第四屆全省教員美展省教育會長獎。

•今日兒童美術教育研究會主辦「第一屆國際兒童畫展」。

一九六三年（卅一歲）

•在台北市西園路成立「明朗兒童畫室」。

一九六四年（卅二歲）

•「龍山寺」、「山地姑娘」、「廟口」等三件水彩獲國賓大飯店購藏。

•兒童版畫參加日本廿四屆全國教育美術展。

•於龍山國小籌辦台北市首次美術教學研究會。中韓親善學生美展暨學生想像畫比賽（太平國小）。

一九六五年（卅三歲）

•國立藝專西畫組肄業。

一九六六年（卅四歲）

•於台北縣新莊國小承辦中華民國第一屆世界兒童畫展。

一九六八年（卅六歲）

•於日本東京代表中華民國參加「第一屆亞洲國際美術教育會議」。

•參加中華民國中小學教師赴日考察團（十一～十二月走訪東京、仙台、青森、大阪、京都等地）。

一九七三年（四十一歲）

•參加「青年畫家作品聯展」（於台北哥雅畫廊，同時參展者有張祥銘、廖添盛、潘子嘉等七人）。

一九七五年（四十三歲）

•參加將軍出版公司「新一代兒童益智叢書」的出版工作（召集人：吳豐山；執行編輯：王文龍、王維梅、吳英長、洪文瓊、高明美、蘇振明、鄭明進）。

一九七六年（四十四歲）

•《新一代兒童益智叢書，第一輯史地類、第二輯科學類》鄭明進等插圖，呂理政等著（台北市：將軍出版事業公司）。

一九七七年（四十五歲）

‧「青蛙」、「螢火蟲」、「壁虎」三件插畫參展日本至光社主辦「第十二屆世界兒童圖畫書原作展」（八～十一月於東京、大阪、神戶展出）

‧八月從台北市西門國小服務滿廿五年退休。

‧主持雄獅兒童繪畫班。

一九八〇年（四十八歲）

‧台北春之藝廊個展「童話、童心、童書——鄭明進插畫展」。

一九八二年（五十歲）

‧參加日本第六屆國際美術教育會議。

一九八四年（五十二歲）

‧七幅台灣兒童畫編入日本「快樂的線畫」美育叢書。

一九八五年（五十三歲）

‧「一九八五兒童圖畫書原作展」（洪義男、張正成、曹俊彥、董大山、趙國宗、鄭明進、劉宗銘、劉開等八人）。

一九八六年（五十四歲）

• 擔任公共電視「兒童彩色世界廿六集」之策畫及諮詢顧問。

•《大畫家、小畫家》一書之圖、文，獲省政府「中華兒童叢書獎・金書獎」。

一九八七年（五十五歲）

• 參加「台灣、大陸、香港世界圖畫書插畫原作展」（於香港藝術中心畫廊，參展者有香港：李碩祥、辜昭平等八人；台灣：鄭明進、曹俊彥、董大山、龔雲鵬等四人）。

一九九二年（六十歲）

• 獲第五屆信誼幼兒文學獎特別貢獻獎。

一九九三年（六十一歲）

• 個人展（水彩畫、壓克力畫）於台北太平洋SOGO文化會館（三月廿七日～四月五日）。

•《鄭明進畫集：一九五〇～一九九三》（台北市：鄭明進）。

一九九四年（六十二歲）

•「田園之春叢書」策畫與編著，行政院農委會發行（與曹俊彥、蘇振明、林良、馬景賢、陳木城等先生共同策畫編著）。

二、著作目錄（兒童書部分）

書名	出版者	出版年月
世界兒童畫專集（編著）	小學生畫刊社	一九六六年
插畫的認識與應用（與夏勳合編）	世界文物出版社	一九七二年
怎樣瞭解幼兒畫	世界文物出版社	一九七三年
作畫眞好玩（插畫，王碩著）	台灣書店	一九七五年
小鯨魚游大海（插圖，簡光臬著）	台灣書店	一九七五年
請到我的家鄉來（插圖，林海音著）	台灣書店	一九七七年
馬	將軍出版公司	一九七八年
晚安故事三六五	將軍出版公司	一九八〇年
動物	將軍出版公司	一九八〇年
一棵九枝的老槐樹（朱宏裕著，與趙國宗、王碩共同插畫）	台灣書店	一九八〇年

小畫家大畫家	省教育廳	一九八二年
媽媽手册	台灣英文雜誌社	一九八五年
幼兒美術教育	洪建全文教基金會	一九八七年
媽媽美術教室	洪建全文教基金會	一九八七年
阿祥的新釣魚竿（插圖，張劍鳴著）	國語日報	一九八七年
一條線（插圖，林蒝著）	信誼基金會	一九八八年
小喜鵲的嘆息（插圖，陳玉珠著）	國語日報	一九八八年
老鼠偷吃我的糖（插圖，何奕達著）	信誼基金會	一九八九年
認識兒童期刊	兒童文學學會	一九八九年
張小猴買水果（插圖，陳木城著）	光復書局	一九九〇年
小河的故事（插圖，洪德麟著）	光復書局	一九九〇年十月
冰箱裡的食物	光復書局	一九九〇年十月
爸爸媽媽的書	光復書局	一九九〇年
好餓的毛毛蟲（翻譯，卡爾艾瑞繪著）	上誼文化公司	一九九〇年一月

跳蚤市場（翻譯，安野光雅繪著）	上誼文化公司	一九九一年十一月
環保小百科（插圖）	台灣英文雜誌社	一九九一年
兒童美術：主題一〇〇	世界文物出版社	一九九一年
世界傑出插畫家	雄獅圖書公司	一九九一年十二月
寶弟想長大（插圖，潘人木著）	光復書局	一九九四年
看畫裡的動物（編選）	台灣英文雜誌社	一九九四年
找朋友	省教育廳	一九九四年
稻草人（插圖，林艮著）	行政院農委會	一九九四年
茶業故事（插圖，林艮著）	行政院農委會	一九九四年
水景（插圖，林艮著）	行政院農委會	一九九四年
三隻小豬；小拇指	光復書局	一九九四年
奇妙的種子（翻譯，安雅光雅繪著）	上誼文化公司	一九九四年十二月
十個人快樂的搬家（翻譯，安雅光雅繪著）	上誼文化公司	一九九四年十二月
兒童的故事畫指導（編著）	世界文物出版社	一九九五年

幸福的種子：親子共讀圖畫書（翻譯，松居直著）	台灣英文雜誌社	一九九五年
小朋友寫蔬菜（與蘇振明、曹俊彥同著）	行政院農委會	一九九五年
秀拉的繪本：靠近一點兒看（翻譯，結城昌子著）	青林國際出版公司	一九九六年
高更的繪本：一起打赤腳吧（翻譯，結城昌子著）	青林國際出版公司	一九九六年
莫內的繪本：和太陽追逐！（翻譯，結城昌子著）	青林國際出版公司	一九九六年
梵谷的繪本：好多漩渦轉呀轉！（翻譯，結城昌子著）	青林國際出版公司	一九九六年
盧梭的繪本：尋找夢的寶藏！（翻譯，結城昌子著）	青林國際出版公司	一九九六年
畢卡索的繪本：嘿！到底在看哪邊？（翻譯，結城昌子著）	青林國際出版公司	一九九六年

雷諾瓦的繪本：想聽悄悄話嗎？（翻譯，結城昌子著）	青林國際出版公司	一九九六年
我自己的好餓的毛毛蟲（翻譯，卡爾艾瑞繪著）	上誼文化公司	一九九六年
認識兒童讀物插畫（施政廷主編）	天衛文化公司	一九九六年
我會看，我會畫！	信誼基金會	一九九六年三月
走進黃金印象世界	藝術家出版社	一九九七年一月
圖畫書的美妙世界（編著）	國立台灣藝術教育館	一九九八年
草莓（插圖，平山和子作）	信誼基金會	一九九八年九月
一條流到我家裡的河（插圖，陳木城文）	行政院農委會	一九九八年
克利的繪本（翻譯，結城昌子著）	青林國際出版社	一九九九年
馬蒂斯的繪本（翻譯，結城昌子著）	青林國際出版社	一九九九年
變魔術（翻譯，土屋富士夫文・圖）	信誼基金會	一九九九年
看地圖（插圖，馬景賢文）	行政院農委會	一九九九年
傑出圖畫書插畫家	雄獅圖書公司	一九九九年十月

少年遊龍宮（插圖，陳月文、林茹茵文）	知行文化公司	一九九九年
今天的便當裡有什麼?（插圖，岸田衿子文）	信誼基金會	一九九九年
三角形（翻譯，山本忠敬文·圖）	信誼基金會	二〇〇〇年
唉唷唷唷（翻譯，柳生弦一郎文·圖）	信誼基金會	二〇〇〇年
窗外送來的禮物（翻譯，五味太郎文·圖）	上誼文化公司	二〇〇〇年十一月
兔子小白的禮物樹（翻譯，佐佐木田鶴文）	上誼文化公司	二〇〇〇年
三隻小豬上幼稚園（翻譯，中川李枝文）	信誼基金會	二〇〇一年

三、報導與評論彙編

兒童圖畫書開放心靈、豐富彩筆——畫家鄭明進美展側記　阮本美　精湛十八期　民國八十二年三月　頁四十九~五十

童心即我心——走進鄭明進的繪畫世界　黃宣勳　雄獅美術二六六期　民國八十二年四月　頁十五~十六

給台灣孩子最好的兒童圖畫書——鄭明進　葛雅茜　雄獅美術三〇二期　民國八十五

年四月　頁二十二～三十七

欣賞純繪畫的圖畫書——評〈青林兒童藝術寶盒〉　結城昌子作　鄭明進譯　聯合報讀書人四十三版　民國八十六年一月二十七日

臺灣人一方面可以接受外國的任何童話，而不管它的內容如何殘酷；一方面卻又限制自己的創作。但我認為所有的限制都是不必要、不好的。

——鄭清文

☞左起：鄭清文、吳聲淼

鄭清文專訪

爲兒童創作的小說家——

地點：台北市永康街鄭公館

日期：一九九八年八月二十四日

時間：早上十點～十一點四十分

訪問者：吳聲淼

四十多年來他一直默默地耕耘著，他甚至認為出不出書都無所謂，只要能坐下來好好地寫就夠了。經過了這四十多年的努力，他總算贏得了一些掌聲。葉石濤先生說：「鄭清文先生是現代台灣的作家中，始終按自己的理想寫作不輟且獨樹一幟的作家，這種讚美，實至名歸，一點也不誇張。樸素而不浮華、平淡而不濃豔、以及簡單而含蓄的文字，就是鄭清文的寫作風格，也是他一直執著保持的。」

李喬先生在《燕心果》一書的〈序〉中寫道：「鄭清文先生以名小說家的身手，透過兒童文學的獨特幽靜，寫下具有啟示性——就內容說，是對兒童的啟示；就方向形式說，是對有志於兒童文學寫作的朋友的啟示——的童話，可以說是替國內的兒童文學界，樹立了一個新的里程碑。」是的，當代作家中，在早期即投入兒童文學寫作者，屈指可數，而鄭清文先生便是其中最活躍的一位，更難得的是他的童話作品，無論在國內外都獲得很高的評價，與他的小說齊名。他是如何做到的？他的人格特質、想法有何異於常人之處？為了進一步了解和感受大師的氣質，我們特別安排了這次的訪問。

今年夏天特別熱，聽說這是聖嬰年的關係。車子在高速公路上奔馳，腦子裡想著的卻是等會兒訪問時要發問的問題，「哎呀！塞車了！」，第一次見面，應該不要遲到才好；短短的七十公里，竟然走了兩個鐘頭，終於開進台北市，就把車子停在建國北路橋下吧，這對於路況不熟的我來說，應該是個明智的選擇。約好的時間快到了，加快腳步穿越大安公園，向永康街鄭先生家找去。按了門鈴，門便開了，想必鄭先生已久候多時；甫進門的我簡直汗如雨下，先生領著我到客廳已擺好茶具的長桌坐下，室內裝飾古色古香，很安靜，是個交談的理想場所。

「我平常很少說話，恐怕會雜亂無章，要問我什麼？最好先讓我知道一下。」我把事先擬好的題目請他過目，並做了一番說明。「我可以錄音嗎？」「沒關係，你錄吧！」鄭先生笑著回答。

＊　＊　＊　＊　＊

——聽說您早期曾參與《小讀者》的編輯工作，不知詳細的情形如何？

沒有，沒有這個印象。

——您是在什麼因緣際會下，投入兒童文學的工作？

我的寫作，是以小說爲主，尤其是短篇小說。我寫童話，是要替小朋友寫些東西。洪醒夫還在的時候，他主編《台灣文藝》，約了我們幾個寫作的朋友，去北投拜訪黃春明，希望他能夠多寫一點鄉土題材的小說。當時黃春明就提到，希望我們寫小說的人，多寫一些給小朋友看的東西。大家都知道，後來黃春明在這方面做了不少工作。我也一直把這件事放在心上。

那時，林懷民在美國留學，結合一些留學生，想爲台灣的兒童文學貢獻一點力量，發起一份油印刊物傳閱。這個刊物在初期大多是理論方面的文章，爲了響應這個運動，我就試寫了一篇童話〈燕心果〉寄給林懷民。他給我一封信，說他很感動。後來可能因為林先生太忙，這個運動也就中斷了，眞是非常可惜。

這篇〈燕心果〉經過修改，在國內發表，是我的第一篇童話。後來我覺得市面上的一些少年讀物並不很理想，不但翻譯的太多，甚至於將國外作品拿來改寫。我認為兒童讀物還是國人自己創作最好，再加上我有些資料用童話來表現會比較適合，在這種動機之下，我寫了一些的童話和少年小說。這就是我投入兒童文學領域的經過。

——剛剛提到少年小說，請再多談一些您的少年小說？

出版過童話集《燕心果》以後，又撰寫了幾篇少年小說，〈紙青蛙〉是其中的一篇，這些都是為兒童寫的作品。〈紙青蛙〉是一篇富有啓蒙性的少年小說，其意旨是一個小孩如何克服一切，肯定自己，在酸楚中蛻變成長的過程，這也是成長的文學。〈紙青蛙〉原刊於一九九一年四月的《幼獅雜誌》上，後來經過刪除部分文章，收入國中國文輔導教材。我認為台灣有些人很奇怪，常常用各種方式、以各種理由來限制小孩接觸一些東西，如死亡、殘酷等事實，如此教育小孩，只能讓他們缺乏免疫力，無法面對。

——李喬先生說過：您是以小說家的身手來寫童話。在您眼中，童話與小說之間創作的區別爲何？

小說比較重視寫實，童話需要更豐富的想像力。所以有些資料如果用童話來表現比較合適，我就會用童話的方式來寫作。

——目前您已退休，不知您最近有爲兒童寫作的計畫嗎？

具體的計畫，尙未成熟。前一陣子應莊萬壽教授之邀，在師大「人文學科推廣班」講授「現代小說創作與賞析」三個月，因爲準備教材很忙，後來又因出版短篇小說全集，用了不少時間，相對地寫作的時間也比較少。不過我還是會繼續爲兒童寫作。

——有人說您寫的童話，文字淺顯，風格樸實，但寓意深遠，與別人的作品不一樣，您自己的看法如何？

我不喜歡太華麗的文章，我認爲簡單的文字有簡單的好處，因爲簡單，所以可以包含得更多。有些人認爲我寫的童話寓意較深，那是因爲我的童話比較節制、含蓄，所以會認爲我的童話不是寫給小朋友看的，而比較像是給大人看的；但小朋友他是會長大的，會慢慢地了解其中的寓意，所以我的童話，無論是兒童或者是大人都可以看，只是感受不同罷了。

——您的童話作品大多和鄉土有關，您是不是特別强調鄉土呢？

因爲生長在台灣，自然會表現出台灣的東西來。我不是特別强調鄉土，只是寫自己成長環境的生活是很自然的，因爲熟悉的東西比較好寫，而且想像的空間也比較大。我的家鄉是在桃園鄉下，我在鄉下長大的，想把自己成長的年代記錄下來，更因爲有「現在是一個急變的時代，現在不寫，很多東西就會消失」的使命感，所以將鄉下生活、作田、插秧、做大水等寫下來，如我在〈檳榔城〉中描述踩稻頭的感覺，要不是親身經歷，很難寫得出來；因爲自己有過經驗，所以很容易寫出感情來。一九九七年我將這些童年記憶中的農耕季節、氣候以及小動物等題材寫下來，在《台灣日報》以長篇童話的方式分段連載，也是屬於這類童年鄉土的作品。

——您對於將童話改爲繪本的看法如何？

將童話、小說改爲繪本，我是樂見其成，因爲作品可以讓多一點人看。繪本的文字簡單，但是簡單不一定貧乏，就像文字漂亮不一定是好文章一樣。我的作品改編成繪本的，除了台英公司出版的《沙灘上的琴聲》外，最近郝廣才先生也要將我的一篇短篇小說〈春雨〉改爲繪本。另外我的其他童話：如〈鹿角神木〉、〈火雞城〉等都可以成爲繪本的，〈火雞城〉是個喜劇，很熱鬧的。

——您那麼多文章的「點子」是怎麼來的？

我英、日文的作品都可以讀，這樣可以多接觸國外的書籍和想法；國內的書籍較保守，我比較少接觸；有時看到國外的書籍，可以啓發出很多「點子」，再配合台灣常見的現象，即可發展成一篇具有時代意義的文章了。

——在〈鬼姑娘〉和〈紅龜　〉中，都有提到「鬼」，這會不會使小朋友因爲害怕而造成心理的不良影響呢？

對於童話的內容來說，台灣人很奇怪，一方面可以接受外國的任何童話，不管它的內容如何殘酷，如安徒生〈賣火柴的女孩〉的死亡描述、格林童話中的殺戮等，都可以接受；但一方面卻又限制自己的創作。我的觀點是所有的限制都是不必要的，都是不好的。我們小時候，大人們也常講鬼故事給我們聽啊！有鬼比較好，才會有好壞的標準，大家比較不敢做壞事。

——您在寫作時，常使用一些質樸而又帶感情的台語，實在很特殊，可以請您說明這點嗎？

事實上，台語是一種很豐富的語言，是生活的，也是庶民的語言。文學本身就是生活，文學語言應該是生活語言。我認爲寫作需以傳統的方式來表達，一些較簡單的名詞，更可以直接引用傳統的字句。例如：火金姑（螢火蟲）、水豆油（水蠅）等，一切以方便、好用、習慣爲原則。另外我在〈紅龜粿〉裡也用「扁精」、「十八哩來呀！十八！十八！」、「免驚」等引錄庶民的生活對話。我非常喜歡適當巧用這樣平易而傳神的語言，但不打算全面使用台語。

——您對海峽兩岸的兒童文學交流有何看法？

我認爲中國的童話集一般而言還是很保守，舊的包袱太多、教條性太高，會讓兒童缺少判斷力。像老舍寫小說是位觀念很新的作家，但寫出來的童話依舊脫離不了舊社會的窠臼。觀念要新，要脫離舊包袱才對，我曾經說過：「中國沒有『理性』的時代，時代的更迭，充滿著殺伐，民間也有不守法爲尙的觀念。」我有一篇童話〈鬼姑娘〉，白天是白姑娘、好人，晚上是黑姑娘、壞人。現在白姑娘生病了，黑姑娘越來越强烈了，怎麼辦？舊的觀念是要消除障礙，而現在我們要導正爲新的觀念——不是去消除黑姑娘，而是要救白姑娘，也就是「壞人不殺，要救好人」的意思。這是一種新的觀念，對更多的人好，是理性的表現。

——對東師兒文所的成立有什麽意見？對就讀學生有何期望？該努力的方向爲何？

我有幾點看法，不知道對不對？請指教。

一、兒文所的成立，最大的好處是可以有系統地了解、研究兒童文學的問題。

二、要有帶頭作用，台灣兒童文學創作尙不多，研究之餘，鼓勵同學多創作。

三、先前的兒童文學作品一部份是由國外翻譯而來的，另一部分則爲傳統的中國故事，有的作品缺乏本地的生活，有的缺乏現代的想法（如環保意識等）。所以要多創作一些有台灣感覺的作品。

四、觀念要脫離中國的舊包袱，將現代微妙觀念教給學生，否則永遠得不到新的東西。另外，不能太保守，也不能有太多禁忌，否則只能教育出一直處於無菌狀態下，沒有抵抗力的下一代。

五、要多讀台灣的兒童文學作品，並加以介紹。取材本土的作品，有親切感，也可以傳遞知識，熟悉以後，就會產生興趣。

總之，台灣也有好東西，要打破脫離舊觀念，加上理性的東西，用比較文學的方法來吸收西方優良的觀點，提昇我國兒童文學的水準。

＊　＊　＊　＊　＊

要不是大師有約在身，恐怕再多的時間也是談不完的，只有期待下次的相聚了。鄭清文先生默默地為台灣文學所作的奉獻和努力，無論是在小說或是在童話的創作上，都有示範性的作為，正如岡崎郁子在譯完《燕心果》（按：日文書名為《阿里山的神木》）後，稱先生的童話有三特色：是創作的、是取材於本土的、是充滿仁慈心的，這種堅持自己的理想原則，質樸而不誇張的寫作風格，更是我們學習的典範。我們期待在不久的將來可以讀到大師更多、更好的作品，以供我們後學者做為學習、研究的典範。

參考資料

燕心果　鄭清文著　號角出版社　七四、〇三

小說之旅　陳映霞、詹宏志　幼獅文化事業公司　八二、〇九

鄭清文集　林瑞明主編　前衛出版社　八二、一二

沙灘上的琴聲（繪本）　鄭清文著、陳建良繪　台灣英文雜誌社　八七、〇六

鄭清文和他的文學　鄭清文著　麥田出版公司　八七、〇六

附錄

一、兒童文學活動年表

一九三二年九月十六日

•出生於桃園農家。

一九五一年

•台北商業職業學校畢業，考入華南銀行。

一九五四年

•考入台灣大學商學系。

一九五八年

•台灣大學商學系畢業。

一九七八年

•〈鬼姑娘〉《幼獅少年》，〈紅龜粿〉《民衆日報》。

一九七九年

•〈荔枝樹〉《幼獅少年》。

一九八〇年

•〈松雞王〉《新少年》，〈鹿角神木〉《新少年》。

一九八一年

•〈松鼠的尾巴〉《台灣時報》，〈火雞密使〉《幼獅少年》，〈飛傘〉《家庭月刊》，〈泥鰍與溪哥仔〉《國語周刊》。

一九八二年

•〈燕心果〉《台灣時報》，〈斑馬〉《國語周刊》，〈我們是鉛筆〉《國語周刊》。

一九八三年

•〈恐龍的末日〉《民生報》，〈夜襲火雞城〉收入《燕心果》，〈生蛋比賽〉《台灣日報》，〈麻雀築巢〉、〈蜂鳥的眼淚〉、〈石頭王〉《工商時報》。

一九八四年

•〈白沙灘的琴聲〉《幼獅少年》。

一九八五年、三月

•出版童話《燕心果》號角出版社。

一九九三年

•《燕心果》改由自立晚報文化出版部出版。出版《燕心果》日譯本，譯者岡崎郁子，書名《阿里山的神木》（研文出版）。

一九九七年

•長篇童話（分段連載）：〈春天、早晨、斑鳩的叫聲〉、〈初夏、夜、火金姑〉、〈夏天、午後、紅蜻蜓〉、〈初秋、大水、水豆油〉、〈初冬、老牛、送行的隊伍〉、

〈寒夜、天燈、母親〉（以上《台灣日報》）。

二、著作目錄（兒童書部分）

書名	出版者	出版年月
燕心果	號角出版社	一九八五年三月
	自立晚報	一九九三年
	玉山社	二○○○年
新莊	兒童讀物	一九九三年十月
天燈・母親	玉山社	二○○○年

三、報導與評論彙論

成長的寓言——序「燕心果」　李喬　中央日報晨鐘版　民國七十三年三月十四日

兒童文學的文化角色——兼評鄭清文「燕心果」童話集　李喬　首都早報　民國七十

八年八月三十日

沙灘上的琴聲　林意雪　國語日報第三版　民國八十七年十一月一日

聽海洋的心跳　柯倩華　聯合報第四十一版　民國八十七年七月二十七日

現代童話的結晶〈燕心果〉　張程鈞　散文季刊　民國七十五年八月二十日

作家爲孩子寫書，以童稚般的信念　張殿　聯合報第四十一版　民國八十七年六月二十九日

啓蒙之旅——談鄭清文的少年小說《紙青蛙》　許俊雅　《鄭清文和他的文學》　麥田出版社　民國八十七年六月三十日　頁一一七～一二三

豆棚瓜架下的純眞——試談「燕心果」　郭明福　文訊第十九期　民國七十四年八月　頁六六～六九

趣味和完美的尋求——「燕心果」讀後　野渡　國語日報第三版　民國七十六年五月三十一日

我對兒童文學的看法　鄭清文　靜宜大學文學院第二屆全國兒童文學與兒童語言學術研討會論文集　民國八十七年一月　頁十一～十二

台灣童話寫作的一個新動向　鄭清文　靜宜大學文學院第一屆兒童文學國際會議論文集　民國八十七年年五月三十日　頁三二一～三二二

鄭清文將出版兩本童話集　陳玲芳　台灣日報第十四版　民國八十九年四月四日

農村的烏托邦：鄭清文的童話空間　陳玉玲　文學臺灣第三十一期　民國八十八年七月　頁二〇七～二二八

價值顛覆與道德內化——鄭清文童話集〈燕心果〉主題意涵的曖昧性　許素蘭　全國新書資訊月刊第九期　民國八十八年九月　頁六～八

童心與大自然的交響曲——讀鄭清文童話〈天燈・母親〉　黃錦珠　文訊第一八三期　民國九十年一月　頁二四～二五

我覺得兒童文學研究已經到達一個瓶頸：有好的作品，卻沒有好的理論支持。沒有人懂得欣賞，就等於停在那裏不動。

—— 馬景賢

☞ 馬景賢

發現一個兒童文學研究生在新店——

馬景賢專訪

地點：台北縣新店市馬景賢住處
日期：一九九九年二月五日
時間：下午二點～三點
定稿者：廖麗慧（彙整黃孟嬌、游鎭維及本人訪問稿）

兒童文學在台灣，就像是一個新生兒，慢慢受到重視、照顧及促使成長，曾經有很多人花了不少時間培養這樣一個細胞，使他成為一個有形生命。這裡要介紹的一個人，三十幾年來，他從創作、研究、評論到翻譯作品等，他就是馬景賢。

馬景賢，畢業於師範大學國文系，一九七二年開始主編《國語日報．兒童文學週刊》，這份工作總共做了十年。一九八七年被推舉為兒童文學學會理事長。他最為人熟知的應該是《兒童文學論著索引》的編著，這對研究兒童文學的工作者有很大的幫助。除此之外，他的創作、改寫和翻譯等作品也相當多，都是以兒童文學作品為主，其中創作方面尤以兒歌和圖畫故事書居多，筆名有「知愚」和「馬路」等。得過的獎項則有「幼獅文藝散文獎」（一九七八年）、「中華兒童文學獎」（一九九四年）、「國家文藝獎」（一九九五年）和「中興文藝獎」（一九九六年）等。

* * * * *

與兒童文學的因緣

——首先請您談談您與兒童文學的因緣？

我年輕時曾在中央圖書館做事，在那裡待了十一年之久。後來有機會到美國普林斯頓大學圖書館東方部做事，我辦公的地方隔壁就有一個圖書館，裡面闢有兒童館，我下班後經常去看。在還沒去美國之前，我就跟林良很熟，他當時在編《小學生雜誌月刊》，在國外我常寫信給林良，說國內兒童文學爲什麼不發達，不像美國。回國後我又陸續接觸更多，從那之後，才算是全心投入，對兒童文學越來越有興趣。

編輯及創立方面

——請問您當初編《兒童文學論著索引》的動機？

其實那索引並不是很完善，我自己不是很滿意。但在我們那個時候（民國六十四年）來說，大家找資料很難，爲了服務有需要的人，所以我很急就章地做了這個東西。那時候也是就能找到的東西去收集，遺漏的還有很多，但多少還是有一點幫助。我做的目的是希望讓大家做研究找資料時，能較節省時間。這本書出版後國外反應很多，因當時外國對大陸、台灣的兒童文學都很陌生，看了之後，發覺有那麼多東西，就用這個資料去做研究。後來又有台灣的學生到美國去唸書，有一天有個男孩子跑來跟我說：「謝謝你。」原來是他姊姊唸研究所時，寫論文用那個來作參考，獲得很大的幫助。現在找資料是容易多了，其實應該好好從頭編起，整合一下，從以前到現在的整個一網打盡，把它輸入電腦，這種東西應該要分工合作，一個人做不來。我們現在很缺乏、也很需要的，是一部完整的《兒童文學發展史》，脈絡要很清楚，所有大家要知道的東西，在裡面通通都可以找到。我退休以後希望有時間可以做這件事。

——您曾編輯《兒童文學週刊》，您認爲這份刊物對當時兒童文學界的影響有哪些？

這是一個偶然的過程，當時我剛從美國回來，跟林良談到需要有一個兒童文學雙向溝通的園地，就是這麼一句話，我們一談就成了。《兒童文學週刊》我總共編了十年，共四九九期，幫助很多小學老師對兒童文學的認知，對兒童文學討論的題目在各方面都有一些影響。《兒童文學週刊》對於把「兒童文學」這個名詞推廣出去貢獻很大。而當時我介紹了很多的國外作家跟作品，曾信雄則介紹了國內的作家作品。此外，《兒童文學週刊》也討論過兒童戲劇；尤其兒童詩也是由《兒童文學週刊》推動起來的，激起了很多對兒童詩的討論和反應。

——在這四九九期當中，是否有相差很大的議題與意見？

有，之前討論的議題較小，後來就有寓言、歷史小說、翻譯作品等。我們儘量把新的東西提供出來，當然剛開始跟後來是有些不一樣，儘量提供大家希望知道的知識和資料，後期參與的議題則比較廣、比較多。

——可否談談「洪建全兒童文學獎」的由來及過程？

當時洪建全公司——國際（也就是松下）——想成立一個基金會。因爲他們公司專門在做電器用品，比如電視、錄音機等等，所以他們就想從媒體著手。最初他們是想做唱片。那時有《書評書目》的主編隱地、林海音、林良、簡靜慧和我，我們一起討論要怎麼樣來做。我們一直主張從兒童文學著手，比做唱片更有意義。我們希望他們能設立一個獎，當時就是在這樣的一個情況下談到獎的事。我們希望他們這樣子做：成立一個兒童館、圖書館，包括兒童文學的資料館。

——當文學獎交由學會來承辦時，有經過哪些程序，或過程如何？

那時是我當學會理事長的時候，我們都不希望它停，一直鼓勵它繼續辦下去。後來我們說交給我們來辦，他們就答應了。他們把錢撥過來，獎就完全由學會來徵稿、評審，反正只是把他們的工作挪過來，其他評審的原則都沒有變。不過後面幾屆我就沒有參加評審。那時這個獎最受人肯定的是它的公平性，尤其是我們的評審委員的聘任制度。假設說我們有五個評審，那下一次我們就會換掉兩個評審，留下三個，再下一屆又再換兩個。我們最主要就是說每年都有不同的人進來，有不同的角度。不過林良還一直在裡面。我們每屆留一、兩個，最主要用意是因爲他們熟悉這個獎，可以掌握方向，倒不是把持的問題。我們會希望作品的水準一直保持，因爲整個評審一換之後，這批人可能不曉得前面的水準，就會發生前面幾屆的水準很好，後面就降下來。這就是我們情願首獎從缺，或是給兩個佳作，要讓後面得獎的作品水準不能低於上屆的作品，最少要和上一屆齊平。所以你看兒童文學獎的作品品質是一屆一屆的提昇。另外這個獎還有一個好處，就是鼓勵很多小學老師，有些得獎人是教師研習會寫作班的，就這樣子發展了起來。

——洪建全第四、五屆徵圖畫書故事卻是「徵圖不徵文」，文字部分已由主辦單位邀請知名作家寫好，參賽者再按文字配圖。爲什麼會這樣徵？

圖畫故事難的地方，就是你會寫故事，有idea，畫家倒不一定畫得出來，這是比較難處理的地方，所以當初才會有這種想法。但是畫家畫出來的東西，不一定能表達出作者想的東西。國外的畫家往往本身就是故事的作者，比較容易掌握意思，比如《讓路給小鴨子》、《藍蒂的口琴》，如果不是他自己畫的，絕對沒有辦法畫的那麼好。

像我自己來講，《小英雄與老郵差》如果不是自己畫的，別人絕對畫不出那種感覺，因爲那個場景我自己知道是怎麼樣的，這就是圖畫故事難的地方。當時第五、六屆圖畫故事剛起步時，很多人對圖畫故事的觀念還不很淸楚，一個好的圖畫故事，圖的本身有補充文字不足的功能。有些地方作家沒想到，但是畫家會畫；也有可能畫家畫完了之後，文字必須刪掉很多，這種觀念在那時還不是那麼深刻。甚至到現在爲止，很多文學獎的作品包括信誼等等，它們圖畫對文字的解說力，以及補充文字的功能都不算很强，畫家沒有充分的掌握文字裡面眞正的影像。這兩屆（按：指第一、二屆）「國語日報」的「牧笛獎」他們的圖畫故事作品，都能充分的掌握，你可以去看，不看文字光看圖，文字沒說的它已經說出來了，進步就是在這裡。

——「洪建全兒童文學獎」對台灣兒童文學的影響如何？

這個獎剛開始的時候是非常弱的，因爲第一次辦，你拿那時第一、二屆的童話來和今天的任何獎比一比都不可能入選，可見那時的兒童文學是默默無聞的。但是辦了幾屆下來，將兒童文學的水準都提昇了很多，像李潼、陳玉珠、方素珍都是得過這個獎而成名的。我想這個獎對洪建全基金會最重要的，就是使他們的企業形象提高了很多。從民國三十八年到目前，就台灣兒童文學發展而言，「洪建全兒童文學獎」是一個重要的里程碑，但是唯一可惜的是，到後來他們對這個兒童文學獎的態度有改，這個改變也許是他們有另一個想法：既然已經有很多團體設獎了，所以他們會想從企業的管理等等方向去進行，這個獎就是這樣結束了。

您當時擔任「兒童文學學會」理事長的理念為何？

我當時認為兒童文學的突破從教學也好、寫作也好，甚至傳播也好，都必須要有理論跟實際相配合。作品好不好？誰來評定？如何評定？用什麼方法來推廣？甚至要設立兒童文學研究所，這些理論要從哪裡來？兒童文學要提昇它的水準，除了出版業外，理論研究也要增加。所以我當時費了很大的力氣，跟一個研究基金會募得了六十四萬，我就用這些錢編了《兒童文學叢刊》、《認識兒童》、《認識兒歌》，甚至後來的《兒童文學雜誌》。我也翻譯過國外對兒童文學研究的論文，把它介紹進來，歐美的兒童文學研究範圍很廣，不像我們那麼窄。我覺得兒童文學研究已經到一個程度，就是有好的作品，但沒有好的理論支持。沒有人懂得去欣賞，就等於停在那裡不動，我的觀念一直是這樣的。

兒童文學的理念

什麼是兒童文學？兒童文學和成人文學之間的界限如何界定？

基本上，成人文學從內容上來講，可以海闊天空，怎麼寫都可以；而兒童文學就要注意表達的方式。例如面對死亡這樣的主題，二者之間表達方式絕不一樣。其實兒童文學也有很多的主題可以講，只是看你怎麼去講，這是技巧、取向上的問題，因爲你不是要傷害小孩子，你是要保護他，讓他了解事實。成人文學比較隨心所欲，想什麼就寫什麼，兒童文學則有一些忌諱的東西，這些忌諱又是孩子面臨的問題，必須知道的問題，但是最重要的是如何呈現的問題。以「死亡」爲例：小孩的小貓或小狗死掉了，他哭得很傷心，後來爸爸又去買一隻給他，他說這隻狗不是我那隻。另外像漢聲有一本書叫做《我喜歡爺爺》，裡邊奶奶死了，爺爺一個人住，這本書想講的是生命、老的意義，但是他沒有赤裸裸地告訴你人死了以後怎麼樣。我們要告訴孩子的是正確的觀念，但不是赤裸裸的告訴他。現代社會小孩要面臨的問題也很多，有時候我們會直截了當的告訴他們要注意什麼事情，例如遇到陌生人的話要怎麼樣面對，但我們有時候也可以用文學來傳達這樣的訊息。也不要把所有的人都變成壞人，其實兒童文學比成人文學難寫，成人文學愛怎麼寫就怎麼寫，可是兒童文學都有它的目的，有一個教育的理念在。但也不是要你赤裸裸地教育，因爲那樣就變成教科書了。

——怎樣才是一部好的兒童文學作品？

我覺得不管是童話或兒童詩，甚至包括圖畫故事書在內，一部好的作品是沒有年齡區分的。就算是兒歌也好，好的作品小孩喜歡，大人看了也喜歡。「漢聲」出了很多少年小說，很多人買回來都是媽媽在看，所以好的作品就是好的作品，是沒有年齡區分的。尤其是現在環境變遷得很厲害，任何作品都需要多角度、多方面去發展，最忌諱的是說教。過去有很多作品，厚厚的十幾萬字，裡面從頭到尾都是「媽媽，我錯了……我下次不應該再……。」那種作品怎麼可能入選？不可能嘛。好的作品，像林良說的，要讓人感動，你要感動他人，也要感動自己，如果你自己看了都不感動的話，那就沒有意義了。像我自己寫的《小白鴿》，其實七、八年前都已經寫好了，我就放著，懶得去理它，其實那個醞釀了很久，但寫得很快。最近巧連智要我寫一個四百字的故事，我從上個禮拜一直寫到現在，用了不曉得多少稿紙，就是寫不出來。所以寫作常是醞釀的時間很長，但只要弄通了，一下子就寫出來了。作品別人看了會覺得怎麼樣先不要管它，最起碼自己要覺得很好，這種作品才可以拿出去，你自己都不喜歡的東西怎麼能拿給別人看？

——請問兒童文學與教育的關聯性如何？

其實兒童文學是很寬廣的，不要把它變得很窄。所謂的教育性是很廣的，可以是知識或藝術上的啓發，任何好的文學作品，內容都是多樣性的。兒童文學也一樣。其實兒童文學也同樣在教育成人，很多圖畫書不只對兒童有教育意義，對成人也有正面的教育，只是你怎麼去看而已。

——推廣兒童文學，您認爲最重要的是什麼？

兒童文學領域的發展是由改寫、模倣、翻譯、創作這樣而來。台灣現在是開始在創作的階段，美國兒童文學的發達並不是得力於出版商，眞正最大的功勞是得力於兒童圖書館的發達，圖書館的力量很大。日本也是，戰後普遍設立兒童圖書館。現在國內台北市立圖書館、台中文化中心圖書館都做得不錯，當然我們的公共圖書館做得還不夠，如果我們能朝這個方向去做，那麼兒童文學必然就會很發達。美國跟日本出版界爲何那麼發達，就是因爲有很多的公共圖書館，假設有一萬個兒童圖書館吧，每出一本書，就有一萬本的基本銷路，更何況美國兒童圖書館只要有好書出版，都是一次買兩、三本。書是一種消耗品而不是一個財產，他們跟我們的觀念不一樣。不過，這幾年我們國內也有些改變。國外兒童文學跟兒童圖書館的結合，是台灣以後要加强學習的方向。在國內，兒童文學推廣的橋梁還不夠，這個橋梁就是買書的大人、圖書館員、老師、父母，但現在情況慢慢已經好多了。現在很多老師、父母親已經會挑選兒童讀物給小朋友，過去根本不考慮，只要買就可以了，字越多越好，所以怎麼樣用書把父母跟孩子間這座橋梁搭起來是很重要。很多出版商到現在做一些活動還是以賣書爲主，賣書是可以，但是他們做得還不夠精緻，所謂讀書會、發表會，那只是鬧噱頭而已，眞正的目的是你要告訴大家這本書好在哪裡？我們成人會說這本書很好，但自己都沒看過，怎麼說好呢？所以父母親應當吸收一些兒童文學的觀念。兒童讀物的發展是結合小學老師、圖書館員、作家、畫家和出版家，不是單純的，因爲書出版如果沒有人推廣、沒有人買那也沒有用，孩子跟書之間的距離很大，孩子不知道書的好壞，他不知道去哪裡選，這些都要靠成人。

翻譯與創作方面

——請問您翻譯的理念和原則。

以《夏綠蒂的網》爲例，小女孩吃早飯的時候，她爸爸拿了斧頭走出去，她就問她媽媽說爸爸要到哪裡去，媽媽說是要去把豬除掉，她就很不高興。它這裡有一段就是小女孩追去，然後雖然她爸爸只有一句話，但是這句話如果忽略掉，就沒有意思了，就沒有把懷特（E. B. White）的寫作特色表現出來。例如他用露水把小女孩的鞋子弄濕來表現春天，他沒有直接把春夏秋冬點出來，但是在故事的某些地方暗示出來。季節跟故事的變化，喜怒哀樂結合得很好，不管是《天鵝的喇叭》或其他的作品，他眞的幾乎沒有敗筆、沒有漏洞。他的作品爲什麼會成爲經典之作，是有他的道理的。《夏綠蒂的網》並不是一個科學故事，可是對於蜘蛛，他做了很多的研究。這些跟翻譯是沒有直接關係，但是從另一個角度去說，就是你翻譯的時候對於語言要小心，應該顧慮到每一個字，因爲眞正好的作品，它都有含義在裡面。像《愛莉絲夢遊仙境》裡面被審的時候，那個皇后說「對」、「不對」、「對」、「不對」，就是說她偷吃，其實那是一種語言的邏輯在玩遊戲，有很多的東西在裡面，你沒有抓到那個意思就翻不出來。在〈會英文就可以了嗎?〉這篇文章裡，我跟林良一直强調要多看幾次，一看再看，這是我當初的一個想法。另外就是翻譯牽涉到很多的生活、文化背景，這都是必須要了解的。如果你不去深刻的體會，就算把作品譯出來，也無法把裡面眞正的感情和隱含的文化性表達出來。翻譯要做到信、達、雅眞的很困難。

——我們在翻譯兒童文學作品時，往往會考慮到讀者——也就是兒童。但是我們又往往已經脫離那種情境，如果很刻意地想要去塑造一種很像兒童的語言，這對翻譯來說……

外國的兒童文學作品翻譯成中文，不管你翻譯得多好，本身都已經有一種彆彆扭扭的樣子。如果文字沒有去給它更淺化，那小孩看起來就等於讀外國書一樣。翻譯者遇到這種情形的時候，可以儘量翻翻字典，看有沒有別的詞是小孩在這個年紀可以了解的。要做到這個字既恰當又容易了解，這個工作很重要。覺得翻得不好的時候，我是翻中文字典，不是翻外文字典，找同樣的字跟它意思相近，但更恰當的。要不然你翻出來小孩子還是可能看不懂。我看過有人翻的《白鯨記》，幾乎沒有辦法看下去。大人都看不下去，孩子還看得下去嗎?這本書是給兒童看的，如果孩子看不懂，那有什麼意義？不管你是職業的還是非職業的譯者，應該有這樣的想法，這樣譯出來的作品比較可能爲讀者所接受。

——台灣現在翻譯的作品很多，一般的性質如何？

現在的翻譯要比前幾年好一些，但是還是低成本、高定價，翻譯社找大學生翻一翻。其實翻譯作品，一般認爲很簡單的，實際上往往很困難。像圖畫書，它就那麼短短幾個字。最近「遠流」出了一本幼兒讀物《一百萬隻貓》，那裡面都有節奏的，一隻貓、十隻貓、一百隻貓……。它不只有押韻，還有節奏感。如果沒有去了解故事中的情境，那你翻譯出來的文字就很可能有問題，所以圖畫書很不容易翻。

——有沒有什麼作品對您來說是沒有辦法翻譯的？

米恩（A. A. Milne）的書就很難翻譯。還有一個作家的書也不好翻，就是蘇斯博士（Dr. Seuss）。「遠流」有翻譯一套，你去看看它的文字，兩種語言的味道不一樣。原文可以說是透過文字的節奏感，讓兒童學習語言，有些東西根本翻譯不出來，如雙關語，還有它押韻押得很巧妙，翻譯很不容易。

——您創作的靈感來自哪裡？在創作時，是靈感來就很快寫完，還是會醞釀很長時間？

不一定。有時候想的時間比較多，像《小英雄與老郵差》那個故事醞釀了很久，所以我寫得很快。最近我要幫教科書寫海倫凱勒的故事，要寫六百字，六百字要把她的一生寫得很清楚，很難。看了有關她的資料以後，你要抓到它的精髓才能寫，所以有時候思考的時間要比創作的時間來的久。像《魔琴》這本書，是一個到美國唸書的日本學者寫的，其實它沒有什麼故事性，開始就說有一個道士，到一個深山裡看到梧桐樹，他把梧桐樹砍了，做一把琴就帶走。後來我就把它發展成圖畫書，我的故事來源就是從那個點子出發的。另外就是從生活中取材。比方說有一次我跟林良到九份，他請大陸作家來玩，晚上睡覺還有陳木城，我們幾個睡在地板上，結果隔天早上起來陳木城就問我說：「馬老師你昨天晚上怎麼那麼大聲的打呼啊？」我說：「林良打呼的時候我都睡不著覺，我就都沒睡啊。」後來陳木城說：「我一直也是聽你打呼睡不著覺。」後來我們就在推論是誰打呼。回來以後我就把它轉換為三個小豬去露營，寫出來《誰在打呼》這本圖畫書。

——您認爲台灣兒童文學的理論研究方面，有何不足之處？而創作跟理論之間是否平均發展？

現今到國外學兒童文學的人越來越多，研究的範圍及深度都有增加。但我覺得最大的困難在於整個資訊的取得。學校可能會花一千萬蓋棟資料大樓，但不願花一千萬去買書，這就是很大的一個困難。還有國內想研究兒童文學的人，對國外資訊不見得知道得很多，這可能是語文的限制，沒辦法去吸收那些東西。我們對於國外的資訊當然不是全盤接受，但當你接觸時，可以刺激你一些新的觀念。其實我一直認爲兒童文學、兒童讀物是最好的教學媒體，不論是教任何一科通通有用，只是看你如何運用，這也是一種理論的推廣，而這些都需要你們年輕一代出來後，慢慢有這些觀念、概念去推廣。我想寫作無論美國、日本、歐洲都經歷過模倣、改寫、翻譯、創作這幾個過程，現在台灣有一些得獎的作品都很不錯，範圍、題材也比從前廣，這是一個進步，再過一段時間可能還會更好。

您同時是一個創作者跟評論者，有沒有什麼特別想法？

有時候理論和實際是不一樣的。你看在很多研討會裡面，很多評論家說得頭頭是道，可是眞的要那些批評者來創作，他也寫不出來。批評者往往能想到作者沒有想到的，可是有時候他的批評也不見得那麼完美。創作跟評論是兩個互補的領域，沒有作品哪來的評論？要培養所謂專業的知識，最重要的還是要多看兒童文學作品。此外你也要跨出去，看看別的學科的作品，不一定是成人的文學作品，也可以是思想上的，這個很重要。像《野獸國》這樣的作品，也許有人覺得看起來很簡單沒什麼，但是他有思想上的東西，深入探討了兒童的心理，觀察得很細心，所以它不只是單純的故事，它裡面還有眞正要告訴孩子的內涵存在，這才是一個好作品。如果你一直在兒童文學的這個圈子裡打滾，看到的就永遠只是圈子裡的東西，你必須要多看看非兒童文學的領域的書，找尋新的靈感。

台灣的兒童文學

台灣的童書市場有一種現象就是大量的套書，您的看法如何？對於兒童的圖書

館，您的看法又如何？

「套書」現象的結果，就是有錢的孩子會看得比較多，沒有錢的孩子接觸不到。社會有這個現象，是市場的導向造成的。現在小學都有圖書館，但是使用的情況不普遍，像台中的文化中心圖書館、台北市立圖書館都算是做得很好的兒童圖書館。都市圖書館的使用率比較高，這是我在圖書館工作很多年的體會。其實書的多少是其次的問題，因爲書是死的，人是活的。比書更要緊的就是圖書館員。在外國，圖書館員是很活躍的，他們能夠利用專業知識把書推廣出去。還有電腦化也是很重要。其實在學校裡教小孩子進圖書館本身就是一種教育。

——**最後請您談談對未來兒童文學發展的看法**。

台灣的兒童文學已經發展到一定的程度，一般出版者已經了解到怎樣去出版兒童讀物，作家、畫家也慢慢都有一個基本的取向。其實兒童文學在台灣已經發展到另外一個階段，就是研究、出版跟推廣整個再加强、再結合。舉「出版」爲例，其實出版者對兒童文學不是光買版權，日本的很多出版者，對整個世界的兒童文學瞭如指掌，美國的出版社也對出版的趨勢掌握得很好，我們這邊還沒有。在推廣方面，應該設法在書和家庭間建立起一座書的橋梁，學校裡面要靠老師，怎樣讓學生知道兒童讀物對他的好處，讓家長明白兒童讀物並不是閒書，更重要的就是教學方面要培養更多人才。譬如說師院，應該了解兒童文學在教學上的重要性。我相信如果我們再不加油，再過幾年大陸會超過我們。因爲他們人多，並且比較積極。所以現在我們必須突破，要靠更多研究人的加入。

＊　＊　＊　＊　＊

訪談最後，馬景賢先生笑笑的說：「要做的事還很多啦，兒童文學的路才開始沒多久……。」馬景賢先生現年六十六歲，接觸兒童文學三十多年。他目前正尚在編輯《田園之春》；還想做一個比《兒童文學論著索引》更完善的相關資料收集，想給父母親寫一本書，介紹兒童文學概念；想再創作、翻譯……。訪談過程，一直稱呼他馬老師，後來才發現原來老師另一個更適合的身分是「學生」，他邊學邊做了兒童文學三十多年的研究生。那天老師書桌上放了幾本正在讀的書，日本繪本雜誌《Moe》、美國兒童文學期刊《Children's Literature》，還有幾本出版沒多久的、談兒童文學的書。他跟兒童文學的關係始終是進行式，而進行速度是——快！這位台灣兒童文學史上不可或缺的指標人物，他的努力和精神，除了「很學生」外，我想不出更適合的形容詞在他身上了！

附錄

一、兒童文學活動年表

一九三三年四月

• 出生於河北省艮鄉縣留離河

一九四八年九月

• 北京到上海

一九四八年十二月

• 當小兵（國防醫學院圖書館員）

一九四九年二月

• 上海到台灣（國防醫學院圖書館員）。

一九五二年九月

•建國中學夜間補校初三。

一九五六年六月

•建國中學夜間部補校高中畢業。

一九五七年四月

•淡江英專休學進國立中央圖書館（一九五六年三月～一九六七年十一月）。

一九六一年十一月

•全國性公務員圖書館員普考及格。

一九六八年九月

•應聘美國普林斯頓大學圖書館東方部工作（一九六七年～一九六九年）。

一九六九年

•國立中央圖書館編輯（一九六九年九月～一九七〇年一月）。

一九六九年

•農復會圖書館館員（一九六九年年十一月～一九七九年三月）。

一九七二年四月

•《國語日報．兒童文學週刊》主編（一九七二年～一九八三年），共主編四九九期。

一九七四年四月

•「洪建全兒童文學創作獎」評審委員（一九七四年～一九八六年）。

一九七四年五月

•「洪建全文化基金會」顧問（一九七五年～一九八三年）

一九八二年九月

•國立編譯館國小語文教科書編譯委員（一九八二年九月～一九九六年九月）。

一九八四年三月

•農發會圖書館館員（一九七九年～一九九八年七月）。

一九八六年四月

•獲「洪建全文化教育基金會」頒獎。

一九八七年十二月

•當選「中華民國兒童文學學會」理事長。

一九八九年

•台灣省兒童文學創作獎評審委員。

一九九一年

・第十七至十八屆國家文藝獎評審委員。

一九九二年

・四健會「田園叢書」編輯委員。

一九九三年十二月

・獲中華兒童文學獎。

一九九四年

・康和出版公司小學國語教材編輯委員。

一九九四年五月

・《小英雄與老英雄》獲國家文藝獎。

一九九五年

・第二十屆國家文藝獎評審委員。

一九九五年五月

・《小英雄與老英雄》獲中興文藝獎

一九九八年六月

・「海峽兩岸兒童文學研究會」理事長。

一九九九年三月

•「國語日報」董事。

二、著作目錄（兒童書部分）

書名	出版者	出版年月
小矮人（Gnomes）（與林良、潘人木、曹俊彥合著）	台灣英文雜誌社	一九七一年一月
愛迪生（康普瑞原著）	國語日報社	一九七四年
兒童文學論著索引	書評書目出版社	一九七五年一月
天鵝的喇叭（E. B. Wite原著）	國語日報社	一九七五年十二月
書的故事	省教育廳	一九七五年十二月
抱著老母雞逃難（收於大海輪中）	省教育廳	一九七六年十月
我剛當小兵的那年（收於哥倆兒的玩具）	省教育廳	一九七六年十一月
白娘娘的故事	國語日報社	一九七七年十二月
書的故事	省教育廳	一九七九年

目蓮救母的故事	國語日報	一九八一年
嘟嘟	信誼基金會	一九八二年十二月
山難歷險記（Margaran Morgar 原著）	國語日報	一九八三年四月
三六〇個朋友（主編）	洪建全文教基金會	一九八四年四月
前後漢（改寫）	東方出版社	一九八四年十月
史記（改寫）	東方出版社	一九八四年十二月
白蛇傳（改寫）	慈恩佛教出版社	一九八四年十二月
創作圖畫故事	理科出版社	一九八四年
書的家	理科出版社	一九八六年
絲瓜長大了	理科出版社	一九八七年
主編理科創作兒童圖畫書第一輯（共十册）	理科出版社	一九八七年三月
賣元宵的老公公	理科出版社	一九八七年三月
小螞蟻，變變變	理科出版社	一九八七年三月
千人糕	理科出版社	一九八七年三月
小山屋	國語日報	一九八七年六月

認識兒童讀物插畫	兒童文學會	一九八七年
愛的兒歌	香港晶晶出版社	一九八八年
鏡花緣（改寫）	光復書局	一九八八年九月
歡慶佳節（翻譯）	台灣英文雜誌社	一九八八年十月
風來，鷹來	國語日報	一九八八年
大蛇和小蛇	理科出版社	一九八九年
天要塌下來了	理科出版社	一九八九年
自由的水鳥	理科出版社	一九八九年
忘恩負義的狠	理科出版社	一九八九年
我們只有一個太陽	省教育廳	一九八九年
海鷗和小孩；幸運的漁夫	理科出版社	一九八九年二月
螳螂捕蟬	理科出版社	一九八九年
驕傲的猴子	理科出版社	一九八九年
發財夢	理科出版社	一九八九年
自由的水鳥	理科出版社	一九八九年

三隻小紅狐狸	富春文化公司	一九九〇年一月
快樂村	省教育廳	一九九〇年
我是小象	省教育廳	一九九一年
親子魔術城	國巨出版社	一九九二年
雨師	台灣英文雜誌社	一九九三年六月
麥克的水手朋友（翻譯）	台灣英文雜誌社	一九九三年六月
白雪公主和七個小矮人（翻譯）	台灣英文雜誌社	一九九三年十月
好心眼的鬼	圖文出版社	一九九四年四月
親子魔術城（與陳木城合譯）	台灣麥克公司	一九九四年六月
瓜瓜瓜	農委會	一九九四年六月
七隻瞎老鼠（翻譯）	台灣英文雜誌社	一九九四年六月
通獸草	遠流出版社	一九九四年八月
大豆、毛豆、黃豆	行政院農委會	一九九四年
小英雄與老郵差	天衞文化公司	一九九四年
石頭滾滾滾	光復書局	一九九四年

我是小河馬（翻譯）	光復書局	一九九四年
我是小熊（翻譯）	光復書局	一九九四年
我是小鯨魚（翻譯）	光復書局	一九九四年
找錯醫生看錯病	光復書局	一九九四年
向雨神挑戰	台灣英文雜誌社	一九九五年
如果我不是河馬	台灣英文雜誌社	一九九五年
愚人擠驢奶	佛光出版社	一九九五年十二月
常常拜訪書的家	省教育廳	一九九五年十二月
緬因的早晨（翻譯）	國語日報社	一九九六年三月
小白鴿	天衞文化公司	一九九六年五月
我愛大自然（翻譯）	格林出版社	一九九六年十一月
認識少年小說	天衞文化公司	一九九六年十二月
新魔法雙語圖畫書共八冊（監修）	光復書局	一九九七年二月
念兒歌認國字	國語日報社	一九九七年五月
花生眞好	行政院會農委會	一九九七年

山崩	行政院農委會	一九九八年
貪吃的小豬；魔琴	理科出版社	一九九八年
我有許多好朋友；誰在打呼	理科出版社	一九九八年
驕傲的大白鯊；陪媽媽上街	理科出版社	一九九八年二月
忘恩負義的狼；虎貓	理科出版社	一九九八年二月
賣元宵的老公公	理科出版社	一九九八年二月
農夫和兔子；井裡的青蛙	理科出版社	一九九八年二月
天要塌下來；貪心的蟲子	理科出版社	一九九八年二月
我有許多好朋友，誰在打呼	理科出版社	一九九八年二月
驢打滾兒王二	民生報	一九九八年七月
白玉狐狸	小魯文化出版社	一九九九年五月
童顏	行政院農委會	一九九九年六月
白蛇傳奇	國語日報	一九九九年八月
看地圖	行政院農委會	一九九九年
目連救母	國語日報	二〇〇〇年一月

糯米山果子	國語日報	二〇〇〇年一月
跟父母談兒童文學	國語日報	二〇〇〇年七月
非常相聲（編劇）	小兵出版社	二〇〇一年一月
蔬菜水果ㄅㄆㄇ	小魯文化	二〇〇一年三月

三、報導與評論彙編

(一)報導部分

永遠爲孩子寫作　馬景賢　中國當代兒童文學作家小傳　湖南少年兒童出版社　一九九二年　頁二三五

會英文就可以了嗎？——林良、馬景賢談兒童文學的翻譯　簡得時整理　精湛二十八期　民國八十五年五月　頁三十四～三十八

永遠是個老小孩　馬景賢　精湛（兒童閱讀別冊）三十一期　民國八十六年五月　頁十一～十三

馬景賢，儘管退休了，要做的事好多　鍾淑貞　中國時報四十六版　民國八十七年十月二十九日

㈡評論部分

談〈兒童文學〉周刊　林良　書評書目十二期　民國六十三年　頁一〇一～一〇五

理論的涉略需要不斷地去擴充，就如同要談科學童話，本身也要有一些科學的素養。這是很浩大的工程，希望台灣在這方面有好的開始。

—— 傅林統

☞左起：傅林統、郭鈴惠

傅林統專訪

兒童文學的教育尖兵——

◎第一次訪問

地點：桃園市傅林統校長住宅

日期：一九九八年三月二七日

訪問者：郭佑慈

◎第二次訪問

日期：一九九八年四月二日

時間：早上九點～十一點

訪問者：郭鈴惠

定稿者：郭鈴惠（一九九九年五月二十日）

八十八年二月，春寒料峭，循著桃園小市鎮細細長長的小路，來到這幢滿蘊書香的質樸小屋，迎面而來的是一張親切和煦的笑臉。燦爛的笑容，一掃寒流來襲的陰霾，溫文儒雅又和善的態度，更讓滿室春風。小屋主人，正是大家熟悉的老朋友——傅林統校長。

奉獻半輩子歲月於最基礎的小學教育，更戮力不懈於兒童文學的創作、研究、評論與教育，走過青春至髮白，不但創作作品源源不斷，更指導無數兒童文學研習活動，並將多年研究兒童文學的心血結晶結集成書，如《兒童文學的思想與技巧》（富春文化事業股份有限公司，一九九〇年七月）、《少年小說初探》（富春文化事業股份有限公司，一九九四年九月），不但充實了兒童文學的理論基礎，更導引了許多後生，循其腳步，昂首闊步而行。尤其，又譯介了在國際上被譽為兒童文學理論雙壁之一的法國文學史家保羅．亞哲爾的《書．兒童．成人》（富春文化事業股份有限公司，一九九二年三月），注入真正站在兒童和文學的立場來談論兒童文學的觀念，無疑是領航的明燈，不但感動了無數喜愛兒童的人，也指引了兒童文學的正確航向。

緣起於說故事給升初中時代的鄉下孩子聽，一晃眼，半世紀悄然而逝，卻仍童心未泯地孜孜矻矻於兒童文學的沃土中，其關愛孩童之心如是！今日，兒童文學的花園中，花團錦簇，繁花似錦，傅校長遠在半世紀之前，即於第一線的小學教育打先鋒，拓荒奠基的先驅尖兵精神，叫人感佩萬分，其功更不可沒！

於是，當聆聽這位提攜後進成長，溫暖有如父執輩般的兒童文學教育尖兵，娓娓道來，一場心靈饗宴於焉展開……。

＊　＊　＊　＊　＊

說個故事給你聽……

——您是如何從一位國小教師走入兒童文學創作的領域？

林良先生講過一句話：「兒童文學是寂寞的一行。」所謂「寂寞的一行」，就是沒有人注意，出版界不熱衷，市場也很有限，家長、學校對同學的閱讀方面也不重視。但是，我總覺得兒童文學對兒童是很重要的。

最初，我是在鄉下小學服務。鄉下會讓孩子升學的家長不多，爲了讓鄉下孩子有所發展，就得先通過初中入學考試。當時鄉下的讀書環境並不好，所以鄉下老師不計任何報酬，拚命地給自己的學生做課業輔導。雖然不用另交學費，學生卻不一定願意留下來，小孩子是很愛玩的。那時候就想出一個辦法，每天留他們下來讀書，最後要放學的時候就講一個故事給他們聽，如果他們明天願意來，再講一個故事，有時候是講一些世界名著，像格林童話、安徒生童話，甚至於講《三國演義》。當時比較流行眞平、四郎，陳定國的作品，爲了留學生在學校補習，幫他們能考上初中，老師就利用故事吸引他們留下來，有時候故事講完了，就只好自己想，我創作的動機就是這樣來的。

——您之後又如何從創作的領域走入兒童文學理論寫作？

這個原因是有兩方面：一方面擔任校長後，工作壓力大，思維轉爲邏輯思考，較不適合創作；另一方面，板橋國校研習會剛由陳梅生接任主任，他有一個想法，小學老師像一棵幼苗旁邊的竹子，幼苗逐漸長大，這枝竹子卻逐漸腐朽。爲了幫小學老師開發一個適合自己興趣、個性的專長，並且能隨著教學逐漸發展。陳主任就認爲寫作是一個蠻好的方向，可以讓老師發揮專長，於是就在研習會設立兒童讀物寫作班，這個班包括創作和理論的教學。當時我參加了第一期，第一期來講課的人有林良、馬景賢等人。後來因爲這個關係，《國語日報》就有一個〈兒童文學版〉，由馬景賢主編。我投了一篇稿，馬景賢先生就打電話來要我繼續寫。過了一段時間沒寫，他又打電話來說：「你怎麼很久沒寫了？就這樣子一直寫下去，寫一些心得和理論，這些文章都是在《國語日報‧兒童文學版》上發表的，後來自然形成類別、系統，最後結集成書，也就是《兒童文學的思想與技巧》那本書。其實有很多人在這方面都下了功夫，我只是比較用功，又有馬景賢先生在一旁催促，才能不斷持續下來。但是，一直以來仍然覺得創作是最愉快的。

基礎教育打先鋒

──小學教師一般被視為兒童文學創作的最適合人選，不知您是否認同這種說法？

一個人是否適合創作兒童文學作品，個人條件比較重要，職業並無決定性作用。正面的說法是認為終日與兒童相處的教師，最了解兒童的生活，也最貼近他們的心理，懂得他們的需要和興趣。至於反面的說法，則是有些教師誤把「教材」當做作品，自己在編寫「教材」，卻以為在創作，這樣當然成不了作家。

──素聞日本讀書風氣甚盛，常見人手一冊，甚至，有人統計結果日本人月讀書平均以冊計，而台灣以頁計，今風聞台英社已計畫今年起將改變型態，不再出版童

書，面對童書市場之衰退，不知您對提升國內讀書風氣，有何看法？

在台灣「幼兒書」的市場一直都還算不錯，可是「文學性」的讀物成長不佳，而「知識性」讀物則穩定成長。許多出版社或許在調整出版策略吧！讀書風氣的提升必須各方面配合，媒體、網路、社區圖書館，各種讀書會都有關。至於兒童的讀書風氣，學校需擔負重任，教師的引導尤其重要。社區圖書館或鄉鎮圖書館，應仿照加拿大李利安．史密斯的做法，採取「主動出擊」的方式，訓練志工輔導員深入學校和家庭。

——導讀者在兒童文學作品上扮演一個怎樣的角色？

我們常常會這樣講，書本身或作品本身就要有吸引兒童的魅力，爲什麼還要一個導讀者作橋梁？但是從實際的觀察來看，對兒童來說，不管是選書能力，或者是對書的解讀能力，孩子都需要一個輔導者。如果一本書連大人都覺得沒有辦法理解，他會買來給孩子看嗎？學校的圖書館會有這種書嗎？因爲有這種基本的問題存在，師院的課程應該把兒童文學的基本理念和觀念，以及如何引導兒童閱讀作品，這兩個方向列爲師院的必修課程。這樣一來，會有更多人來參與這方面的研習，而不是只是少數想成爲作家的人參加。這應該是每一個老師都要參與的，因爲教學是每一個老師的任務。

——既然老師之於引導兒童如此重要，校長在教育界服務這麽多年，對小學現階段之兒童文學教育推展有何看法？又教師兒童文學素養不足，如何補強？師資培育的相關配套課程又該如何設計爲佳？

這是我個人的看法：現今小學國語課的教學，停留在一個文字教學的階段，沒有文學的教育。一個新的教材，生字教一教，新詞教一教，解釋造句教一教，就沒有了，沒有其他文學性的探討。內容深究應該是文學性的探討，但是沒有做到。沒有做到的原因有兩個：一個是小學老師本身對文學的素養不夠；另一個就是他們認爲時間不夠。教學的看法是整個觀念的問題。現在我們國語科每課的教學，尤其是二到四年級階段，每個生字出現的次數都非常多，每一個老師都要求學生必須將每一個字牢牢的學好。我的看法是，當成生字的字不要很多，很多生字只要認識就好了，不一定要會寫，那些必須要牢記筆順、寫法的字不要太多，讓孩子從其他文章，或者是課外閱讀裡去接觸，接觸多了自然而然會了解，逐漸去記憶，不必花老師很多時間，一個一個字去教，兒童自然而然就學會，這就叫作「內在學習」。這不是你特別刻意拿出來教學，而是兒童透過內在學習認識那些字。這樣的教學方式，可以減少讀書課裡生字的負擔。不過這只是一個想法，如果要落實在小學教育裡，可能很困難，因爲這樣考試分數就考不高了，老師會受到蠻大的壓力，我自己當老師時就曾經這樣教過，讓小孩子讀很多課外讀物，時間不必浪費在很多生字的習寫，課外書有時候建議學校買，或讓小朋友自己湊錢買，每個小朋友共同出錢做爲基金。

小學教師不一定要成爲作家或評論家，但是他們必須懂得評量作品，看得出怎樣的作品是適合兒童的，同時從社會、科學、人際關係以及人類的未來等問題，都能看得出作品所含的價值，進而應用於教學上——包括閱讀指導和心理輔導。再者，爲了使「文學教育」順利發展，教師本身必須謙虛、積極地從事作品的研究，以培養豐富的文學鑑賞能力。而這種研究的層次，不能只停留於一般的鑑賞，或表層的解釋，甚至只注意到作品的「教訓」，而忽略了「感動」的深層面。教師對兒童文學作品的鑑賞能力，直接影響到教學品質，因此如何使教師具備豐富的文學鑑賞能力，善盡文學教育的任務，正是當務之急。尤其，培養教師的興趣和對文學的涵養是先決條件，規劃妥切的「教師兒童文學研習課程」和師院的學分，就更形重要了！

不過目前都偏於「創作的研究」，而甚少「兒童文學教育」的探討。因爲教師的本職在「教育」，教師與兒童文學的關係是在選書、鑑賞、導讀。換句話說，教師應做爲作家與小讀者之間的橋梁和溝通者，而並不一定要成爲作家。因此，我覺得對培訓老師的兒童文學課程上，不要只限定在指導他們的寫作技巧，或要他們成爲兒童文學的作家。這樣的課程方向，很多老師會產生抗拒的心理，他們會覺得說：「我又不想成爲兒童文學作家，你要我去研習這個幹嘛？」這樣參與的人數就變得比較少，只有想成爲兒童文學作家的人才會來，或者是有一些文學寫作天賦、因寫得不錯而被肯定的人才會加入這個領域。但是事實上，能夠寫得稍微好一點的人不是很多。我們還是希望其他老師能夠了解兒童文學，因爲他究竟還是要擔任兒童與兒童文學之間橋梁的工作，他必須對兒童作導讀的工作。如果他不了解，觀念還是很陳舊，對導讀或是新的創作品都不了解，或沒有辦法接受，他拿什麼去指導兒童呢？在「台東師範學院·兒童文學研究所」舉辦的童話學術研討會上，我們都在談非常前瞻性的東西，但是一般老師們會接受嗎？他們不接受，就不會把這些東西介紹給兒童，就算介紹給兒童也只是介紹，他們不會引導孩子們怎樣來閱讀這些作品。所以很好的作品必須要有很好的導讀者，這樣才能落實在兒童上面。

——日本在「兒童文學教育」這方面的作法又是如何呢？

日本的升學壓力也是滿重的，他們稱爲「考試地獄」，他們老師在教學上所面臨的壓力也和我們一樣，所以在兒童文學的推展上也遇到很多問題。跟台灣一樣，日本的幼兒教育比少年文學要好得多，因爲那個階段家長的要求比較不多。入學後，家長便不讓他們看太多課外書。但是日本推薦好書的活動非常多，有些由政府機關來做，有些則是民間團體，例如：他們有童話協會、圖書館協會等團體，好像我們現在辦的「好書大家讀」活動，每年定期都推薦好書，藉由媒體讓家長、老師知道好書，這樣的活動在日本很多，對兒童文學的發展蠻有影響和幫助的。

——身爲校長或主任之行政人員，對於推展兒童文學教育，不知有何可著力的策略？

桃園縣在胡鍊輝先生當教育局長時，推展「書香滿校園」活動，便值得參考。但是否可行，得看全校共識程度如何。

我服務過的學校，有好多老師都願意主動了解這樣一個觀念，所以就在學校組成一個讀書會。讀書會裡面，我就會介紹一些兒童文學理論的書，跟他們交換意見，週三進修的時候，也曾經去其他學校談過這些觀念。小學老師對這種觀點跟理論接受的程度還算不錯，但是不一定會在實際的教學去展現，老師還是感覺要配合家長，所以他們非常注重兒童讀物的教育性，有的教育性甚至會變成教訓，現在有這種觀念的老師還是蠻多的。

另外，在瑞豐國小的時候，因爲學校大部分教師（大約有八〇％）的配合，再加上教務主任也很熱心，就在一、二年級推行母子作文，所謂的母子作文，就是說把小孩子講的話請媽媽寫成文章。在家長方面，雖然不是每一位家長都熱心配合，但是沒有關係，我們可以不拘形式，那時候全校有三十六班，能夠做幾個班級就做幾個班級，並不要求全校都要實行，一個班級內如果有十個家長願意配合，就要求老師做做看，這樣的方式本來是抱著比較悲觀的態度，但是卻有不錯的回應。還有一種請家長批改日記的活動，這個活動也沒有硬性規定每一個班級都要實施，願意配合的班級就進行，老師當然也參與批改日記，不過鼓勵家長先看過，並寫鼓勵的話，家長若是沒有時間，也希望家長能夠蓋章簽字，使家長也能加入學校的課業活動。再來就是有關兒童詩的教學，情況也和前面一樣，願意做的老師做，不願意的老師也可以不做，並不影響老師考核的成績，學校則是提供各方面的資源，如果需要一些書籍，或是影印資料，或把兒童詩集結成冊，需要一些製本費，這些學校都無條件供應，當時學校教師的配合度都很高，讓我覺得很溫馨。不過，在龜山國小因時間較短，就無法如此實施，所幸，他們仍有自發性的教師讀書會，會邀請我參加，予以介紹教育、文學、兒童文學等各類書籍，作爲方向引導，效果也還不錯。

——校長曾經大力推動桃園區域兒童文學，可否談談這件事？

個人在桃園地區推動兒童文學的情形是這樣的：

㈠編輯《桃縣兒童》：

《桃縣兒童》是區域性兒童刊物，民國五十五年創刊，發行十年，計百餘期。從創刊至停刊，都由許義宗、徐正平、林後淑及本人擔任編輯。發掘並培育許多本縣兒童文學寫作人才，並推展兒童文學教學、導讀工作。

㈡策劃教師兒童文學研習會：

從六十一年起十年間，本縣教師兒童文學研習，都由本人和徐正平、曾信雄、吳家動等共同策劃推行。先後邀請林良、馬景賢、楊思諶、林煥彰、蘇尚耀等兒童文學知名人士蒞縣演講，開兒童文學研究之早期風氣。

㈢編輯《桃園縣教師兒童文學創作選集》：

自六十年代起，桃園縣每年都出刊一冊《桃園縣教師兒童文學創作選集》，初期由本人、徐正平、曾信雄、吳家勳等編輯，沈蓬光畫插圖。

日本經驗

——校長從日文轉譯了《書．兒童．成人》一書，談一談當初轉譯這本書的想法？

日本在兒童文學的創作、翻譯，還有理論研究，不管是在廣度或深度上，都比台灣來得豐富、深刻，所以我就決定把一些日本的成果介紹進來。台灣剛開始的時候，對兒童文學還沒有一個可以讓很多人可以認同的觀點，當時像二十四孝那種觀念還是蠻多的，事實上在歐美來講的話，一百多年之前，就已經跳脫這種觀念了。所以我感覺到一種使命感，如果不把這些觀念介紹過來，好像沒有辦法促進台灣這種觀念的進步，因此我把《書．兒童．成人》那本書轉譯過來。那本書本來是法國人的作品，日本人很早就翻譯了，算起來已是一百年前的著作，也就是說，一百年前歐美就有那樣新的觀念了。我把那一本書和好多小學同事談過以後，他們認爲：「這是一個很前進的想法，台灣要到達這個境界應該要幾十年以後才會到達，我們現在爲什麼談這個。」

我說：「不是啊！這是法國一百年前的作品，人家都已經有這樣的觀念了，我們還在談忠孝節義、二十四孝那一種兒童文學的觀點，實在是太沒有前瞻性的眼光了！」所以就決定把這些好觀念給介紹進來。

——既然校長您日文的造詣頗深，曾將《書・兒童・成人》一書譯介至國內，而您在其他訪問中亦曾談及兒童文學交流之重要；我們知道，日前李潼的《少年噶瑪蘭》已譯成日文，不知您在退休後的閒暇中，是否考慮將台灣優良的兒童文學作品也介紹至日本呢？而其可行性又如何呢？

將台灣的兒童文學作品介紹至日本，由本人去做的可能性很小，幾乎是零。因爲本人讀解日文自信尚可，但寫出具有文學性的美文，尚無充分的自信。況且日本文學界懂漢文者比比皆是。問題是在日本出版者是否有意願？目前意願還不大。《少年噶瑪蘭》有指標作用，希望在日本能被注目並暢銷，以後台灣作品「銷日」才有寬廣的路。

——日本在兒童文學領域內有沒有值得讓我們借鏡的地方？

在日本，只要世界上有什麼新的作品，他們馬上就有翻譯，不論是創作或理論書籍。另外，一些大的出版社，像「福音館」、「巧連智」等因爲在財務上已經很健全了，爲了回饋兒童文學界，會出版一些不容易推銷或賣不出去的理論書，這樣一種出版態度，讓理論書在日本不怕沒有出路。出版社都是在兒童圖書上賺了錢，才開始去回饋兒童文學界。在台灣這樣的現象會逐漸出現，像「國語日報」等大公司，要有這樣的出版理想才好。

談理論、創作、改寫與評審

——**理論之影響創作爲何？您既有創作又有理論之實務經驗，是否認爲理論之探究或評論之刺激，均有助於提升創作的水準？**

理論與創作應是相輔相成，理論與評論是一體的兩面，也可以說評論是理論的應用。理論可使創作更紮實，更具文學性、藝術性。評論可分辨作品的優劣，刺激作家往更富有創意的藝術境界發展，並幫助讀者選書。

——目前日本兒童文學理論的情況如何？

以目前來講，日本對兒童文學從心理學的觀點來研究的風氣很盛。像這樣的研究就可以運用到輔導學上面來，不論是對成人的輔導，或是小孩子的輔導，從心理學的觀點去研究兒童文學作品，有時候可以讓心理有障礙時的閱讀者，做爲自己的閱讀治療；老師閱讀之後，可以用來輔導學生，像這樣的風氣很盛。還有一個是對作品、作者的研究，針對作者或是人與書的研究評論，這樣一個方向是對作家的一個鼓舞，你努力、努力到差不多定型，有一個風格以後，就有人會對你個人做一個研究，然後出書，這方面的研究在日本蠻多的。譬如在台灣就可以做林艮的研究，因爲他已經有個人風格了，對他做研究就有需要，然後讓他的英名可以永遠流傳，不是很好嗎？研究他對兒童文學的貢獻、豐富的作品，乃至對他本人的研究，對兒童文學思想、情感、投入的那種可敬佩的行事風格，都包括在內。這樣一種研究現在在日本很盛行，對他們老一輩的兒童文學作家，已經有人做這樣的研究了，這對新一輩的作家是蠻大鼓舞，因爲他努力一段時間以後，也有人會對他做研究，做爲一個肯定的資料留存下來。

——校長以前改寫過很多民間故事，不知道校長對改寫有什麼意見和看法？

以前黎明書局要出中國的民間故事十本，世界民間故事十本，所以就這樣替他們改寫過十幾本書。改寫不是一件很容易的事，眞的需要用心，不只是將古籍從文言文改成白話文就好了。故事應該在改寫之後能夠呈現出完整的童話面貌，如果只是把《搜神記》裡面一些神話故事改成白話文，其中的起承轉合並沒有故事性存在，就不能算是很好的改寫。至於是要忠於原典或是再創新，改寫者可以自己決定，你可以忠於原來的思想和感情，改寫成很有故事性的作品，或要賦予它現代的精神，這樣就變成一種再創造，不只是改寫了。同樣的故事可能因此會更生動，更有意義，超越前面的作品。像安徒生的作品有很多就是這樣，他根據丹麥的民間故事去改寫，但是把自己的思想感情放在裡面；丹麥人一看就知道是哪一個民間故事改編過來的，但是裡面的感情和思想已經是安徒生的了。以前我改寫黎明書局那套書是把大部分的思想保留原貌，依照原作的思想再改寫成一個完整的故事。我的想法是：故事爲什麼會流傳那麼久，一定有一種他們想要保存的智慧在裡面，因此我要把那個思想保存下來。這個樣子的一個寫法就是格林童話的寫法。格林童話是忠於原來作品的智慧，也就是說，老祖先留下來是要告訴後代些什麼？剛剛說的安徒生就不是這種方法，這兩種方式沒有什麼對不對或好不好的問題，只是說方式不一樣，像格林童話的評價也是很高，並沒有說格林童話是忠於原作，就比安徒生矮一截。

——校長擔任過很多文學獎的評審工作，請問校長的審查標準何在？特別重視作品的什麼地方？

第一要看它的表現方法，用什麼技巧來表現主題。譬如說小說，它是用平鋪直敘的方式還是倒敘？或是象徵的方式？或者它可以讓讀者感覺到一種很新鮮、具震撼力的表達方式？這個就是我所說的技巧，我評審主要是看這一點。接下來是看文體。童話該有怎樣的條件？這個條件應該如何去評它？如果它這次徵文的項目是童話，他寫小說來參加，應該就不能列入評審。雖然文類沒有很清楚的分別，有中間灰色地帶的存在，兩個文體間彼此會有滲透，但是如果截然沒有一點童話特質存在，只有小說的條件存在，這樣就不對了。如果說你寫的是小說和童話彼此滲透的作品，這樣子也不錯。

切切期許，深深盼

對海峽兩岸文學交流有什麼看法？

先從本土出發，然後擴散爲世界觀，著眼點首先必須在鄉土，之後有前瞻性的看法，這樣才是比較好的一個方向。但如果只注重本土，對世界觀做排斥，也是不好的。在《書・兒童・成人》那本書裡面，亞哲爾就蠻著重這方面，他認爲兒童文學應該是世界各個國家民族跟兒童之間都可以相通的一個東西，雖然你從你的本土出發，但是兒童的心是世界各國的兒童都相通的。所以不只是和大陸的交流，世界各國的交流我想都是很重要的。交流並不一定是這種形式上的會議。出版社與出版社之間的交流，作家與作家之間的交流，都應該要熱絡起來才對。像台灣和日本的交流就不是很多，「巧連智」或「福音館」到台灣來，也應該把它當成一種交流的形式。我們可以跟「福音館」有意見上的交換，不要只是你們到這邊來出版，占有台灣的市場，也應該讓台灣作家的作品能夠到日本去，日本的「福音館」也可以出台灣的東西。台灣的東西在日本應該可以銷售，因爲如亞哲爾所說：「兒童的心是一樣的。」美國的兒童、台灣的兒童和日本的兒童，心是一樣的。

校長曾著有《少年小說初探》一書，對少年小說之類型、發展、趨向多有論述，不

知您對國內少年小說未來之發展，有何期勉或建言？

在台灣「少年小說」是兒童文學裡應積極開發的一環，事實上，讀者羣很多，只是很多青少年沈迷於「言情小說」和「暴力漫畫」而已。台灣的少年小說應往「文學的感性」方面發展，以藝術的趣味吸引讀者，把讀者羣從「黃」與「黑」當中引導過來。

——校長您對兒童文學研究，又有何深切的期盼呢？

很直接、明確的一個期盼：培養師範學院或各大學的「兒童文學」師資。再來能夠成爲「兒童文學學術研究的重鎮」，培養能獨立思考研究的人才。

——那麼您對台灣未來兒童文學的發展之期許又是如何？

在台灣本土的理論方面，我認爲作家作品的研究，台灣應該要推展，很需要有人來做，因爲這個工作很辛苦，也不容易，但是總歸是要在台灣兒童文學發展上跨出一步，這一步一定要踏出去，一定要做！無論是誰來做都是一件很累的研究，因為需要時間和人力，兒童文學研究所可以來做這個工作，當然，最好能就近來做研究，也就是所謂地區的兒童文學，例如：在台東針對某一個具有一定風格的作家，就他的作品、背景等做深入的研究。這件事很重要，首先你需要鎖定一個對象，好比說林良，他願意把他有關的作品資料，能夠充分的供應給你們，再來也需要有理論基礎的素養，這樣才能來從事這個工作。而理論的涉略需要不斷去擴充，就如你要談科學童話，本身也要有一些科學的素養。日本現在正在流行心理學，用深層心理學來研究作品，就像弗洛依德的心理分析，讓研究的應用使用在兒童文學。所以說科學、文學、哲學通通都要懂，這是很浩大的工程，希望台灣在這方面有好的開始。

退而不休～創作生機永不滅

——校長您雖已退休，但學有專長，所謂「退而不休」，不知您未來的人生計畫為何？

「退而不休」是理想，是自勉或互勉的話，但憑興趣和體力腳踏實地走一步算一步而已。過去工作繁重，想寫的題材一直擱置著，或許現在時間、體力允許，可以實現願望。像描繪正義、破除迷信的少年小說《偵探班出擊》近日就會由富春出版，另有不少題材也在蘊釀中，如著重山林、生態保護的巡山員的故事……，評論集《少年小說、童話》也已交富春打字中，預訂在台東師院論文發表前出版。而國內評論風氣逐漸建立，願在此方面繼續耕耘。國外有些權威性的理論著作，如李利安・史密斯的《歡欣歲月》，願根據日文版翻譯介紹。

* * * * *

踏出小屋，颯颯寒風拂動髮梢，傅校長的故事仍縈繞耳際不絕，創作活力、生機不滅的神采仍如在眼前……。驚瞥停車處的小路旁，那朵來時仍含苞待放的小紅花，此刻已在寒風中綻放挺立、搖曳生姿了。是的，春天，真的已經來啦！心是滿滿的，那顆「兒童文學」的神奇種子，蒙傅校長的啟發，我怦然感覺到它正在胸口抽芽、萌發……。

附錄

一、兒童文學活動年表

一九五一年（十九歲）
•竹師畢業，任國小教師。
一九五六年（二十四歲）
•於《國語日報》上發表〈阿鳳橋〉、〈田園生活〉等散文。
一九五七年（二十五歲）
•於《國語日報》上發表〈母與子〉、〈母與女〉等少年小說。
一九六二年（三十歲）
•任國小教導主任。
一九六三年（三十一歲）
•與許義宗，徐正平共編《桃縣兒童》。
一九六四年（三十二歲）
•於「中央副刊」上發表〈母親的墓〉、〈天佑我父〉等散文。
一九六七年（三十五歲）

•任國小校長。

一九七一年（三十九歲）

•參加國校教師研習會「兒童讀物寫作研究班」、獲第六屆中國語文獎章。

一九七四年（四十二歲）

•膺選六十一年度保舉最優人員（從事國語文教育）。

一九七六年（四十四歲）

•教育部少年小說寫作競賽丙等獎。

•於《國語日報》上發表〈韓國行〉、〈遊日雜記〉等遊記。

一九七八年（四十六歲）

•《風雨同舟》獲洪建全兒童文學創作獎小說組佳作。

一九八〇年（四十八歲）

•赴宜蘭縣教師兒童文學研習營、講述「兒童詩的創作與欣賞」。

•獲新聞局圖書著作金鼎獎。

•《中國語文月刊》發表語文教育系列論文。

一九八四年（五十二歲）

•赴屏東慈恩兒童文學研習營，講述「兒童的冒險心理與少年小說的寫作」。

• 赴彰化縣教師兒童文學研習會講述「兒童詩的創作」。
• 當選中華民國兒童文學學會第一屆理事。

一九八五年（五十三歲）

• 赴宜蘭教師兒童文學研習會講述「怎樣指導兒童寫童話」。
• 赴台北市教師兒童文學
• 研習會講述「兒童文學的演進」。

一九八六年（五十四歲）

• 赴新竹縣教師兒童文學研習會講述「兒童詩的教學」。
• 赴台北市兒童文學研習會講述「少年小說創作」。
• 擔任統一公司全國兒童詩創作比賽評審。

一九八七年（五十五歲）

• 新生副刊發表〈鏡子〉〈相借問〉等散文。

一九八八年（五十六歲）

• 赴台南縣教師兒童文學研習會講述「少年心理和少年小說」。
• 新生副刊發表〈生死之際〉、〈八塊厝的蛻變〉等散文。
• 中華民國兒童文學會第二屆監事。

一九八九年（五十七歲）
•擔任中華民國圖書出版金龍獎評審。
一九九〇年（五十八歲）
•當選中華民國兒童文學學會第三屆常務理事。
•《兒童日報》發表〈一個西瓜〉、〈土牛坡的鬼故事〉、〈趙伯伯的春聯〉等短篇少年小說。
•擔任洪建全兒童文學創作獎童話組評審。
•擔任台灣省第四屆兒童文學獎評審。
一九九一年（五十九歲）
•赴台中縣教師兒童文學營講述「童話的趣味及作品欣賞」。
•著手翻譯亞哲爾的《書．兒童．成人》，並陸續刊登「研習資訊」。
一九九二年（六十歲）
•參加教育廳主辦「兒童文學學術研討會」發表論文〈少年小說現代趨向〉。
一九九三年（六十一歲）
•參加台灣兒童文學學會主辦「兒童文學研討會」講述「兒童詩創作」。
•應邀擔任台北市教師兒童文學研習會講座，講題「少年小說創作」。

一九九四年（六十二歲）

・擔任教育廳第一屆師院生兒童文學創作獎評審。

・擔任九歌文教基金會少年小說獎評審。

・應邀擔任「中國海峽兩岸兒童文學研習會」講師，講題「少年小說分類」。

一九九九年（六十七歲）

・任國立新竹師院兒童文學特約講師。

二、著作目錄（兒童書部分）

書名	出版者	出版年月
偉人的心	永安出版社	一九六八年
愛國的故事	永安出版社	一九六八年
世界歷史之光	永安出版社	一九六九年
世界英雄	永安出版社	一九七〇年
友情的光輝	永安出版社	一九七〇年

世界英雄	永安出版社	一九七〇年
發明與研究	永安出版社	一九七〇年
蘇俄、東歐民國故事	永安出版社	一九七四年
作文指導	永安出版社	一九七六年
海棠公園	永安出版社	一九七六年
兒童文學的認識與鑑賞	作文出版社	一九七九年
風雨同舟	作文出版社	一九七九年
秋風姊姊	成文出版社	一九七九年
印度、中東的傳說	作文出版社	一九八一年
童詩教室	作文出版社	一九八一年
台灣民俗節慶（和陳正男同著）	成文出版社	一九八一年
中國民間故事選集	黎明文化公司	一九八一年
小龍的勇氣	樹人出版社	一九八二年
世界寓言選集	樹人出版社	一九八二年
發明和發現	樹人出版社	一九八二年

世界奇觀	樹人出版社	一九八二年
小獵人	省教育廳	一九八三年
小雞的星星	黎明文化公司	一九八三年
三個少年的願意	黎明文化公司	一九八三年
奇異的紅寶石	黎明文化公司	一九八三年
小仙女的搖籃	黎明文化公司	一九八三年
海女的歌聲	黎明文化公司	一九八三年
魔鏡和牧羊女	黎明文化公司	一九八三年
小野鴨	黎明文化公司	一九八三年
太陽公公的孩子	黎明文化公司	一九八三年
笑蘋果哭蘋果	黎明文化公司	一九八三年
裝故事的葫蘆	黎明文化公司	一九八三年
法布爾與萊特兄弟	光復書局	一九八四年
鍬形蟲、獨角仙	光復書局	一九八五年
兒女英雄傳（改寫）	光復書局	一九八八年

小拇指	光復書局	一九八九年七月
飛船	光復書局	一九八九年七月
小雪女	光復書局	一九八九年七月
曾祖母的睡衣	光復書局	一九八九年七月
阿里巴巴和四十大盜	光復書局	一九八九年一月
雪女王	光復書局	一九八九年
木馬的故事	光復書局	一九八九年一月
兒童文學的思想與技巧	富春文化公司	一九九〇年
小錫兵	光復書局	一九九〇年
書・兒童・成人（翻譯）	富春文化公司	一九九二年三月
中東寓言	長鴻出版社	一九九二年四月
鶴舞	桃園文化中心	一九九三年
芒果樹的故事	水牛出版社	一九九三年十月
秋風姊姊	水牛出版社	一九九三年十月
幸運的夢	水牛出版社	一九九三年十月

風雨同舟	水牛出版社	一九九三年十月
大野狼和七隻小山羊；小紅蘿蔔姑娘（改寫）	光復書局	一九九四年七月
少年小說初探	富春文化公司	一九九四年九月
美麗的水鏡——從多方位深究童話的創作和改寫	桃園文化中心	一九九六年六月
偵探班出擊	富春文化公司	一九九九年一月
豐收的期待——少年小說・童話評論集	富春文化公司	一九九九年四月
歡欣歲月：李利安・H・史密斯的兒童觀（編譯）	富春文化公司	一九九九年十一月

三、報導與評論彙編

播種者　曾信雄　國語日報兒童文學周刊第十六期　一九七二年七月十六日　頁一

工作者資料表　中華民國兒童文學學會　中華民國台灣地區兒童文學工作者名錄　一九九二年十一月二十九日　頁四十九

兒童文學苗圃的園丁——專訪傅林統先生　林麗如　文訊月刊一八二期　民國八十九年十二月　頁一〇六～一〇九

最近國內兒童文學界缺少新的氣息，主要是沒有培養新人創作，發表的園地也嫌少，希望兒童文學界能夠結合民間社會人士的力量來提昇水準。

——趙天儀

☞左起：吳聲淼、趙天儀

趙天儀專訪

——從美學看兒童詩——

地點：台中靜宜大學文學院院長室
日期：一九九八年（民國八十七年）八月二十七日
時間：早上十點～十一點半
訪問者：吳聲淼
執筆者：吳聲淼

趙天儀，筆名柳文哲，台中市人，一九三五年生。台中一中、台灣大學哲學系、哲學研究所畢業。曾任台大哲學系教授、系主任、國立編譯館編纂、台灣省兒童文學協會理事長。曾任靜宜大學中文系教授兼文學院院長、「笠」詩社發起人之一，曾主編《笠》、《台灣文藝》、《台灣春秋》、《滿天星》等刊物。著有童詩集《小麻雀的遊戲》（一九八四年）、《小香魚旅行記》等，兒童文學研究《如何寫好童詩》（一九八四年）、《大家來寫童詩》（一九八四年）、《兒童詩初探》（一九九二年）等。趙院長自少年時期即進入詩的世界，接受了詩的洗禮，於《笠》詩刊中率先推廣兒童詩，獨步全國；接任靜宜大學文學院院長以來，更全力推動兒童文學學術研究工作，如舉辦「兒童文學與兒童語言學術研討會」、「兒童文學國際研討會」，並倡導「兒童文學學程」的設立等，都是台灣兒童文學界的創舉。為了進一步了解及感受院長的前瞻性，我們特別進行了這次的訪問。

原預計要在八月初訪問趙院長，卻剛好碰到他出國，算好他回國的日子與他聯絡，怎奈他又馬不停蹄地趕到台南參加鹽份地帶文藝營上課去了，終於在八月二十六日連絡好院長，第二天早上九點到他辦公室「聊聊」。

萬里晴空，微風拂面，最難得的是行車順暢，開了一個半小時，竟然沒有塞車，真是個好天。到了靜宜，因為參加過幾次在此召開的兒童文學研討會，所以很快就找到院長辦公室了。「請進，請進。」院長一邊親切地招呼，一邊將桌上整理的資料移開，偌大的房間，不只三面牆上都是書，連桌上、地上也是滿滿的書，一陣陣書香沁人，覺得自己也沾染了些書卷氣，簡單做自我介紹之後，便開始訪問工作了。

* * * * *

——請問院長是從什麽時候開始接觸兒童文學的？

我在小學二年級時就會到圖書館看日文的《幼年俱樂部》、《少年俱樂部》等雜誌，覺得這些雜誌十分有趣，加上家裡以前是開唱片行的，耳濡目染之下，對童謠的印象也很深刻。而中文的啓蒙最重要的是《小朋友周刊》、《開明少年》，內容都是一些當年大陸作家的作品，也深深吸引著我。

——院長本身學的是哲學，請問您是在什麽情況下與詩結緣的？

說起來，我寫詩早於讀哲學，喜歡詩是初中時代就開始了。那時候我常流連在台中一中圖書館、省立台中圖書館、台糖圖書館，而台中市的新書店、舊書店，凡是有詩集，大概我都會買。連英詩的選集、日本人留下來的現代詩選，讓我碰到我都會想辦法籌錢去買。所以眞正想讀詩、寫詩是在初中的時候。初二時，我的導師兼國文老師是楊錦銓先生，第一學期，他教的是白話文，以五四以來的散文爲主，一方面指定閱讀課外讀物，並撰寫閱讀報告；另一方面注重修辭和欣賞，鼓勵我們作文。第二學期上的是文言文，以明清小品文爲主，一方面讓我們自由選讀課外讀物，另一方面也繼續鼓勵我們練習作文，所以在初二這一年間，大量的閱讀中文及西洋文學的經典作品，其中大陸的《開明少年》、《中華少年》等刊物裡的「童話詩」也對我有一些的影響。

初三第一學期，楊錦銓老師鼓勵我們班上出版校園的週刊報，叫做《初三上甲組報》，有新聞、社論及文學性副刊，班長陳正澄是發行人，總編輯和社論主筆是李敖，刻鋼板是黃茂雄和我，我編副刊有時剩一塊空白，我就塡上一首自己的新詩。記得那時候，我也開始練習以散文寫作，我在《中央日報》發表了〈小弟弟〉和〈蚊子〉，在《公論報》發表了〈拾穗〉，在《國語日報》發表了〈談書法〉、〈讀《續愛的教育》〉等等。這些散文的發表，不僅激起了我寫作的慾望，更激勵了我繼續廣泛閱讀的興趣。

到了高中，最令我難忘的是倪策先生。如果說楊錦銓老師奠定了我的國文基礎，那麼，倪策老師則是啓發我從文學走上哲學的老師了。有一次上國文課時，他批評我像一個浪漫詩人，整天風花雪月，但那只可能是曇花一現而已。那我去請教他，我該怎麼辦？他建議我多接觸一些哲學的書，胡適、錢穆、朱光潛等大師的著作，便開始在我的身邊出現。同時，在高中的時候，因緣際會，我在省立圖書館認識了我的學長林清臣，他正沈醉於錢穆、唐君毅、徐復觀、牟宗三諸位先生的有關中國哲學及新儒家的著作，而我這一半文學、一半哲學的愛好者，便跟他成了莫逆之交。由於倪策老師的啓發和鼓勵，以及林清臣的勉勵和期待，後來我竟眞的進了台大哲學系攻讀哲學。

我在高中時期，升學的壓力很大，但我不務正業，不斷閱讀課外讀物，再加上當時也開始有了一種憂鬱情愫，自然而然偷偷地寫起一些新詩來。從高中到大學畢業前後，我的詩作，大部份發表在《藍星詩刊》、《海洋詩刊》、《台大青年》以及香港的《大學生活》。這時期的作品剪貼，曾經被詩人林郊和米丁借去，可惜後來遺失了，我曾經抄回了一部分，於民國五十一年十二月用一個月當助教的薪水，出版了第一部詩集《果園的造訪》。這本集子，現在看起來，有初戀般的純情，以及童話般的想像和氣氛，代表我少年時代的情愫和青年時代的憧憬與夢想。

——您在什麽狀況下和同好們一起創辦了「笠」詩社？其成立的宗旨爲何？《笠》詩刊中是否有推廣介紹過兒童詩？

戰後的台灣社會有很大的變化。政治上的因素，如二二八事件，直接影響到文學的滋長；再加上當時的經濟非常蕭條，從來沒有人想要辦詩刊。一直要到民國五十多年，距離戰爭已二十年，日據時代留下來的詩人作家，所面臨的政治風暴和語言的變化漸漸過去，鬱悶的心情在這時達到最高點。而當時坊間發表的文章大多是「中國文學」，大陸來台的作家寫的文章，因爲跟我們的經驗不一樣，也再度刺激了本土文人。吳瀛濤先生常和一些愛寫詩的人聚在一起，而有了《十人詩集》的出版計畫，其中桓夫、白萩和我均被提及。可惜《十人詩集》並未完成。民國五十三年，吳濁流先生創辦了《台灣文藝》，總算有了台灣本土的刊物，內容以小說爲主；同年六月，桓夫、林亨泰、詹冰、錦連、白萩、黃荷生、杜國清和我等聯絡了十二位詩人，在卓蘭詹冰家創立了「笠」詩社，《笠》是台灣第一本固定時間出版的詩刊。

至於《笠》詩刊是否與兒童詩有關，我的答案是肯定的，因爲「笠」詩社的前輩多多少少都會寫一些淺語且富含童話趣味的詩，當時陳千武先生曾擬定兒童詩的比賽辦法，但我覺得那時候兒童寫詩還沒形成風氣，所以未加以辦理。在民國六十年左右，黃基博先生將學生所寫的詩投稿給《笠》，開闢了「兒童詩園」專欄；不久又開闢版面，讓大家來討論兒童詩，都引起熱烈的回響。民國六十五年二月及四月，《笠》詩刊第七十一、七十二期，連續推出了「兒童詩的創作問題專輯」，對當時正在發展中的兒童詩提出了適時的批評和檢討；另外陳千武先生在台中市文化中心主任任內，也舉辦了兒童詩畫的比賽等活動，由此可見《笠》詩刊對於兒童詩的教育是十分投入的。

——您在國立編譯館服務期間，在兒童詩的創作和理論探討上都有可觀的成績，可否對當時的情形做個介紹？

在國立編譯館人文社會組服務時，接受漢聲語文中心黃勁連先生的邀請，編寫作文及童詩講義，並於週日、暑假教授兒童作文及童詩。民國七十四年出版了童詩集《小麻雀的遊戲》，兒童文學研究《如何寫好童詩》、《大家來寫童詩》、《兒童詩初探》等，另外在板橋研習會辦的研習營所出版的《兒童文學創作》專輯中，也有許多我指導的作品。這段日子可以說是我著力於兒童詩最多的時間。

——您成立「兒童文學專業研究室」的經過及理念目標爲何？

七年前，我應靜宜大學中文系前主任鄭邦鎮教授的邀請，前來任教，其中有一個條件，就是希望我能開有關「兒童文學」的課程，雖然我沒有選過這門課，也不曾教過這門課，但我大膽地接受了，我全力以赴，只想把兒童文學這個領域開拓充實起來。那時候，許洪坤院長召集文學院各系所主任，和兒童文學比較相關的老師一起開會，成立了「兒童文學專業研究室」，而且通過推選，通過由我擔任第一任「兒童文學專業研究室」主任，並決定舉辦一系列的兒童文學演講、座談會，還辦了兩屆的「兒童文學與兒童語言」的學術研討會，今年五月底更舉辦了第一屆「兒童文學國際會議」，並且出版了論文集。至於「兒童文學專業研究室」的目標，是將兒童文學與兒童語言結合，將國內的兒童文學推向更專業化、更國際化的領域。

——靜宜大學首創「兒童文學學程」，詳細的作法和目標如何？

靜宜大學文學院一向重視兒童文學與兒童語言的教學與研究，這也是本校教學特色的重點之一。校長要求各學院成立跨學系、跨學院的學程，修滿十五學分即有證書。而兒童文學學程是校長屬意開設的，將於八十七學年度開始實施。

兒童文學學程的作法是：凡修滿兒童文學相關課程十五學分者，校方給予學程證書，證明他受過兒童文學專業的修習訓練。這對於文學院畢業就業或從事教職時，可列入參考經歷之用。

——請院長說說您對台灣兒童文學界的期許。

兒童文學的研究要深入去學，要看得多，才能眞有所得，也才不會失之偏頗。參加團體活動、辦刊物要有始有終，要有所交代，要永續經營。其次也要有世界觀，因爲兒童文學不是中國文學的旁支，也就是要有本土意識，也要放眼天下。另外最近國內兒童文學界缺少新的氣息，主要是沒有培養新人創作，發表的園地也嫌少，希望兒童文學界能夠結合民間社會人士的力量來提升水準，這是一個可以努力的方向。

東師成立「兒童文學研究所」，您的看法及對研究所的建議爲何？

東師成立全國第一個「兒童文學研究所」，我們非常樂觀其成。我們希望這個研究所，有遠大的目標，有充實的設備，有現代化的課程設計，更有堅强的師資內容，是一個眞正的台灣兒童文學研究所，不僅要有世界性的眼光與視野，更要有本土性的紮根與開拓。不論是在創作、翻譯、評論及研究上，都要建立有台灣兒童文學的特色，這樣才會有光明的遠景，也唯有這樣，才會令我們有更遠大的期許，且讓我們拭目以待。

* * * * *

最後，趙院長提到無論是兩岸或者是國際性的學術交流，都有其正面的意義，但交流必須建立在平等的基礎上，因為我們也有我們的優點，我們要有自信才好。一九九九年，國內八大兒童文學團體要在台北共同舉辦「亞洲兒童文學會議」，這正是我們表現自己實力的最佳時機，希望政府能主動的支持配合，以定事功，讓國際社會肯定我們在兒童文學的研究上所做的努力。

像這樣一位時時在注意、刻刻在關心兒童文學現況、脈動及未來走向的指導者，他的風範與前瞻，將會獲得我們從事兒童文學的人永遠尊敬和遵循的好榜樣。

參考資料

兒童詩的創作與教學　趙天儀策劃　金文圖書公司　七十三年六月
小麻雀的遊戲　趙天儀著　欣大出版社　七十三年十月
如何寫好童詩　趙天儀著　欣大出版社　七十四年七月
大家來寫童詩　趙天儀著　欣大出版社　七十四年七月
兒童詩初探　趙天儀著　富春文化事業股份有限公司　八十一年十月

附錄

一、兒童文學活動年表

一九三五年九月十日
・生於台中市。
一九六四年三月三日
・與詹冰、吳瀛濤、桓夫、林亨泰、錦連、白萩、杜國清等發起成立「笠」詩社。
一九七四年
・台大哲學系事件。
一九七年六月
・進入國立編譯館當編纂。
一九七七年五月
・《小毛虫》，笠詩社出版。

一九九三年

- 任靜宜大學中文系教授。
- 兒童文學專業研究室主任、文學院院長。
- 台灣省兒童文學協會第三、四屆理事長。

一九九七年十一月

- 舉辦第二屆兒童文學與兒童語言的學術研討會。

一九九八年五月

- 舉辦第一屆兒童文學國際會議。

二、著作目錄（兒童書部分）

書名	出版者	出版年月
變色鳥	信誼基金會	一九七八年
時鐘之歌	牧童出版社	一九七九年一月
漢聲童詩百首	漢聲語文中心	一九八三年六月

小麻雀的遊戲（童詩集）	欣大出版社	一九八四年
兒童詩的創作與教學	金文圖書公司	一九八四年六月
如何寫好童詩（編著）	欣大出版社	一九八五年七月
大家來寫童詩（編著）	欣大出版社	一九八五年七月
快樂小作家	正中書局	一九九二年
兒童詩初探	富春文化公司	一九九二年十月
我喜歡的童詩	欣大出版社	一九九二年十一月
童詩萬花筒（編著）	民聖文化公司	一九九五年六月
兒童文學與美感教育	富春文化公司	一九九八年十二月

三、報導與評論彙編

(一)報導部分

我的爸爸趙天儀　趙育靖　笠詩刊一三九期　民國七十六年六月　頁八十二～八十三

趙天儀擔任靜宜大學文學院院長　高惠琳　文訊一一九期　民國八十四年　頁六十五
趙天儀永遠和子女站在一起　湯芝萱　中央月刊文訊別冊　四卷一四四期　民國八十六年十月　頁六十三～六十四
趙天儀——憂心兒童無法親近文學　楊錦郁　聯合報三十七版　民國八十八年五月十二日
只要有一滴露珠，我就微笑——童心未泯的小草詩人：趙天儀　何鳳娥　台灣文藝（新生版）一六八～一六九　民國八十八年六月　頁四十三～四十八

(二)評論部分

小麻雀的遊戲：表現動物生態的詩　趙天儀　快樂兒童詩刊七期　民國七十二年二月二十日
趙天儀著：小麻雀的遊戲　林鍾隆　中華日報九版　民國七十三年十一月十二日
童詩的欣賞與批評　林明美　笠詩刊　民國七十三年十二月十五日　頁七十八～八十一
詩國之王不轄民：我讀《小麻雀的遊戲》　旅人　文學界二十八期　民國七十七年　頁二二三～二三一

期待一份嚴謹的兒童詩書目——簡評趙天儀〈兒童詩書目初編〉　黃英　當代文學史料研究叢刊三期　民國七十七年十月　頁二四九～二五五

在未來，兒童的創作可能會愈來愈受到讀者群的重視和青睞。因而兒童的兒童文學小作家輩出，如雨後春筍，到處新意盎然，嫩綠鮮美……

——黃基博

☞黃基博

兒童詩教學的拓荒者——

黃基博專訪

訪問者：蘇愛琳
執筆者：蘇愛琳

他是一個辛勤的園丁，在兒童文學這塊園地默默耕耘了四十多年。

黃基博老師自屏東師範普通科畢業之時，台灣兒童文學正充斥著翻譯的外國童話。黃老師認為只有創作，才能貼近台灣兒童的生活，美化他們的心靈，於是他以「做兒童心靈的工程師」自許，開始了他的童話創作。一九五四年（民國四十三年）他在《國語日報》發表了第一篇童話作品〈可憐的小鳥〉，之後便寫作不輟，在一九六七年（民國五十六年）四月四日出版了他的第一本兒童文學作品《黃基博童話》。

大陸童話作家洪汛濤先生在《台灣兒童文學》一書中提到黃基博老師的作品很有孩子氣，在孩子中間通得過，受到孩子的喜愛。而黃基博老師的童話有個很大的特點：

大都是寫孩子的心靈。如果童話要分門別類，黃基博老師的童話似可稱之「心理童話」。

除了童話，黃基博老師也寫童詩、散文、劇本和生活故事，他的作品曾獲無數的兒童文學獎。除了創作之外，黃基博老師也致力於教學研究，指導兒童文學創作，教孩子寫詩。

集榮耀於一身的黃基博老師，曾任教於屏東縣仙吉國小現已退休。他為仙吉國小校歌譜曲，創作了「仙吉兒童進行曲」、「早會歌」、「畢業歌」等動人的曲子；也成立文藝教室，指導「木瓜兒童劇團」的演出。由於他在兒童文學上的卓越成就，使仙吉國小成為南台灣兒童文學的搖籃。而他指導學生創作的詩作，也被選入國小課本當作範文，這是他最感光榮的事。

黃基博老師將一生的精華歲月奉獻給孩子，他不但是兒童文學的拓荒者，更是第一位推動兒童寫詩的人。他就像個小太陽，散發出溫暖的光芒，使孩子的心靈在他的庇護之下，得以茁壯成長。

* * * * *

——在兒童文學這塊園地，老師已耕耘了四十多年，能否談談您創作的心路歷程？

從事國教工作第二年起，我愛上了兒童文學。因爲純眞可愛的小朋友常圍繞著我，要我講故事給他們聽。講些什麼？古老的，人云亦云的故事，他們會喜歡嗎？爲什麼不給他們新鮮的故事呢？於是爲了滿足他們的需求和快樂，我開始了我的寫作生涯——創作童話。早期的作品多在《幼苗》月刊、《國語日報》、《小學生》半月刊及《正聲兒童》月刊發表。作品累積多了，便於一九六七年（民國五十六年）四月四日出版了第一本我的兒童文學作品《黃基博童話》。我把書寄給兩位作家指正，獲得了佳評。林鍾隆先生說：「黃基博的童話，有一種幽林清泉似的柔和，優美的韻調。他將生活變成了童話，童話變成了生活。」林桐先生說：「黃基博的童話像詩一樣美，情意豐富。」

除了童話，我也寫些生活故事和童詩。兒童文學作家馮輝岳先生對我寫的童詩，作了如下的評語：「黃基博是最善於準確地捕捉童心的作者。他的詩很可取的一點是注重情意美。」

之後我又陸續出版了好幾本兒童文學創作集。童詩方面有《媽媽的心》、《看不見的樹》、《時光倒流》、《黃基博童年史》；童話方面則有《玉梅的心》、《兩顆紅心》。這些書中，《媽媽的心》榮獲第一屆「洪建全兒童文學創作獎」詩歌類第一名。《兩顆紅心》獲「行政院新聞局六十九年度兒童圖書類金鼎獎」。

最近幾年來，我對兒童劇如癡如狂。自編、自導和自彈。在每年的全縣兒童劇展中，深獲上級的佳評。我們已經演了十部戲，並且製成了錄影帶。我寫的劇本中，《林秀珍的心》榮獲「高雄市文藝獎戲劇類」首獎；《花和蝴蝶》和《大樹的故事》分獲「省教育廳學辦的兒童劇本創作」第二名及優等獎；《森林裡的故事》、《花神》得到「屏東縣兒童劇本創作」第一名；《公德心放假》得到「高雄市兒童文學創作柔蘭獎」劇本第一名。能夠獲得這些殊榮，感到非常欣慰。無形中的鼓勵，使我更想繼續寫出更多更好的劇本，寓教於戲，來美化兒童的心靈，也充實我的人生。

我們知道黃老師的作品很多，有童詩、童話、劇本等，也得了很多獎，同時您也寫書來指導孩子寫作，對您而言，創作與教學兩者之間的關係為何？

我喜歡教學，在教學中會使我獲得許多創作的靈感。學生純美的一顰一笑，像詩般燦爛，一言一行閃爍著智慧的光芒，常常激起我寫作童話的興趣。上了作文課，或批改了學生的作文後，常會使我發現新的寫作技巧和方法。我的每一本指導兒童作文的書，都是經驗的累積所完成的。教自然科的老師請假，我去代課，每上完一個單元，總覺得可以把課文的內容變成童話故事。教完了國語課文的短劇或故事，我的腦中就會浮出另外一個故事，我就有創作劇本的欲望。詩歌、音樂和美勞科的教學，每每使我感覺心中有好幾首童詩在醞釀，發酵，將變成詩的芳香。

可以說：教學是我創作的泉源。

——黃老師曾獲第一屆「洪建全兒童文學創作獎」詩歌組第一名，對早期童詩的創作有很大的貢獻，是怎樣的因緣使您走入童詩創作的天地呢？

我愛詩，總覺得我們的現實生活裡，沒有詩和沒有音樂、圖畫、小說一樣的無味。詩像一個美麗多情的少女，在向我凝眸微笑，我爲之心神蕩漾，快樂迷醉。詩是一種很美很美的文學作品，也像美術和音樂一樣，能陶冶我們的心靈，使我們的心靈變得優美。

有些從事兒童讀物寫作的大人，很喜歡寫兒童詩。在美國、英國和日本，就有很多成名的老作家在寫兒童詩，造福可愛的小讀者們。

大人寫兒童詩的目的，除了供兒童欣賞之外，最重要的，不外是一種示範作用。不但要讓小朋友在讀了之後，作爲模仿、學習的參考，而且更要讓小朋友產生一種創作的欲望，希望他們也能寫出美麗、動人的詩來。

我想，只要具有一顆未泯的童心，熱愛兒童詩的大人，都能寫得很好的。我讀過王蓉子、楊喚、林鍾隆、曾妙容、馮俊明、林桐、林煥彰、林武憲、黃雙春、趙天儀、王萬淸、孟谷、沙靈……等大人們的「兒童詩」及「童話詩」。每首都是詩情馥郁、想像奇美的作品，令人無限讚賞、百讀不厭。

我實際指導過小朋友寫過很多詩，但是自己的作品並不多。我一方面覺得教學上有寫給孩子們參考的必要，一方面受到那幾位熱情可感的「兒童詩」大人作者的影響，也嘗試寫寫「兒童詩」。寫「兒童詩」變成了我從事兒童文學工作的重要一環了。

——您是從什麼時候開始兒童詩的教學呢？

我覺得詩是很美的東西，它能陶冶美化兒童的心靈；又發現詩畫相通的道理，於是在指導兒童寫作上，有了新的構想。於民國五十八學年度起，開始指導兒童寫詩，對兒童施予一種高尚的情操教育。我先後出版了三本專著：《怎樣指導兒童詩》、《詩的誕生》和《含苞的詩蕾》，在兒童詩的教學上盡了棉薄之力。

——身處南部，與北部的兒童文學活動可能有距離上的隔閡，不知這對黃老師的創作與教學有何利弊？

北部許多兒童文學活動，我連一次都沒參加過，我是不喜歡拋頭露面的人。有關新的資訊，也少見聞，我變成了井中之蛙。

大陸許多文學獎應徵的消息，也無法得知，未能參加角逐，失去許多磨練的機會。看到北部好多位文友在大陸得了獎，自己就感到癢癢的，產生莫須有的愁苦：爲什麼不快點爭取一、二個獎呢？

但是我又想：不要與人爭吧！別人是月華，你就當螢火蟲吧！有獎無獎又何妨？不要爲了「獎」而寫作，應該爲「寫作」而寫作啊！繼續耕耘你自己的園地吧！終會有人記得：你曾努力過。

在年輕時，我很在乎「獎」，我總覺得不會得過獎的人，作品常會被別人「欺負」。投稿，編輯先生不知有沒有看，就立刻把它退還給你。好氣憤喔！

——黃老師爲了革除傳統作文教學的積弊而創設了「圖解作文教學法」，能否再談談這個教學法的生成背景和特點？還有，在引導教學的過程中，您覺得最困難的是

什麼？

在三十多年以前，小學老師很普遍的現象，都視作文教學爲畏途。那時代，國小畢業生要念初中，必須參加入學考試。國語科加考作文，分數比例高，負責升學班級的老師，常選用坊間出版的作文參考書做爲教材，叫學生背誦書裡的範文，變成教學的一種捷徑，許多學生的想像力就遭到扼殺。

平時，很多老師在上作文課時，因爲不得要領，出個題目後，便規定學生第一段、第二段和最後一段要寫些什麼內容，因此學生們的文章，結構都是千篇一律的三段式，內容大同小異、乏善可陳。

我感到作文教學的重要性，於是不斷的研究、實驗，立志打破傳統，革新那種老舊的作文教學方法。好幾年的作文教學經驗累積，終於創制了「圖解作文教學法」。

賴慶雄先生在《圖解作文教學法》這本書的〈序〉中提到：

因爲在傳統作文的框架裡，學生和老師的關係，常常是嚴肅的、緊張的、呆板的。老師的指令，往往成爲學生習作的唯一航道。在這樣缺乏彈性的空間裡，學生的個性發展、聯想能力，也必然無法受到妥善的照顧，習作也就乏善可陳了。而實施「圖解作文教學法」，由於文章的立意、定體、選材、佈局、開頭、結尾，都是透過共同討論及依據個人生活經驗決定的，師生之間的互動關係，又是那樣的熱烈密切，學生筆下自然變化無窮、趣味橫生了。

在教學過程中，可以發現學生感到最困難的，是不知什麼是「中心思想」和如何來定「中心思想」。不過我就會用淺顯的比喻讓學生去體會「中心思想」是什麼；我也會舉出幾種不同的中心思想，讓學生去選擇寫作；接著我就讓學生發表自己選定的中心思想（主旨）。這個過程是學生感覺最困難的，但是我覺得它也是最重要的，因爲教學的成敗關鍵就在這裡。每個學生所定的中心思想不同，寫出的內容就有不同的味道、不同的表現了，學生在發表上遇到困難時，教師可以舉例來引導，提供學生參考，啓發他們應用。

——黃老師寫了許多的兒童劇本，哪一部是你最喜歡的？爲什麼？此外，是怎樣的靈感使您寫出像《林秀珍的心》這樣有意思的作品？

我寫過了十多本劇本，最喜歡的是最近寫的一本《大樹的故事》歌舞劇。它是一齣得過獎的劇本。

學校爲了演出，我必須自己作曲。我彈給學生聽，他們說好聽。音樂家劉美蓮教授也說：曲子新穎不落俗。據我所知，許多小朋友也都喜歡《大樹的故事》。

《林秀珍的心》的主角秀珍，是一個四年級可愛女生的化名。她常在我上課時，望向窗外的景物，不知在幻想什麼？她是個優等生，我不忍心責怪她。也許我所講的教學內容，她都已知道了吧？我何必强迫她認眞聽講呢？我是個不懂情趣的老師嗎？不過我必須改正她上課時心不在焉的習慣才好。

我便寫了一篇童話〈玉梅的心〉給她看。她覺得新奇而好玩，微笑地問我：「老師，您是不是在寫我呢？」

後來縣政府指定本校推展兒童戲劇。校長派我寫劇本，於是我就把〈玉梅的心〉改編成了《林秀珍的心》。

第一次寫劇本就得了第十屆「高雄市文藝獎戲劇類」首獎，獎金有新台幣貳拾萬圓整。使我對創作劇本的信心和興趣大增，陸續寫了十多本，有五、六本也得了其他獎。

——Bruno Bettelheim認爲，從古至今，養育孩子最重要而且最困難的是——如何去

幫助小孩尋找生命的意義，而童話是幫助父母完成這項工作最重要的文化教材。創作童話不遺餘力的您，認為童話最大的功能是什麼？

我曾經把「童話」比喻成一個純眞、善良、美麗的「小女孩」。她是喜歡「美術姊姊」和喜歡「塑像哥哥」的妹妹；他是富有甜美的「感情媽媽」和富於神奇的「幻想爸爸」的女兒；她是品格高尚的「道德祖父」和具有修養的「文學祖母」的孫女；她是愛說故事的「故事外祖母」和愛講笑話的「趣味外祖父」的外孫女。

我認為童話最大的功能就是道德的。孩子們讀了一篇或一本童話，將受到美妙的情境和故事主人翁高貴品格的陶冶，變成好孩子。

童話也是幻想的、趣味的。孩子們讀了以後，變得很愉快、很聰明，想像力更強，受到童話優美詞句的影響，寫作能力也增進了。

童話還有一種功能，它的主題影射人生的意義。將使孩子懂得過進取、奮鬥的人生。

——請黃老師談談您指導兒童寫作及編印校刊的情形。

四十幾年來，不管在課餘或假日，我常鼓勵本校愛好寫作的小朋友們閱讀課外書，練習寫作和投稿。因此，小朋友們的作品，常在報章、雜誌發表。我總是不厭其煩地把那些登出來的作品，一篇篇地剪貼成册，題名爲《仙吉兒童投稿刊登作品集》。目前已經有二十多册，作品共有三千多篇，存放在本校「兒童文藝資料室」裡。

本校有好多位小作家、小詩人，他們曾參加全縣性、全國性的兒童作文或寫詩比賽，得過很優秀的成績。爲學校爭取了很多的光榮。更值得一提的是本校學生的《兒童詩畫》，由將軍出版社出版，榮獲行政院「新聞局六十六年度兒童讀物金鼎獎」。我常想：教育的樂趣莫過於看到自己的學生有所成就了。

「仙吉兒童作文眞棒！」「仙吉地靈人傑，小作家、小詩人層出不窮。」我常聽到外校老師對本校小朋友的讚美詞，內心就有一種說不出的欣慰。本校於民國五十四年九月一日起，被縣政府指定爲全縣作文教學的示範國小；民國五十六年九月一日起，又被省政府教育廳指定爲低年級提早寫作的示範國小；每年，師院學生都組團到學校參觀「作文教學」、「童詩教學」及聆聽「兒童文學專題報告」。這些事跡，在我們的校史上，都是光輝燦爛的一頁。

在我的教學生活當中，對作文及兒童詩教學特別努力，也略有心得。創新的「圖解作文教學法」，受到屏東縣政府教育局督學先生們的重視，指定本校把它的內容製成幻燈片，在民國五十七學年度台灣區國民教育輔導工作檢討會中，擔任成果報告，結果得了第一名，榮獲省教育廳的獎勵。它的創意，也深獲中國語文學會的激賞，頒贈第四屆中國語文獎章給我。我又寫了好幾本有關指導兒童寫作的書：《兒童寫作技巧百招》、《低年級作文指導》、《我教你修辭》等。

我又負起主編校刊的任務。我們的校刊是民國四十八年十月創刊。常常為了選稿、批改、插圖、編輯、付印、校正、出版的事，不知花了多少血汗，但忙中有樂，把辛苦全忘了。現在校刊已經出版了好幾本兒童的文學創作集：《開心果》、《猜猜我是誰》、《圖象詩》、《童話日記》、《童話信》、《兒歌大家唱》、和《花和草》等。每想到這樣豐碩的收穫，就令我無限的歡喜。

——請問黃老師對未來兒童文學的發展有何期許？

未來的兒童文學走向，可能發展成科幻的兒童文學。書刊讀物漸漸被淘汰，作品都在網路上見。

而大家過於忙碌，也許無閒暇作閱讀的工作，所以迷你型的各類作品會紛紛出籠。

兒童文學的範圍很廣，新新人類只會一味的寫童話、兒歌、童詩和小說嗎？我想其他的文體也會寫得津津有味。尤其是兒童的創作，可能會受到廣大讀者羣的重視和青睞。因而兒童的兒童文學小作家輩出，如雨後春筍，到處新意盎然，嫩綠鮮美。

——這些是我的想法，也是期許。

——最後想請問老師，台東師院成立了全國第一所「兒童文學研究所」，不知道您對這所研究所，有什麽建議？

要成爲兒童文學研究所的學生，談何容易？老一輩的人總有生不逢時的感嘆。要跟年輕輩的你們拚，考上研究所是比登天還難的事。

我有一個構想：招取一班「非學歷研究生」，讓有志一同的老學生齊聚一堂學習，學成只發給結業證書即可，不必授予學位。讓熱愛兒童文學的老兵們，圖個奢侈的美夢。

* * * * *

從一開始打電話給黃基博老師，希望能訪問他，到想問題大綱、完成報告的整個

過程，黃老師給我的感覺就是很「真」，非常熱誠、親切，提供我許多資料，送我書以供參考；此報告得以順利完成，實在非常感謝黃老師的諸多幫忙。雖然報告已經完成，但展現的只是黃老師在兒童文學這片園地所耕耘的一部分而已，他為兒童文學所付出的心力並不是這篇小小的報告所能道盡的。在此也祝福黃老師在教學和創作上一切順心如意。

參考資料

爲兒童織夢的人，兒童詩的拓荒者——黃基博　莊秀美　國語日報六版　一九九一年十月十二日

他默默地奉獻著——兒童文學作家黃基博　千葉　國語日報兒童文學版　一九九三年八月一日

圖解作文教學法　黃基博　國語日報　一九九五年五月

台灣兒童文學裡的清泉——黃基博老師　楊美秋　一九九五年五月三十日

大樹的故事。仙吉國小，生日快樂！　陳惠萍　屏東縣：屏東縣仙吉國小　一九九六年

附錄

一、兒童文學活動年表

一九六九年

‧《圖解作文教學法》榮獲省教育廳頒發教材教法優良獎及中國語文學會頒贈第四屆中國語文獎章。

一九七五年

‧《媽媽的心》榮獲第一屆洪建全兒童文學創作詩歌類第一名。

一九九〇年

‧《兩顆紅心》獲行政院新聞局六十九年度兒童圖書類金鼎獎。

一九八七年

‧《森林裡的故事》榮獲台灣省優良兒童舞台劇劇本創作獎佳作。

一九八七年

•《林秀珍的心》（歌舞劇）榮獲省教育廳兒童劇本創作優等獎，及高雄市第十屆文藝獎戲劇類首獎。

一九八九年

•《公德心放假》（歌舞劇）獲第八屆兒童文學創作柔蘭獎劇本創作首獎。

一九九四年

•《低年級作文指導（上下）》榮獲台灣省獎勵教育人員研究著作國小組甲等獎。

一九九五年

•《含苞的詩蕾（上下）》榮獲台灣省獎勵教育人員研究著作國小組優等獎。

一九九六年

•《大樹的故事》（歌舞劇）榮獲台灣省八十六年度優良兒童舞台劇劇本創作獎佳作。

一九九六年

•《跟童話交朋友（上下）》榮獲台灣獎勵教育人員研究著作國小組優等獎。

二、著作目錄（兒童書部分）

書名	出版者	出版年月
孩子們與我（與柯文仁先生合著）	造型美術研究所出版	一九五九年
永遠的回憶	幼苗月刊社	一九六二年
別	幼苗月刊社	一九六三年
回憶之窗	仙吉國小	一九六四年
作文的樹（十五册，五十三年到六十一年之間出版）	仙吉國小	一九六四年
我教你作文	幼苗月刊社	一九六六年
黃基博童話	幼苗月刊社	一九六七年
玉梅的心	國語日報	一九六八年
圖解作文教學法	太陽城出版社	一九六九年
兒童提早寫作方法	太陽城出版社	一九七二年
怎樣指導兒童寫詩	太陽城出版社	一九七二年
媽媽的心	書評書目	一九七五年
兒童詩畫選（下）	將軍出版社	一九七五年十月

我教你修辭	太陽城出版社	一九七六年
看不見的樹（童詩集）	太陽城出版社	一九七六年
童話世界	將軍出版社	一九七七年
仙吉兒童（八冊）（民國六十六年到六十九年之間出版）	仙吉國小	一九七七年
兩顆紅心（童話集）	成文出版社	一九七九年
黃基博童年詩	太陽城出版社	一九八一年
時光倒流（童詩集）	太陽城出版社	一九八三年
圖象詩	太陽城出版社	一九八四年
小黃鶯	水牛出版社	一九八四年
仙吉兒童文學（六冊）（民國七十三年到七十五年間出版）	仙吉國小	一九八四年
仙吉國小特色	仙吉國小	一九八五年
猜猜我是誰	仙吉國小	一九八五年
童話日記	仙吉國小	一九八五年

童話信	仙吉國小	一九八六年
森林裡的故事（歌舞劇，曾次朗先生作曲）	仙吉國小	一九八七年
林秀珍的心（歌舞劇）	台灣書店	一九八七年
詩的誕生	仙吉國小	一九八七年
兒歌大家唱	仙吉國小	一九八七年
開心果	仙吉國小	一九八七年
花神（歌舞劇）	省教育廳	一九八八年
公德心放假	葦軒出版社	一九八八年
兩朵雲	仙吉國小	一九八八年
小黃鶯（歌舞劇，林道生先生作曲）	仙吉國小	一九八九年
公德心放假（歌舞劇，曾次朗先生作曲）	仙吉國小	一九八九年
大肚魚的故事（歌舞劇，曾次朗先生作曲）	仙吉國小	一九九〇年
花和草	仙吉國小	一九九〇年
詩寶寶誕生了（歌舞劇，作者作曲）	葦軒出版社	一九九一年
小學作文教學劇本㈠	葦軒出版社	一九九一年

不褪色的母愛	仙吉國小	一九九一年
書香滿校園	仙吉國小	一九九一年
紅色的新年	仙吉國小	一九九一年
兩個我	仙吉國小	一九九一年
小熊逃學記	葦軒出版社	一九九二年
小記者訪問記	仙吉國小	一九九二年
綠野遊蹤	仙吉國小出版	一九九二年
兒童劇本創作集	屏東縣立文化中心	一九九三年
森林裡的風波	葦軒出版社	一九九三年
我愛謎語	仙吉國小	一九九三年
紅紅姑娘	水牛出版社	一九九三年
低年級作文指導（上下）	國語日報	一九九四年
兒童寫作技巧百招（上下）	國語日報	一九九四年
蝴蝶和花兒	高雄縣立文化中心	一九九四年
童年生活如戲	仙吉國小	一九九四年

仙吉兒童詩畫集	仙吉國小	一九九四年
一個祕密的地方（低年級歌舞劇）	葦軒出版社	一九九五年
含苞的詩蕾（上下）	國語日報	一九九五年
童戲鑼聲響不停	仙吉國小	一九九五年
仙鄉吉土花開	仙吉國小	一九九五年
新園鄉幼苗	新園鄉公所	一九九五年
大樹的故事（歌舞劇）	葦軒出版社	一九九六年
跟童話交朋友（上下）	國語日報	一九九六年
母親花（兒童詩集）	仙吉國小	一九九六年
仙吉國小，生日快樂！	仙吉國小	一九九六年
大樹的故事（歌舞劇）	高雄縣立文化中心	一九九七年
校長再見	仙吉國小	一九九七年
我愛新園鄉	仙吉國小	一九九七年
我說你來猜	仙吉國小	一九九八年
文章和圖畫的婚禮	仙吉國小	一九九八年

兩個我	百盛文化出版社	一九九八年
老師與我同年紀	百盛文化出版社	二〇〇〇年
小學生作文教學活動設計	螢火蟲出版社	二〇〇一年
兒童日記分類指導	螢火蟲出版社	二〇〇一年

三、報導與評論彙編

㈠報導部分

斗笠老師　曾妙容　國語日報　兒童文學版　民國六十一年十一月

兒童詩的產生　徐守濤　兒童詩論　民國六十八年一月　頁二十七～二十八。

黃基博開創兒童詩路雖難走卻有結果　陳淑玲　屏東週刊第六期　民國七十一年八月二十七日　頁十六～十八。

推廣兒童文學・啓迪學子心靈——屏東縣仙吉國小黃基博老師創造兒童文壇　編輯小組　杏壇芬芳錄第六輯　民國七十三年九月二十八日　頁八～一五。

黃基博營造情意的美　林煥彰　東師語文學刊第四期　民國八十年二月　頁二七四～二七六。

自傳　黃基博　中國當代兒童文學作家小傳／湖南少年出版社　民國八十一年　頁二七一～二七四

台灣兒童詩教學的拓荒者黃基博　黃基博　兒童文學家第八期　民國八十一年十月　頁四～五。

黃基博的一顆童心　潘柏麟　聯合報第十七版　民國八十五年三月一日

斗笠老師　淨光　國語日報第六版　民國八十五年八月二日

(二)評論部分

黃基博的童話　林鍾隆　國語日報少年版　民國五十六年

兒童詩　林鍾隆　國語日報國民教育版　民國六十二年

評《玉梅的心》　林鍾隆　國語日報兒童文學版　民國六十二年

推介「兒童提早寫作方法」　張惠瑩　國教天地　民國六十二年

「怎樣指導兒童寫詩」讀後感　傅林統　國語日報國民教育版　民國六十二年

實用的「兒童提早寫作方法」　馮俊明　國語日報國民教育版　民國六十二年四月三

日

評「花神」　曾門　國語日報兒童文學版　民國六十三年一月二十日

評「媽媽的心、春」　邱阿塗　國語日報第三版　民國六十四年九月二十一日

兒童詩的創作境界　趙天儀　文壇一九〇期　民國六十五年四月

「太陽」與「天空」——評《兒童詩畫選》（下冊）　小雲　國語日報第三版　民國六十五年一月十一日

析評「看不見的樹」　藍啓育　國語日報第三版　民國六十六年十月二十三日

詩教育的重要　林鍾隆　國語日報國民教育版　民國六十六年十月二十五日

一本指導兒童寫詩的書（上）　馮輝岳　青年戰士報第十版　民國六十八年八月二十三日

一本指導兒童寫詩的書（下）　馮輝岳　青年戰士報第十版　民國六十八年八月二十五日

自然與生活融合的表現——評黃基博兒童詩集《看不見的樹》　趙天儀　民國七十年五月十五日

媽媽的心情——表現矛盾的親情　趙天儀　快樂兒童第七期　民國七十二年七月三十一日

捕捉童心——評介「時光倒流」　馮輝岳　中央日報晨鐘版　民國七十二年八月十日
「時光倒流」簡介　林鍾隆　月光光雜誌　民國七十二年九月一日
林煥彰ｖｓ黃基博——談黃基博的童話〈大小劉阿財〉　林煥彰　兒童文學家第八期　民國八十一年十月　頁十～十三
評介「大小劉阿財」　曾信雄　兒童文學家第八期　民國八十一年十月　頁九
敲開小朋友寫作的心扉——讀黃基博《低年級作文指導》　張春榮　文訊一三四期　民國八十五年十二月　頁一八～一九
兒童詩的創作方法——評《兒童詩畫選》（下册）　趙天儀　國語日報

我認為「寓意」是一篇好的兒童文學作品應該具有的必備條件。這個寓意要留在字裡行間，讓小讀者在閱讀之後，自行去揣摩……

——徐正平

☞徐正平

徐正平專訪

——兒童讀物寫作研習班的催生人——

地點：中壢市新街國小
日期：一九九九年三月五日
時間：早上十點～十二點
訪問者：彭桂香
執筆者：彭桂香

談起台灣的兒童文學發展過程，在五〇年代起步的時期，「徐正平」這名字是大家所熟悉的。當時他以二十出頭的年輕生命和赤忱，投入兒童文學的創作園地，在這塊園地裡留下了鮮明的腳印。

徐正平從五〇年代起，就經常在《國語日報》兒童版、少年版發表童話、散文、生活故事等。他的第一本書是《千字童話》，一九六二年由「東方文藝出版社」出版。一九六六年由「永安出版社」出版了《鱷魚潭》，也是童話集。一九七二年又由「青文出版社」出版《泡泡兒飄了》一書；翌年又由「國語日報」出版《大熊和桃花泉》，收納了過去動物童話出色的作品，保有由活潑小動物演出趣味濃厚、正邪分明、深富寓意的故事。

一九七九年由「成文出版社」出版的《小白沙遊記》，是部融合科學與文學為一體的「科學童話」，有著「寓科教於文學」的風格。書中以表現科學精神為主，故事內容縱使有豐富的想像，也是以科學為依據，不超出科學的原理、原則，這本書使作者在科學童話的特殊領域裡，有了早期開拓的地位，這是他當時令人矚目的成就，這部作品同時也使得作者在一九八一年（民國七十年）獲得金鼎獎的榮耀。

綜觀徐正平的每一篇童話創作，都朝著作者預設的目標——教育的、道德的、科學的寓言去發展，這種趨向也正代表著六〇年代兒童文學的思想主流。

另外，很多人知道陳梅生是兒童讀物寫作研習班的創辦人，但卻不知道徐正平同時也是使陳梅生的願望得以實現的「催生者」，這也是徐正平在台灣兒童文學史上發揮影響力，占有重要地位的原因之一。

該班的成立可以說圓了陳梅生當年「培養兒童讀物寫繪人才」的理想，而徐正平則是機緣湊巧促成這樁富有意義的寫作人才培育計畫。

＊　＊　＊　＊　＊

——首先請校長談談：在什麼情況下開始接觸兒童文學，並從事創作，一路創作的經歷如何？

我於一九五五年（民國四十四年）八月一日竹師畢業後，便被分派到桃園縣新屋鄉新屋國小任教，當時我擔任三個高年級班級的國語科教學，教學科目包括讀書、作文、說話，教學之餘除了教科書之外，還希望能為小朋友找到一些適合閱讀的課外書籍，可惜能尋獲的非常少。所能找到的只有《國語日報》，大部分學校皆有訂購，以及由台灣省教育廳編寫、台灣書店出版的《小學生》雜誌。那時候每個班級都有這些書，小朋友的語文教育性課外讀物大概也只有這些，除此之外，外面書坊很少出版適合學生閱讀的書籍，舉目所見皆是以實用參考書為主，故事性的讀物絕少。即使能找到，也只有從外國（例如日本）翻譯過來不合國情的書籍，再者是由中國古代文言文改寫的白話文作品，例如《二十四孝》等不合時宜的故事。

所以，我覺得國內急需一套符合當時兒童生活需要的讀物，所以開始著手把學童生活環境教育需要的東西，運用自己的想法進行寫作，這是創作的第一個動機。

第二個創作動機，是我的孩子剛進小學，喜歡聽故事，所以常常講故事給他聽，說完之後便把故事記下來，日積月累下來，有了一些作品，也想給別的孩子聽，所以開始向外發表作品。剛開始創作的時候，大家可以發表的地方很有限，唯有《國語日報》七百字和三百字故事園地可供發表。一般出版社很少採用創作的兒童文學文稿，大多仍用翻譯的稿子，當時的《小學生》雜誌，原本登的大部分是知識性的文章，後來漸漸有了兒童文學的作品，以童話居多。那時還不見童詩，童詩的發展要等到一九五七年（民國四十六年）之後。

從整體環境來看，當時台灣從事兒童文學創作的人不多，個人作品發表出來之後，對全省其他同樣有興趣創作的老師產生了鼓勵的作用。以上諸般原因，使得個人開始繼續爲小朋友寫喜歡的童話，後來集結成冊出版。

——校長被兒童文學界人士稱爲板橋教師研習會「兒童讀物寫作研習班的催生人」，可否請校長說明這段事情的緣由和經過？

一九七一年（民國六十年）三月，我參加板橋教師研習會一百三十一期的自然科研習受訓期間，與當時研習會陳梅生主任有一席談話，陳主任找我去辦公室面對面的談，並拿了兩本從美國兒童讀物翻譯過來的《數學小叢書》和《科學小叢書》，我看了覺得裡面的文字很生硬，不符合學生興趣、需求，內容也不合國情。陳主任希望我能重新改寫，我向主任表示，目前我們需要更多更多的兒童讀物，光是改寫兩本書沒有什麼效用，所以我建議主任把當時從事國小教育工作，而且文筆好、擅長兒童文學創作的老師，一起調訓到板橋教師研習會，提供一個深入的兒童文學課程訓練。經過研習，大家有了一致的方向和共同的觀念，回去之後繼續散播種子、繼續耕耘，想必更有所裨益。陳主任聽了很高興，表示他多年以前即有同樣的構想，我們的見解可說是不謀而合。

接著，陳主任馬上拿起桌邊的電話聯絡台灣省教育廳第四科，當時科長馬上答應。行政系統答應了，事情差不多就成了。第二通電話是找「國語日報社」的林良先生協助設計兒童文學研習課程。

陳主任接著要我開份名單給他，我隨即寫了信給北部的顏炳耀老師，中部的鄭仰貴老師，南部的黃基博老師，希望他們提供名單、資料。同時我從《國語日報》及教育雜誌內，蒐集經常發表作品的小學老師的名字，加上素有往返的文友的名字，整理出一份名單，計六十五人，分成兩期調訓。在一九七一年（民國六十年）第一百三十六期開辦「兒童讀物寫作研習班」第一期，第二期也在數個月後繼續舉辦。研習班總共開辦了十二期，為台灣兒童文學界培養了不少人才。

——第一期兒童讀物寫作研習班的參加人員有哪些？課程安排、講授者以及學員概況如何？這些學員結業後，是否仍繼續從事創作？

這可以分幾個部分來談：

㈠課程和講授者

兒童讀物寫作研習班課程的內容與教授的聘請，是由林海音、潘人木、趙友培、林良、徐增淵、毛順生、曾謀賢、傅林統這幾位先生，跟陳主任開了兩次課程設計會議才決定的。課程有一般課程和專業課程。分為三個單元；

1.寫作技巧的理論介紹：邀請知名作家教授，例如：林良、林煥彰、洪炎秋、潘人木等教授，把有關兒童文學的寫作技巧理論做很有系統的介紹和研習。

2.名著的閱讀及評鑑：要求所有參加研習的成員，在第一週看完一百本有關兒童文學的書。當時書的來源是「國語日報社」出版的外國翻譯作品，閱讀完畢寫一百篇心得。

3.習作練習：分成四組，有少年小說組、童話組、散文組、童詩組，按照研習課程心得去創作，經過教授批改評審後，印成專輯。

這三個課程單元注重理論和評鑑、習作的配合，這樣的課程安排是很理想、實際的。

另外，陳主任還爲大家約請了名作家、名教授、編輯工作者和各級官員來講課，像謝冰瑩、吳鼎（兒童文學概要）、趙友培（兒童讀物創作構成因素分析評鑑、習作指導）、林良（兒童語彙研究、寫作技巧研究評鑑、習作指導）、何容（字辭的選擇）、潘人木（兒童讀物人物描寫研究評鑑、習作指導）、林海音（兒童讀物寫作比較研究評鑑、習作指導）、楊思諶（作品評鑑、習作指導）、馬景賢（習作指導）、畢璞、陳紀瀅、尹雪曼、華霞菱、潘琦君、蘇尚耀、舒吉（一般寫作以及兒童讀物寫作經驗談），還有徐增淵、毛順生兩位先生講授兒童讀物研究，曾謀賢先生講授的插圖研究，其他的教授有葉楚生、陳漢強、謝東閔、薛光祖、王大任等。

㈡學員概況

參加研習會的學員陣容也不弱，其中有速記發明家（陳宗顯）、美術教育家（張錦樹）、教科書編審委員（蔡雅琳）、青文出版社和《好學生》雜誌的總編輯（顏炳耀）、教育雜誌和桃園週刊的編輯（曾信雄）、詩人（葉日松、藍祥雲）、小說家（曾門、張彥勳），還有北部六縣市的論文冠軍（連照雄），得過二十六個獎的黃淑惠，寫廣播劇的楊素絹等等，可說個個都有一雙能寫、能編、能畫的手，其他的參加人員還有桃園縣傅林統校長、曾信雄校長、宜蘭縣邱阿塗、花蓮縣的黃郁文等等，約有三十幾人，現在仍是繼續在兒童文學界耕耘的知名作家，也都各有作品出版。

㈢分組、座談、書刊

上習作指導課分成四個小組，分別由林海音、潘人木、林良、楊思諶、趙友培（第一期）、馬景賢（第二期）指導，過程是「計畫寫作內容——教授指導參加意見——提出大綱——教授批示——作品起草——教授訂正——再寫作——反覆訂正及寫作——完成作品」。這種「寫了改、改了再寫、寫後再改、改後再寫」的方式，收效宏大。

第一期開辦結業之後，大家在結訓典禮上彼此有了一些共識：

第一、分頭進行整理當時教授講授的課程內容，投到報章、雜誌上發表，讓更多人能夠看到研習的內容，影響更多的老師。

第二、運用各種文體的研習心得，例如：童話、少年小說、散文、童詩等部分所得到的概念，回去從事新的創作發表，影響整個教育界及社會，更希望出版界能重視。

在此之前，出版社都不太願意出版兒童讀物，因為沒什麼利潤。之後一、兩年，研習回去的老師們陸陸續續在報刊上發表作品的很多，例如：《國語日報》和當時各師範學校輔導室所出的輔導刊物，《國教世紀》、《教學生活》、市北師的《國教》月刊、台北師範的《國民教育》月刊、《台灣教育輔導》月刊、《中國語文》月刊、《小學生》雜誌等。這些文字，獲得家長、出版界、文化界人士們的重視，慢慢地兒童文學的風氣就打開來，關鍵時間大約是在民國四十七、八年到五十幾年這段時間，前後約十年。

㈣後續影響

研習會在第一期的兒童讀物研習寫作班之後，陸陸續續的從各縣市選調了寫作老師、教授國語文的教師，一共開辦十二期，受訓的老師大概有四、五百名。這些老師分布在全省各地，包括台北市和高雄市，這股力量結合起來，影響很大。這要歸功於板橋研習會的籌畫推動，尤其是陳梅生主任功不可沒。

研習課程中還有一件事影響深遠，就是當時邀請了多家國內有名且重要的出版社——包括國語日報社、東方出版社、光復書局、青文出版社等——的老闆，一起參加研討會，希望建立共識，共同走出兒童文學的康莊大道。當時研討會的決議之一是大家要以創作爲主，決議之二是希望出版社能騰出一部分空間，使國人創作的作品流通在坊間。

另一個討論的議題，是如何使台灣兒童文學繼續發展下去。當時討論的結果也有兩點：第一是希望兒童讀物寫作研習班繼續辦下去，第二是希望參加過研習的各縣市老師，回去之後成為種子，運用這些經驗，在各縣市的寒、暑假，辦理短期兒童文學研習。

除此之外，當時還有「洪建全兒童文學基金會」的成立，負責推動這項工作。另外，《兒童月刊》也在那時期創刊，這是一本純粹兒童文學性質的雜誌，當時還行銷到美國，可惜的是當時社會不重視兒童文學，所以幾年後停刊了。雖然如此，《兒童月刊》畢竟保留了很多作家的寶貴文字。

此外，雲林縣的丁明根老師也花了很多時間，出版了以兒童文學為主的刊物，也停刊了。

更可貴的是屏東縣仙吉國小的黃基博老師，他對兒童文學的研究很深，尤其是兒童作文。他有一本書《我教你作文》很不錯，此外他也有其他有關兒童文學的出版、創作，對指導國小語文教學有很大的幫助。

桃園縣的林鍾隆老師已從中壢高中退休，他原本就是有名的作家，出版過很多成人讀物。他有一本《愉快的作文課》，影響很大，由「中國語文」出版。他也因精通日文，所以翻譯了許多日本童詩。尤其他創辦了兒童詩刊物，當時教育界上百位的老師跟他聯繫，從那時開始開啓了寫作童詩的風氣。風氣推動起來，受到各縣市的教育單位長官的重視，也因此辦理以兒童詩爲主題的研習和教學觀摩展覽，產生了影響力，兒童詩從此盛行。

——校長曾獲頒中國語文學會「第五屆中國語文獎章」，能否談談得獎原因和經過？

當時獲頒中國語文獎章時，我還在新屋國小任教。得獎條件是從事語文教育工作屆滿十六年，那時剛好距我一九五五年（民國四十四年）從新竹師範畢業剛好十六年，平常也喜歡發表自己的教學心得，所以就把自己平日的相關文章、作品整理出來，送到中國語文學會，很僥倖的得獎。在國立台灣師範大學頒獎，當時得獎的還有黃郁文校長、葉日松老師。

——校長的六本著作——《千字童話》、《鱷魚潭》、《泡泡兒飄了》、《大熊與桃花泉》、《小白沙遊記》、《兒童書信》等——被認爲相當具有教育意義，甚至有人將之歸類爲「六〇年代的教育童話」來進行研究。請問校長您個人對此稱號的看法？您從事創作時所抱持的態度和寫作觀點是如何？

當時寫作童話的教育意味比較重，現在即將進入二十一世紀了，想法已經不同。不過這是當時的特色，我們儘量從文字當中啟發兒童，這是我們寫教育童話的著眼點。創作前考慮文字口語化、生活化，但是這些使用的文字已和現在社會不同了，從中也可看出當時的社會背景及特色。

此外我也考慮配合國小教材和教育趨勢去寫，所以從字裡行間可以看出當時兒童學校生活的情形、狀況，譬如：運動會、教室裡上課實際狀況，還有生活上的其他的反應。那個時代重視知識的灌輸，但方法卻是填鴨和記憶背誦，在這樣的情況下，學生學到的其實是死的知識，不能活用知識。所以我想借重文學的力量，把知識融匯在作品裡面，使小朋友在閱讀之後，自然吸收知識。

而我之所以能寫「科學童話」，是因我除了對國小語文教育有研究的興趣之外，對自然科也有涉獵和研究的興趣，更曾經擔任桃園縣自然科輔導員，所以自然科當中的物理、化學、動植物、地球科學等學科的基本知識足夠，所以能運用本身既有的知識，結合小朋友的需要從事創作。

當時我的構想，是把自然現象的奧祕和兒童感興趣、生活常接觸的動、植物，以擬人化童話方式寫作，一個個單元地呈現。其中也曾經編了一套《兒童數學教室》，共八本，這套書的內容包括數學上的各種生硬死板的數字、原理原則、知識公式等，對於這些，我們希望兒童不僅僅知道結果而已，還希望他們知道產生這些結果的過程，所以當時設定一種編輯的方式，一是選擇用連環圖畫的方式去表現；第二是使用擬人化、故事化的文字，把數字過程按照當時數學課本單元的方式去編寫，吸引兒童的閱讀興趣。這也是當時寫童話的想法。

另外，我們寫童話時，喜歡用動物當故事的角色，以擬人化的方式去寫，譬如：豬是愚笨的，狐狸是狡猾的，兔子是安靜的……等等，按照一般人對動物的印象，並賦予各種動物不同的個性的方式，去編寫故事給小朋友閱讀，結果他們很喜歡，這是當時作品較多教育性，較少娛樂性的原因。以上可說是「教育童話」的由來。

總之，我希望小朋友閱讀過這些童話之後，對課程上的學習有幫助。

——校長認爲怎樣的兒童文學作品才算是好的作品？

我認爲「寓意」是一篇好的兒童文學作品應該具有的必備條件。這個寓意要留在字裡行間，它要表達的是「善」和「美」，但要避免用文字直接說教，讓小讀者在閱讀之後，自行去揣摩，這才可以多方啓發讀者，讓他回味無窮。寫作最忌在文末加上顯露的說教。池塘裡丟下一顆石頭，自然會起漣漪，這是好的兒童文學作品該有的條件。

另外，要在文章中製造「懸疑」，讓讀者去猜測故事的發展，有興趣繼續往下閱讀。此外情節要「曲折」，超乎別人的想像，避免平鋪直敘的流水帳。文字使用要口語化、生活化，避免艱澀的詞句，如果要使用偏僻的典故、成語，要在文章後面加註補充說明。最後一點是文章的修飾很重要，每一篇文章的段落要分明，每個語句的運用要恰當，標點符號要正確使用。

現代的兒童最需要怎樣的兒童讀物？

基本上，我們給兒童的讀物一定要是正面的，我們要在文字裡面强調善，對於惡的描寫點到即止，這種寫法很重要。就如小朋友看電影時，總要先問哪一個是好人？哪一個是壞人？確定了之後，他才慢慢去欣賞情節，喜歡看好人，不喜歡看到壞人，最後好人戰勝了壞人，小朋友就很高興。

其次，現在的兒童需要配合課程的兒童讀物，現在有多家出版社出版教科書，雖然都根據教育部頒訂的課程標準編寫，但實際內容水準不見得就高，所以現在的兒童特別需要與課程相關的課外讀物來補充課本的不足。

第三，社會不斷繁榮進步，民主法治落實之後，小朋友接觸面愈來愈廣，所以民主法治類的書籍非常重要。怎樣待人接物，怎樣在社會上實施民主，把社會帶向正面欣欣向榮的發展局面，都是我們必須教導兒童的。

第四，兒童正值身心發展快速、需要充實的階段，眼裡所見的都是新鮮的事物，但不見得有足夠的了解，所以如果能以他們的生活需求與經驗出發，編寫書籍解釋說明「食衣住行育樂」各方面生活上的情況，以補充生活經驗的不足，將可達成「由已知到未知，由近及遠，由具體到抽象」的教育原則。

最後，小朋友也極需要工具書。字（辭）典是學習語文最重要基本的工具書，最好能人手一册，還有一些有關語文技能指導的專書也很需要，而其他科目的參考書籍也很重要。

除此之外，文學性的書籍，例如：童詩、童話、兒歌等，都是不可或缺的。如果學校圖書館能廣爲蒐納這些圖書，一定爲小朋友所喜愛。

——校長對目前國內的兒童文學發展有何看法？您認爲六〇年代的兒童文學作品和現代的兒童文學作品有何不同？

台灣的兒童文學如今已漸漸走向創作路線。在早期，翻譯作品居多，不合乎國情的作品充斥在坊間，中國古典文學的改寫作品也有部分不合時宜，走向創作路線之後，這些缺點都改進了，這是很可貴的。畢竟文學創作要有時代性，有創作記錄，這個年代才不會空白，後來的人研究這時代的兒童文學才有依據，不至於影響兒童文學的發展。

整體而言，民國初期幾乎沒有兒童文學，有的只是中國古典文學，一直到民國六十年板橋研習會「兒童讀物寫作班」開辦，兒童文學才見發展。當時我們的理想目標即希望大家關心兒童文學，將兒童文學普遍化，但當時大家對兒童文學還缺乏概念，以爲是一般風花雪月的成人言情小說，現在已經走出來了，想必未來會更有發展。例如「中華民國兒童文學學會」便推動很多兒童文學工作，保存了很多兒童文學的資料，也爲兒童文學規畫了未來的發展。

兒童文學的發展從民國六〇年代以來一直到現在，一直只有進步沒有退步，而且參與這個工作的人愈來愈多，愈來愈普遍化，不僅打入教師的平時教學中，也走進了家庭，許多家長愈來愈重視兒童閱讀，這是一個好現象，這是我對兒童文學發展愈趨「普遍化」的看法。

兒童文學的第二個發展趨勢是「國際化」，今日台灣生活開放，很多台灣人可以到世界各地旅遊，有心兒童文學教育的人，會把當地兒童文學的作品帶回來，像是日本、大陸的作品，這些書是民國四、五十年時看不到的。這些國外翻譯作品都很不錯。在這方面，台北的台灣書店投入了很多心力、財力去耕耘。

第三個明顯的趨勢是「兩岸的交流」，兩岸的文學作家已經有互訪、往來，從這當中，我們發現大陸有很多好的兒童文學作品。兩岸的作品各有特色。交流是好現象，將來兩岸的交流恐怕要更緊密，以取人之長、補己之短，互相推動，寫出這個時代的兒童文學。

今年八月，中華民國要辦理「亞洲世界兒童文學大會」，現在由「中華民國兒童文學學會」籌辦中，屆時，世界各地的兒童文學家會到台灣來，經過各種討論、研究與交流之後，台灣的兒童文學會往前跨進一步，更趨「國際化」，展現出豐富的內容。

現在有愈來愈多的基金會關心重視兒童文學，像是「洪建全兒童基金會」以出版書籍、辦理徵文比賽方式推動兒童文學，是種可喜的現象。未來希望有更多的基金會關心小朋友的兒童文學。可以預期的是兒童文學未來的發展，將會是美麗的。

——校長認爲兒童文學和小學教育之間的關係爲何？身爲教育者，校長認爲應該如何

誘導兒童去接觸兒童文學作品，並鼓勵他們去創作？本校在兒童文學教育方面的實施概況是如何？

兒童文學和小學教育的關係非常密切。小學語文的課程注重說、寫的能力，培養一個人的說、寫能力，也有利於其他科目上的學習。因爲語文科是工具科目，說、寫能力除了課堂上的教材之外，對於課外閱讀也非常重要。

課外閱讀的種類包括一般書籍，特別是具有文藝性、故事性、娛樂性的兒童文學書籍，這是小朋友最喜歡的課外書籍種類，他們在閱讀當中被潛移默化，吸收了很多知識，可以彌補課堂上學習的不足。國小其他科目，例如：社會、自然、數學甚至藝能科目等，都可以用兒童文學的方式來表達，小朋友可以從中吸收很多知識。

此外，各小學都設置了兒童圖書室，各類書籍相當的充實。其中小學圖書室收藏的圖書有工具書，例如：字（辭）典、百科全書、動植物圖鑑等，應於教學上多予使用。

另外，各小學圖書館大都也蒐羅、陳列了由台灣書店按照年代、年段出版的《中華兒童叢書》，這套叢書的編寫、出版，對小學來說意義十分重大，幾十年來也發揮不可忽視的影響力。

此外，還有一般兒童文學的創作作品、國外兒童文學作品的譯本，以及配合國小課程教材編寫、對教學有幫助的作品。

新街國小目前課程安排每班每週一次固定到圖書館去，由教師指導閱讀，透過閱讀活動彌補課內語文教材的不足。而且現在圖書館的管理、借書程序都已電腦化，小朋友間的讀書風氣相當不錯，這都可見兒童文學與國小教育之間關係密切之一斑。

很多小朋友從閱讀當中產生一種模仿、寫作發表的慾望，教師可藉機指導創作的技巧。我曾經擔任國語科輔導員和國語科研究員十多年，在輔導團裡，經常會到各校去輔導國語科教學，時常有老師提出國語科的教學問題，其中常被提出的問題包括：怎樣教學作文？標點符號的使用？作文怎樣起頭、分段？怎樣抓住文章的主題？用什麼體裁來表達？如何批改作文？……等等。另外還有：如何讓小朋友對語文的學習產生興趣？基本識字教學、造詞造句、成段成篇……等等教學上的困難，這些問題都必須與兒童文學教學做密切配合，才能事半功倍地有效解決。

一般來說，教師容易忽略的是教學的要點。一篇文字重要的是「人物」，以及事情發生的經過、時間、地點，這幾件要項了解之後，就可以了解任何一篇文章的重點，這亦即寫作的要點。

在桃園縣裡，我們辦了很多兒童文學活動，包括暑假裡的兒童文學研習營和一系列的講座和創作，並透過縣政府協助各學校出版兒童刊物，每年辦理比賽，鼓勵好的作品。另外就是出版桃園縣教師的兒童文學創作選集，十八年來已出版十八期，是桃園縣多年來所有教師兒童文學的作品，包括少年小說、童話、童詩、散文，所有的精華都集中在此，是非常寶貴的專輯，現在仍由縣政府教育局每年編列預算，由教育廳補助繼續出版中。另一項是桃園縣兒童創作文選，目前已出版至第四期，這是針對全縣國小兒童，平時在經過老師指導後，投到國內各刊物發表的文章，由承辦學校發文到各校鼓勵學童投稿，然後選出九十到一百篇的文章，集結成專書分發到各校供學童閱讀，這是推動得很有績效的工作。

除此之外，桃園縣政府每年還會要求桃園縣各學校辦理語文科的觀摩教學，例如：兒童詩、作文，由各校選派教師參加研習，回校後再發揮種子功能。另外並配合辦理兒童文學的徵文比賽，適時表揚。除了教育界之外，桃園縣有兩個作家協會，一是桃園縣文藝作家協會，一是青溪文藝作家協會，其中也有一部分成員是兒童文學作家，在他們出版的書中可以發現一些兒童文學的作品。

桃園縣文化中心也很重視兒童文學，替兒童文學工作者出版了一些兒童文學專輯，設置了桃園縣兒童文學作家的專櫃，擺放了本縣籍作家們的書籍和原稿供有心人取閱。

其他各校皆有教師在熱心推動、指導校內兒童從事文學創作，風氣很普遍。

——校長對國小教師從事兒童文學創作有何看法？

因爲自己從事教育工作，我認爲最適合寫童話的人，是從事教育工作、熟悉課程內容的國小教師。其次便是家庭主婦，因爲老師和家庭主婦和兒童接觸最頻繁，最了解兒童心理，知道兒童使用的語言。所以這兩種身分的人，寫出來的童話最適合兒童欣賞。

——可否請校長賜教一些寫作上的技巧？要如何尋找創作題材，創作出一篇好童話？對有心兒童文學工作的後輩，能否給一些寫作技巧和尋找寫作題材的建議？

其實眼睛張開可見的，皆可成爲創作題材，俯拾皆是。天花板上的電燈、桌上的煙灰缸、窗外走動的學生……，以這些作爲題材，再運用想像力去寫成故事。

學例來說：桌上有一本空白、不會說話的書，我們可以想像這本書突然間產生了生命的力量，飛了起來，在校長室繞了一圈，他看到校長室有許多書、獎盃、盆栽等等，他就把他所看到、想到的東西寫進書裡，一篇篇故事就產生了。飛出去之後，他到了學校操場，在操場周邊飛來飛去，他看到許多小朋友在打球、賽跑、做遊戲，把這些經歷寫成文字，又是另一篇故事。他繼續往外飛，飛到大馬路上，看到許多行駛中的車輛，又可以寫一篇有關交通安全的故事；飛到田野，又可以寫一些農夫工作的情形；飛到海邊，看到漁港打魚的漁夫；看到石頭，想到它由大變小的變化過程；也可以繼續飛到台北……。愛飛到哪兒就飛到哪兒，寫作題材是源源不絕的。

從無到有的過程當中，你可以任意發揮想像，以擬人化的手法，把大的東西變小，把小的東西變大，萬事萬物皆有生命，以平等的立場去寫，蒐集資料編成一個個的故事，寫作題材並不難找。

——校長對東師成立兒童文學研究所有何期許或建議？

台東師範學院成立兒童文學研究所，是兒童文學界值得高興和可喜的事，能對過去從事兒童文學的工作者、作家、作品，作深入的研究。

另外，對過去所有有關兒童文學的刊物進行整理成文獻，將對後人有所幫助。可以預見的是這樣的研究成果將會累積得愈來愈多，不論是針對作家或是作品做有系統的整理，都可以了解台灣幾十年來兒童文學的發展。若不趁早進行這樣的研究工作，恐怕會造成更多史料的遺失，造成脫節的現象。所幸兒童文學研究所及早開始，這樣的工作對未來台灣的兒童文學學術研究，會有很大的幫助。

剛剛瀏覽了以上所出版的刊物，內容、方向相當正確。在《一所研究所的成立》這本書中，詳細說明了籌設研究所的過程、相關的開會記錄、對研究所的建議等等，書中有很多的期許、希望、目標，要經歷很長的時間慢慢去做，才能漸次達成目標。貴所現階段進行的是訪問作家、蒐集整理史料的工作，預料後續的研究工作會更多，有助於將來台灣兒童文學更蓬勃的發展。兒童文學的發展對國小教育也一定會有很大的幫助，這部分的工作我們需要一起更具體、更深入地去做。

* * * * *

四十年來，台灣兒童文學界從無到有，從萌芽到茁壯的過程，徐正平校長親身參與，功不可沒，毫無疑問地，他是台灣兒童文學史上一位重要的指標性人物。

數十年的歲月裡，他埋首創作，用一支才情的筆盡情揮灑，刻畫了個人可觀的文學成就，許多兒童也曾經因著閱讀他的童話，而享有快樂童年。而他至今仍堅守於國小教育工作崗位，長期孜孜不倦地策畫、推動桃園縣語文教育工作；徐校長對於兒童文學工作「始終如一」的奉獻精神，真是令人敬佩！

參考資料

徐正平的童話世界　傅林統　豐收的期待——少年小說、童話評論集　富春文化事業有限公司　一九九九年四月　頁一八七～一八八

兒童讀物寫作研究班的催生者——徐正平　邱各容　兒童文學史料初稿一九四五～一九八九　富春文化事業有限公司　一九九〇年八月　頁二六五～二六七

附錄

一、著作目錄（兒童書部分）

書名	出版者	出版年月
千字童話	東方文藝出版社	一九六二年九月

鱷魚潭	永安出版社	一九六六年七月
泡泡兒飄了（編著）	青文出版社	一九七二年七月
兒童書信（編選）	青文出版社	一九七三年二月
大熊與桃花泉	國語日報社	一九七三年十二月
小白沙遊記	成文出版社	一九八〇年一月
三國演義	六合出版社	一九九三年七月
盒裡的岩石	水牛出版社	一九九三年十月

二、報導與評論彙編

(一)報導部分

兒童讀物寫作研究班的催生者——徐正平　邱各容　兒童文學史料初稿一九四九～一九八九　富春文化事業有限公司　一九九〇年八月　頁二六五～二六七

徐正平的童話世界　傅林統　豐收的期待——少年小說、童話評論集　一九九九年四

月　富春文化事業有限公司　頁一八七～一八八

(二)評論部分

愛寫動物故事的作家　曾信雄　國語日報兒童文學版　一九七二年七月九日

鱷魚潭童話集的特點　林桐　國語日報兒童文學版　一九七二年十二月三日

泡泡兒飄了的含義　林桐　國語日報兒童文學版　一九七三年四月二十二日

鱷魚潭和泡泡兒飄了　傅林統　豐收的期待——少年小說、童話評論集　富春文化事業有限公司　一九九九年四月　頁一八九～一九三

兒童詩有特定的讀者對象，寫作兒童詩時，必須考慮：怎樣寫才能讓兒童看得懂，而且他們又有興趣、願意看，而這些作品又必須具有詩的意味和本質。

——林煥彰

☞左起：郭鍠莉、林煥彰、任榮康

催耕的布穀鳥——

林煥彰專訪

日期：一九九九年二月八日
地點：聯合報大樓
訪問者：郭鍠莉
執筆者：郭鍠莉
（本訪問稿彙整林孟琦及王貞芳於一九九八年所作之採訪，筆者進行第三次訪問後定稿。）

林煥彰是台灣省宜蘭縣礁溪人，生於一九三九年八月十六日，現年六十歲。發表作品時，除了使用本名之外，早期曾用牧雲為筆名，後來也偶爾用多佛、方克白、方白等。他曾經失學，是一位苦讀而成功的優秀詩人，他平實、平凡，又不失赤子之心。

林煥彰是台灣兒童文學發展史上的重要人物之一，他不但在創作方面屢屢得獎，著作等身；在推動台灣兒童文學的發展上更做出許多建設性的努力，在台灣兒童文學的發展史上留下一個個具有指標性的里程碑。

林煥彰是「中山學術文藝獎」兒童文學類首位得主。此外，他也曾獲得「優秀青年詩人獎」、「中國文藝獎章」、「洪建全兒童文學創作獎」、「青年文藝獎」、「中興文藝獎章」、「中華兒童叢書金書獎」、「澳洲建國兩百週年現代詩獎章」、「小百花獎」、「陳伯吹兒童文學獎」、「冰心兒童文學新作獎」等。他已出版的編、著作有六十多種，作品譯成英、日、泰、韓、法、德、荷及馬來文等外文在外國發表。在童詩方面，重要著作有《童年的夢》、《妹妹的紅雨鞋》、《林煥彰兒童詩選》等。

林煥彰於一九八〇年三月十八日與詩人薛林、舒蘭發起成立「布穀鳥兒童詩學社」，擔任《布穀鳥兒童詩學季刊》的總編輯；一九八三年十二月二十三日發函邀請兒童文學工作者三十人發起籌組「中華民國兒童文學學會」，任籌備會祕書。該會於次年十二月廿三日成立，並出版《中華民國兒童文學學會會訊》季刊，林煥彰任第一屆總幹事，也是現任（第五屆）理事長；一九八八年九月十一日與謝武彰、杜榮琛、陳木城、陳信元發起成立「大陸兒童文學研究會」，被公推為會長，積極展開兩岸兒童文學交流及研究工作；一九九一年一月一日，獨力創辦《兒童文學家》季刊，任發行人，並親自規畫、編輯；一九九二年二月十六日召開「中國海峽兩岸兒童文學研究會」發起人及第一次籌備委員會，擔任主任委員。該會於同年六月七日在台北成立，林煥彰以籌備會主任委員身分主持成立大會；更在第一屆第一次理監事會議上當選理事長。一九九四年九月十四日「世界華文兒童文學資料館」成立，林煥彰被推舉為館長。

為了進一步了解林煥彰在台灣兒童文學發展上的貢獻和理念，我們進行了這次訪問，替歷史留下記錄。

* * * * *

一、鄭愁予的一句話引領他從成人詩跨入兒童詩

林煥彰本來是寫現代詩的詩人，在還沒爲兒童寫詩之前，他在現代詩的寫作成就已經受到詩界人士的肯定。然而，在一九六五年，他參加中國文藝協會「文藝創作研究班」（詩歌組）研習時，指導老師鄭愁予對他的習作詩篇〈月方方〉給予好評，認爲該詩充滿童話味，或許將來可以被編入國小語文課本。這一番話鼓勵了林煥彰的轉變，讓他一腳跨入兒童詩的領域。

林煥彰表示當時他並沒有「兒童詩」的概念，他只不過模擬兒童思考、口語的方式，將童年的回憶寫入詩裡，沒想到能受到鄭愁予的誇讚與鼓勵，開啓了他通往兒童文學的道路。

當時寫回憶童年的詩，後來結集成《童年的夢》一書。

一九七三年是林煥彰在兒童文學發展的開始。他强調，他所有的兒童文學工作，都從一九七三年開始。

一九七三年，「洪建全教育文化基金會」宣布設立第一屆兒童文學創作獎，林煥彰寫了廿首童詩參加童詩組徵稿，也就是林煥彰的代表作品之一《妹妹的紅雨鞋》。參加之前他先請前輩過目，當時林鍾隆就指出他的作品頗有詩的意味，但是小孩不易看懂，並給予意見作調整。那次比賽的結果，林煥彰獲得佳作獎。接下來他連續參加了四屆，四屆都得佳作。

一九七八年他以《童年的夢》和《妹妹的紅雨鞋》二書奪得「中山文藝獎」，成爲該獎兒童文學類首位得主。從此，他對兒童詩的寫作更有使命感，他內心發願：「我從什麼地方得到，就要回饋到那裡。」因此他決心在兒童文學的工作上，要加倍努力。

——二、他堅持爲兒童寫的詩也必須有崇高的藝術表現

林煥彰認爲，成人詩和兒童詩不同，成人詩不需要考慮讀者對象，兒童詩卻有特定的讀者對象，寫作兒童詩時，必須考慮：「怎樣寫才能讓兒童看得懂，而且他們又有興趣、願意看，而這些作品又必須具有詩的意味和本質。」

一九七三年開始，他專意地爲兒童寫詩。當時已有一羣國小老師一方面積極指導兒童寫詩，一方面寫詩給兒童看。林煥彰覺得這種情形很值得嘉許，但是，他覺得可惜的是他們寫的詩「缺乏詩意」，很可能是因爲他們爲了要讓兒童看得懂，才做出如此的遷就。林煥彰認爲，無論是要寫給誰看的詩，都應當追求崇高的文學藝術成就。

林煥彰開始專意爲兒童寫詩時，即特別專注在當代兒童的生活和心理層面來取材，並用心揣摩兒童的心理。就他的創作歷程來說，《童年的夢》和《妹妹的紅雨鞋》二書分別代表了不同階段的創作，所呈現的風格、表現手法和題材都截然不同。

在爲兒童寫作時，除了觀察和了解，林煥彰常常回想自己的童年體驗，藉以接近兒童的心理。他認爲既然要爲兒童寫詩，就不能放棄任何可以接近或觀察、了解兒童的機會。童年的回憶能促進思考，並且以過去本身的經驗來驗證。或許是這個原因吧，使他的作品備受各方好評。上海著名童話家洪汎濤指出：林煥彰的詩充滿形象和聲音，而且大多節奏感很强烈，是童趣盎然的詩作。

林煥彰表示，兒童詩是詩的一種，也是兒童文學的一環。是詩的，應該具備詩所必須具備的要素；是兒童的，應該考慮它的對象；是文學的，應該要有文學的價值。因此，成人為兒童寫詩，必須要有三個觀念，那就是：兒童觀、教育觀和藝術觀。

林煥彰說，詩是語言藝術的表現，和一般文字的表現形式不同。詩的特質包含音樂性、繪畫性、意義性，好的兒童詩還要注意情趣。音樂性代表了作家情感內在的呈現，繪畫性呈現出意象語言，意義性就是主題，也可說是中心思想，但並非教條式的，也不是一種概念性的敍述。然而，兒童在看童詩的時候，是直覺的，他們不會去考慮音樂性、繪畫性、意義性等條件。但只要一首詩具備了以上條件，他們就能夠很直覺地感受到，就如人與人交往，會感覺和對方投緣，就是因為對方身上具備了吸引人的特點，欣賞兒童詩也是這種出於直覺的欣賞。

套用美國現代詩人弗洛斯特（Robert Frost）的一句話：「詩就是看的時候很愉快，看了以後讓人覺得自己又聰明了許多的東西。」

林煥彰認為就台灣兒童詩的現況來說，還沒有出現一個能積極投入、並塑造自己風格的人，也就是沒有人的作品能有別於以前的作品風格。這應該要從觀念性的理念著手，台灣兒童詩的理論、評論太少了。他認為謝武彰的童詩就寫得很好，但現在他也從事圖畫書、兒歌、散文，反而看不到他創作童詩，這是很大的損失。

除了創作，林煥彰也從事編選兒童詩，撰寫兒童文學評論，以及論述性文章、史料整理、新詩編目等。兒童詩編選方面已出版的有《童詩百首》、《兒童詩選讀》、《台灣兒童詩選》等，新詩編目包括《近三十年新詩書目》、《中國現代詩編目》二本。據他本身估計，若將相關文稿整理編輯，大約可以再出版五、六本書。

三、「布穀鳥兒童詩學社」的興衰

「洪建全兒童文學創作獎」的成立，可以說帶動了台灣童詩的氣候。當時有林鍾隆創辦的童詩刊《月光光》，國教界的老師也在指導兒童寫詩，報紙的兒童版也開始刊登兒童詩，整個大環境相當看好。但雖然如此，林煥彰總覺得還不夠，希望有計畫性地提升兒童詩的層次，因此他與詩人朋友舒蘭、薛林便於一九八〇年創設了「布穀鳥兒童詩學社」，發行《布穀鳥兒童詩學季刊》。

「布穀鳥」的宗旨是：提倡兒童詩創作、理論、批評、教學研究，結合童謠、童話、美術和音樂。林煥彰表示，創辦布穀鳥是希望建立中國兒童詩理論、提高中國兒童詩的品質以及推廣中國兒童詩的教學。當時所說的「中國」指的就是台灣。那時候，有關兒童詩的理論很零亂，有必要建立一套完整的理論；兒童詩也是文學，所以兒童詩應該要具有藝術的本質和價值，不僅要讓兒童看得懂，還要讓他們看了有所感受、有所領會;當時有一羣國小老師在敎導兒童寫詩,如南部的黃基博、北部的蘇振明等人,但林煥彰希望能更有計畫地推廣。

整個「布穀鳥」開始都是林煥彰一個人在規畫,因爲他比較了解兒童詩,舒蘭、薛林是因爲友誼的關係,支持「布穀鳥」的成立與運作,可是他們忙著創作、教學,與當時台灣兒童詩的朋友接觸較少,所以由林煥彰擔任總編輯,規畫刊物的走向,並全責構想內容。

舒蘭以前有一個出版社叫「布穀」,再加上從民間資料得知,布穀鳥是一種催耕的鳥,實際上布穀鳥是一種斑鳩,牠的叫聲「咕咕、咕咕」,以前農業社會,這種鳥在春天會這樣叫,大概是爲了求偶吧,牠們生活在果園或較低的山林裡,和農民較親近,而春天剛好是播種的季節,就像是催農人趕快耕種,所以有催耕的象徵意義。詩刊取名爲《布穀鳥》,是希望以這樣的名稱自我期許,並激勵我們在台灣兒童詩領域的同好,大家認眞耕耘,讓兒童詩有更好的發展。

詩刊採同仁制,開始時有八十餘人,一年間就達到二百多人,幾乎每一縣市都有。而同時期的其他刊物,如《月光光》、《風箏》等,就沒有這麼多同仁,只維持在十幾二十人而已。

內容規畫是根據創刊的三個理念均衡發展,每期理論、創作、敎學都有一定篇幅；教學方面還希望能逐期規畫指導方向，有時從題材，有時從體裁形式，有計畫性地讓指導老師知道明確的指導方式和方向。

《布穀鳥》的編排可說是創舉，每期都結合不同的畫家作插畫，不同書法家題字，還針對《布穀鳥》的刊名，收集一些知識性，如詩或翻譯短文，或關於布穀鳥的曲子，放在封底或封底內頁刊出。除了美術、音樂結合專題規畫等，還有紀念楊喚的兒童詩獎，也就是現在的「楊喚兒童文學獎」的前身。以當時來說，是最完備的一份詩刊，甚至還做到了彩色印刷。

一九八三年，林煥彰從台肥南港廠服務滿廿五年提前辦理退休，旋即應聘到聯合報副刊組擔任編輯。台肥是公家單位，工作輕鬆，只要工作做完不亂跑，就可以在辦公室內處理「布穀鳥」的編務，所以布穀鳥的資料、稿件都在林煥彰位於台北市仁愛路二段一號九樓（當時借調在經濟部某單位）的辦公室裡。但是在搬離辦公室的時候，這些資料打包好暫時先放在一樓騎樓，他再上去搬其他東西時，沒想到對別人來說只是廢紙的東西就不見了。裡面包括未出版的第十六期和一些通訊資料、帳册，對「布穀鳥」造成極大的影響。再加上當時工作調整，實在忙不過來，無心設法重新再編，就只好宣佈停刊。爲此，林煥彰深感惋惜。

令人深感安慰的是，當初合作的同仁，現在都成爲台灣兒童文學界的中堅。後來

「中華民國兒童文學學會」成立，這些同仁也成了基本創會的會員。有趣的是，「布穀鳥」停刊十多年，到現在，林煥彰還會收到投給《布穀鳥》的稿件，於是他經常要退稿，並同時附信說明《布穀鳥》已停刊，鼓勵投稿者繼續努力創作，投到其他刊物發表。

（有關《布穀鳥》的詳細資料，請參考「國立台東師院・教育研究所」郭子妃的碩士論文《〈布穀鳥兒童詩學季刊〉與兒童「詩教育」》，一九九八年六月。本文在此不贅述。）

四、「中華民國兒童文學學會」的創設與運作

一九八三年十月三十日，林煥彰應邀到韓國作兒童文學的專題演講，主辦單位是民間文化機構，叫「無窮花」。當時是爲慶祝該會二週年年會，地點在韓國釜山，有二、三十位釜山地區的兒童文學作家與會、交流。林煥彰發現韓國擁有許多全國性與地區性的兒童文學組織，兒童文學的出版品也很精美，讓他印象深刻。韓國戰後和台灣一樣政治經濟條件都相似，他們能做得那麼好，台灣應該也能，所以林煥彰興起了設立一個全國性的兒童文學組織的念頭。同年十二月二十三日，林煥彰發函邀請兒童

文學工作者林良等三十人，發起籌組「中華民國兒童文學學會」，他擔任籌備會祕書。次年，學會正式在台北成立，他出任第一屆總幹事。一九九六年十二月他被選爲第五屆理事長。

「中華民國兒童文學學會」和「中國海峽兩岸兒童文學研究會」，以及「國語日報」三個民間團體，在一九九四年九月十四日共同發起成立「世界華文兒童文學資料館」，林煥彰任館長至今。該館以蒐集整理、典藏、陳列世界華文兒童文學的相關圖書資料爲宗旨，並且提供愛好者閱讀、研究，以及與世界各國相關機構交流。

「中華民國兒童文學學會」是台灣最大的全國性兒童文學組織，它在台灣兒童文學發展史上，扮演著重要的角色。

然而，和一般民間機構一樣，學會的人力和財力不足，尤其做事的人比錢還難找，錢可以設法去籌，但做事的人除了要有熱忱外，還要對兒童文學發展的遠景有認識和規畫的能力。可惜的是，會員雖多，眞正投入工作的人卻太少。肯犧牲奉獻的，總是少數的幾位，很容易產生疲乏之感。

學會有個良好的制度，也可以說是一種傳統，雖然會章沒有明文規定，但會員都有默契：理事長與祕書長做完一屆就不再連任，這是爲了促進學會的年輕化。但也有理念銜接的問題，以及經驗、想法上的差距。就算是有理念、有理想的人，也不可能一直做下去，因為這是無給職的差事，長期做下去，自己的生涯規畫會受到影響。祕書的問題也很難解決，因為這是一個繁重又必須單獨作業的工作，沒有升遷的機會，留不住人。像本屆在一年半的時間內就換了五位祕書，人剛訓練好，就要離職了，又得重新找人訓練。

五、海峽兩岸交流工作與獨資創辦《兒童文學家》季刊的理想

一九八八年成立的「大陸兒童文學研究會」，是「中國海峽兩岸兒童文學研究會」的前身。當時兩岸開放探親，可說是順應時機。在這之前，上海著名童話家洪汎濤曾來信表示交流的意願，雖然台灣有許多人對於同文同種的大陸兒童文學也很有興趣，但當時局勢不明朗，大家都有所顧忌。而香港和上海的兒童文學作家早有互訪活動，剛好一九八九年三月在香港舉辦香港與上海的兒童文學研討會，台灣有五位應邀參加。可惜的是，礙於文件辦理的手續問題，大陸作家陳伯吹等直到台灣的參加代表回到台灣他們都還沒進入香港。但在會上，台灣代表仍遇到另外幾位大陸兒童文學工作者，其中最重要的是安徽少年兒童出版社的社長呂思賢和作家小啦。後來洪汎濤積極與林煥彰等人聯絡，邀請他們去安徽開會。同年八月，林煥彰、謝武彰、陳木城、

杜榮琛、曾西霸、李潼和方素珍共七人前往參加「皖台兒童文學交流會」。這是一次破冰之旅，大陸、台灣的兒童文學工作者第一次正式接觸。

第二年五月，林煥彰等人再以「大陸兒童文學研究會」名義組團赴長沙，出席《小溪流》雜誌社主辦的「首屆世界華文兒童文學筆會」。一九九二年五月第三次也以「大陸兒童文學研究會」名義組團赴北京、天津進行兩岸兒童文學交流活動，分別舉辦兩場座談會。

爲了將「大陸兒童文學研究會」擴大組織，一九九二年二月十六日，林煥彰擔任發起人，召開「中國海峽兩岸兒童文學研究會」第一次籌備委員會議，並擔任主任委員。同年六月在台北召開成立大會，並於第一屆第一次理監事會議，當選理事長。同年八月率團赴昆明出席「昆明台北兒童文學研討會」，會後又赴廣州出席「中國兒童文學研討會」。次年八月率團赴成都出席「兩岸兒童文學研討會」。

林煥彰表示，交流就是彼此能認識、了解，除此之外，也是彼此的出版品能互相被閱讀。其影響可能無法具體說明，也可說是無形的。大陸在史料、理論方面很完整，而台灣在理論方面較弱，希望透過和大陸的交流，能給台灣兒童文學界帶來一點刺激。

除了和大陸交流，林煥彰也積極和其他國家進行交流，但礙於外國語言的掌握能力，到目前為此，能做的仍然有限。在一九八三年十月三十日，林煥彰應邀到韓國作兒童文學的專題演講；一九八八年十月，應邀出席曼谷第十屆詩人大會，並提交論文；一九九〇年六月赴泰國曼谷出席第四屆亞洲華文作家會議，發表論文〈世界華文兒童文學的播種〉；同年八月，應韓國兒童文學學會會長李在徹教授邀請，出席「首屆亞細亞兒童文學筆會」，並提論文宣讀；一九九一年八月，應邀赴丹麥奧登塞市出席「首屆國際安徒生學術研討會」，參觀安徒生故居、博物館、研究中心；一九九二年十一月與信誼基金會合辦「亞洲華文兒童文學現況探討會」，邀請泰國、新加坡、馬來西亞、菲律賓、美國、加拿大等華文作家與會。可說是在台灣兒童文學與國外華文兒童文學工作者交流的工作上扮演了極重要的角色。

《兒童文學家》是林煥彰個人創辦的兒童文學專業期刊，當初他滿懷遠大的理想，期望它能做為海內外華人的兒童文學發表園地，成為一個較全面性、計畫性的刊物，而不是偏重於某一文類的發表。

當初他設定以兒童文學的理論、作家個人的作品介紹為主，還包括史料方面的重視，希望透過這本刊物與大陸及海外作密切的交流，甚至曾在一九九一年八月二十二日帶著《兒童文學家》到丹麥安徒生的家鄉、紀念館去作交流。

過去台灣從事兒童文學的人社會地位低落，一方面是創作者本身的問題，以為只要寫得較簡單的東西就算是兒童文學，因此早期多數的作品文學成就很低，禁不起討論。另一方面則是兒童文學作家的自我期許較低。要提高兒童文學工作者的社會地位，一定要先提高兒童文學作品的文學成就。創辦《兒童文學家》，就是要社會重視兒童文學家的貢獻，所以當時他堅持每期都要介紹一位兒童文學家，但後來交由他人編輯，想法不一樣，他也不便干預。《兒童文學家》剛開始出版時，是彩色印刷的，每期訂價一百元，但發行困難。後來改成黑白的，並乾脆用送的，但仍堅持每期介紹一位作家。十期以後，捐給「中國海峽兩岸兒童文學研究會」，就由該會全權管理了。

滿懷的理想和抱負無從實現，林煥彰非常感嘆。

六、對台東師院兒童文學研究所與台灣兒童文學發展的期許

對於國立台東師範學院成立「兒童文學研究所」，林煥彰抱持非常興奮、期待的精神。他相信研究所的成立對台灣兒童文學的發展會有很大的幫助。他二十多年來和同伴們辛辛苦苦地成立民間社團，推動兒童文學工作，然而體制外的團體沒有政府固定的經費支持，困難重重。現在台東師院有兒童文學研究所的成立，當然要寄以厚望，且認爲一定會比以前做的更好才是。

在台東師院成立兒童文學研究所之前，林煥彰就曾經有一個構想：若將來有能力，找到適當的人力，他想辦一個兒童文學學院。這也是他最終的工作理想。既然現在兒童文學研究所已經成立，他覺得自己就不需要去實現這個構想了。他感嘆一個人的力量有限，而且自己年紀不輕了。他認爲台灣兒童文學要發展，一定要培養人才。以前的先驅者自己摸索，沒有正規的教育，一路走來非常辛苦，希望下一代有更好的環境，有正規的完整教育。

目前台東有兒童文學研究所，台中靜宜大學有兒童文學專業研究室，他認爲台北也應該要成立兒童文學的研究單位。而且台北有兩所師院，成立兒童文學研究單位並非不可能。

林煥彰指出目前擔任兒童文學課程的教授，幾乎都不是受專業兒童文學訓練出身的，可說是一種過渡期。等台東師院兒童文學研究所在三、五年後陸續有研究生畢業，可能少部分會出國唸書再拿學位，就可以回國教授兒童文學課程了。

台灣目前的兒童文學理論還沒有自己的架構，東師兒童文學研究所的成立帶來了很大的希望，不過師資的教學水準、課程設計的宏觀與否、學生的用功程度都是關鍵問題。他鼓勵研究生學習態度要更爲積極，除了得到基本兒童文學理論知識之外，更要向外探索，廣泛地吸取別人的經驗。

有一部分人認爲台灣這幾十年來還沒有產生夠水準的作品可供研究，林煥彰表達了一位孜孜矻矻的創作者對理論研究者的不滿。他認爲這是偏見，擺明瞧不起本土創作。一句話否定台灣四、五十年來兒童文學創作者的努力是不公平的。他認爲台灣的兒童文學研究者應該正視本土的文本來作研究、分析，不應只是一味地抄襲外國的理論，介紹外國的經典作品，忽略了本土創作。

林煥彰表示，他在兒童文學的活動和過程是有階段性的，但整體還是有關聯的。每一個環節，每一個階段，都是爲了往後作準備。他說，做得好不好是一回事，但盡心盡力去做就是了。

對於台灣兒童文學的發展，他抱持樂觀態度，他說，一方面年輕的創作者在不斷地努力，優異的作品不少，而且充滿潛力。再加上現在有比以前更好的出版機會。一個寫作者應勇於開拓創作的新領域。

兒童文學的發展與經濟的繁榮有必然的關係，有錢就會刺激出版業的發展，寫作者的機會也同時增加。他認爲就台灣目前的經濟狀況，應該要有專業的兒童文學刊物，很遺憾的是，我們仍然沒有。

林煥彰表示，理想的作法是，要培養下一代的父母或甚至每一位國民，都來修習兒童文學課程，以避免製造社會的亂源。他在十幾年前就提出，政府應該借重人力資源，在各級學校辦理兒童文學作家駐校的活動，包括幼稚園、國小、國中、高中、大學。他認為，雖然這個理想史無前例，但並非不可能實現。

他期許台灣與國外的交流應該更頻繁、更積極。尤其未來新的一代外語能力比較好，將更有能力與外國交流，彼此比較、學習、觀摩，作觀念上的改變、技巧的提升，進而創造具有自己文化特色的好作品。

此外，他也希望政府能營造更好的大環境，包括創辦兒童文學刊物等，讓兒童文學工作者在努力奮發的同時，能有更好的舞台供他們發揮。

＊　＊　＊　＊　＊

林煥彰先生從一位只有國小畢業，一封信也寫不通順的人，靠自己大量閱讀，一字一句地學習寫作，到現在成為一位兒童文學作家、現代詩人、畫家，其中的艱辛和毅力令人感佩。得到「中山文藝獎」的那一年，他已經快四十歲了。然而，他毅然決然把後半生奉獻給兒童文學事業，絲毫不因自己起步晚而氣餒。每每於心情低落時，他就在心中不斷思考自己的人生道路和方向，他有一首詩，就是抒寫這樣的心境：

剛熄燈是最暗的

現在我已習慣
逐漸明亮的四周

青年時經歷的無數次挫折，促使他閱讀大量哲學書籍，也漸漸培養出自己一套「適應哲學」的人生觀。因為現實生活的不如意，逼得他不得不勇敢，也讓他學會了更坦然、更無懼地面對生活中的挫折與逆境。

由於身兼數職，而且都是義務的，他每天總是忙著四處奔波，然而，他並不因此感到疲乏，依然樂觀且充滿活力地提出一個又一個的新構想，再一件一件地實現。他永不止息的熱情與行動力，毫不遑讓比他年少幾十歲的年輕人，實在讓人深深感動。

附錄

一、兒童文學活動年表

一九三九年

・八月十六日，生於台灣省宜蘭縣礁溪鄉

一九五七年

・在中華文藝函授學校選讀法律和政治（一個學期）

一九五七～一九五九年

・在中華文藝函授學校轉讀文藝（畢業）

一九五九年

・開始學習寫詩、畫畫

一九六五～一九六六年

・在中國文藝協會文藝創作研究班詩歌組研習（為期半年、結業）

一九六六～一九六九年

・創作有關童年的詩，周夢蝶、鄭愁予等認為有「童話」意味，將來可能被編入國小國語課本。把以上作品編成《童年的夢》，在一九七六年四月由光啓出版社出版。

一九七三年

・開始為兒童寫作

一九七四年

‧為了參加第一屆「洪建全兒童文學創作獎」童詩組徵稿，寫一本《妹妹的紅雨鞋》（廿首童詩），得了佳作獎。在一九七六年十二月由純文學出版社出版。

一九七五年

‧〈妹妹的紅雨鞋〉獲洪建全兒童文學創作獎佳作

一九七七年

‧〈樹、五月〉獲洪建全兒童文學創作獎佳作

一九七八年

‧〈椰子樹〉獲洪建全兒童文學創作獎佳作

‧十一月，《童年的夢》和《妹妹的紅雨鞋》獲得「中山文藝獎」（兒童文學類），開始推廣兒童詩的寫作。

一九七九年

‧十二月童詩集《小河有一首歌》，由台北縣漢京文化事業公司印行。

一九八〇年

‧三月十八日，與詩人舒蘭、薛林發起成立「布穀鳥兒童詩學社」，邀集二百餘位同好創辦《布穀鳥兒童詩學季刊》，擔任總編輯。

‧七月七日，救國團台中市團委會聘請，擔任「台中市幼獅文藝營」講座，談「兒

童詩的欣賞與寫作」。

- 七月十四日，應救國團總團部與教育部聯合主辦「中小學教師復興文藝營」（淡水）聘請，擔任「兒童文學創作」課程講座。
- 應《少年週刊》總編輯顏炳耀邀請，主編該刊「兒童詩欣賞」專欄。
- 八月三日，應救國團台東縣團委會聘請，擔任「台東縣幼獅文藝營」講座，談「兒童詩的寫作」。
- 八月十八日應高雄市教育局聘請，擔任該市國民小學教師第二次「兒童文學研習會」講座，談「兒童詩的寫作」。
- 九月一日，應洪建全教育文化基金會聘請，擔任「第七屆洪建全兒童文學獎」評審委員。
- 十月，應台中市梅華文化事業有限公司總經理曾錦芳聘請，主編《梅華兒童叢書》。
- 應《作文月刊》邀請爲該刊主編「兒歌、童謠、童詩比較欣賞」專欄。
- 十一月十九日，應台北市南港國小邀請，談「兒童詩的寫作與教學」。
- 十一月二十六日，應板橋市莒光國小邀請，談「兒童詩的寫作與教學」。
- 十二月主編《布穀鳥兒童詩學叢書》。

一九八一年

・一月廿四日，應台中市自由時報「快樂青年版」主編方光后邀請，爲該版撰寫「兒童詩比較欣賞」專欄，每週一篇。

・二月十日，應宜蘭縣教育局聘請，擔任該縣「六十九學年度兒童文學研習會」講座，談「兒童詩的比較欣賞」。

・應《兒童月刊》總編輯顏炳耀邀請，爲該刊主編「兒童詩」專欄。

・四月四日，編著《兒童詩選讀》，由台北爾雅出版社出版。

・八月，應邀改寫格林童話故事《說什麼就是什麼》，香港新雅文化事業有限公司印行。

・九月，出版幼兒文學作品《咪咪喵》，由信誼出版社印行。

一九八二年

・十二月廿日出版童詩集《壞松鼠》，台灣省政府教育廳印行。

一九八三年

・在聯合報任副刊組編輯（至今）

・八月，應台北市教育局聘請擔任國小教師兒童文學研習會講座（已連續五年）。

・九月，出版兩本童詩集《牽著春天的手》和《大象和牠的小朋友》，台北好兒童教育雜誌社印行。

・九月，編著《國小兒童詩歌選讀》（六冊），由台中華仁出版社印行。

・十月十日，《布穀鳥兒童詩學季刊》於出版第十五期後，忍痛停刊。

・十月卅日，應邀到韓國作兒童文學專題演講。

・十二月廿三日，發函邀請兒童文學工作者林良等三十人，發起籌組「中華民國兒童文學學會」，任籌備會祕書。

一九八四年

・十二月二三日，「中華民國兒童文學學會」在台北成立，任第一屆總幹事。

・十二月，出版童話故事《螞蟻一二三》、《大木偶》、《天氣圖》、《光與色》及童詩集《快樂是什麼》，由台北晶音有限公司印行。

一九八五年

・三月廿日，出版幼兒童話《鵝媽媽的寶寶》，台灣省政府教育廳印行。

・四月，出版《愛的童詩》，香港晶晶幼童教育出版社印行。

・六月廿日，與林良等合著《童詩五家》，由台北爾雅出版社印行。

一九八六年

・鵝媽媽的寶貝：中華兒童叢書金書獎

- 九月廿六日，幼兒童話《鵝媽媽的寶寶》經評定獲得台灣省教育廳第四期中華兒童叢書文學類最佳寫作獎「金書獎」。
- 十月，編選《台灣兒童詩選》，嘉義全榮文化事業有限公司印行，附錄〈試論早期台灣兒童寫作的詩〉約二萬四千字。

一九八七年

- 四月，出版少年詩畫集《飛翔之歌》，台北幼獅文化公司印行。
- 五月廿日，出版幼兒童話《痲雀家的事》，台灣省政府教育廳印行。

一九八八年

- 三月，應聘規劃《全國兒童週刊》。任總編輯一年。
- 六月廿日，出版故事詩《敲敲打打的一天》，台灣省政府教育廳印行。
- 六月，出版《流浪的狗》，國語日報印行。
- 八月，出版圖畫書《爺爺和磊磊》和《嘰嘰喳喳的早晨》，台北親親文化公司印行。
- 九月十一日，與謝武彰、杜榮琛、陳木城、陳信元發起成立「大陸兒童文學研究會」，被公推爲會長，積極展開兩岸兒童文學交流及研究工作。

一九八九年

- 〈快樂的大傻瓜〉獲上海《少年報》讀者票選「小百花獎」

● 六月，出版生活故事《薇薇吃傻瓜》、《奇奇自己跌倒》、《魔鬼捉達達》、《大明小菡去上學》，高雄愛智圖書公司印行。

● 八月十一日，以大陸兒童文學研究會會長名義，首度率團訪問大陸，在合肥與安徽兒童文學研究會舉行「皖台兒童文學交流會」。

● 十二月，出版生活故事《給姊姊的禮物》，由台灣省政府教育廳印行。

一九九〇年

● 四月，童詩〈快樂的大傻瓜〉獲得上海《少年報》小讀者票選爲「一九八九年小百花獎」詩歌組得獎作品之一。

● 四月四日，爲《小狀元雜誌》製作「大陸兒童文學專輯」，選刊陳伯吹等童詩和童話，並抽印成單行本《精緻的奉獻》，同時發行。

● 四月廿日，出版童詩劇《三個問題的答案》、生活故事《給姊姊的禮物》、幼兒童話《母雞生蛋的話》，台灣省政府教育廳印行。

● 五月七日，以大陸兒童文學研究會名義組團赴長沙，出席《小溪流》雜誌社主辦「首屆世界華文兒童文學筆會」。

● 六月一日，以童詩〈小貓〉獲得第九屆（一九八九年）陳伯吹兒童文學獎（詩歌類）。

•六月廿六日，赴泰國曼谷出席第四屆亞洲華文作家會議，提論文〈世界華文兒童文學的播種〉。

•八月十日，應韓國兒童文學學會會長李在徹教授邀請，出席「首屆亞細亞兒童文學筆會」，並提論文宣讀。

•十一月，應聘規劃《全國兒童樂園雜誌》（月刊），任總編輯。

一九九一年

•一月一日，獨力創辦《兒童文學家》（季刊）創刊，任發行人，並親自規劃、編輯。

•三月，加入美國加州 SCBW 兒童文學學會爲會員。

•三月，應台北正中書局邀請主編《書夢》，同年六月發行。

•八月廿三日，應邀赴丹麥奧登塞市出席「首屆國際安徒生學術研討會」，參觀安徒生故居、博物館、研究中心。

•十月，《林煥彰兒童詩選》在大陸安徽少年兒童出版社印行，收錄一五〇首詩作。

一九九二年

•一月，與大陸兒童文學家樊發稼、香港兒童文學家何紫主編《中國當代兒童文學作家小傳》，湖南少年兒童出版社印行。

- 二月十六日，召開「中國海峽兩岸兒童文學研究會」發起人及第一次籌備委員會議，擔任主任委員。
- 三月六日，赴海南島出席「世界華文幼兒文學研討會」，提論文發表。
- 五月三日，以大陸兒童文學研究會名義組團赴北京、天津進行兩岸兒童文學交流活動。
- 五月六日，北京中國社會科學院文學所當代室主辦「林煥彰兒童詩研討會」，有三十餘位學者專家與會，發表二十篇論文。
- 六月七日，「中國海峽兩岸兒童文學研究會」在台北成立，以籌備會主任委員身分主持成立大會。
- 六月廿一日，在台北光復書局會議室召開「中國海峽兩岸兒童文學研究會」第一屆第一次理監事會，當選理事長。
- 八月三日，率團赴昆明出席「昆明台北兒童文學研討會」，提論文發表。
- 八月十一日，率團赴廣州出席「中國兒童文學研討會」，提論文〈九〇年代台灣兒童文學發展趨勢〉發表，並主持討論。
- 十一月廿八日，以「中國海峽兩岸兒童文學研究會」名義，與信誼基金會合辦「亞洲華文兒童文學現況探討會」，邀請泰國、新加坡、馬來西亞、菲律賓、美國、加拿大等作家與會。

一九九三年

‧一月四日，童詩〈椰子樹〉和〈不要理他〉獲新加坡國家教育部課程發展署小學華文教材組編選為四年級「深廣教材」課文。

‧八月十日，率團赴成都出席「兩岸兒童文學研討會」。

‧八月，主編台灣兒童詩選《借一百隻綿羊》，由台北民生報及四川少年兒童出版社同步出版。

‧十月，童詩集《我愛青蛙呱呱呱》，由台北小兵出版社印行。

‧十月，童詩集《春天飛出來》，由台灣省政府教育廳出版。

‧十一月，童詩集《回去看童年》，由台北國際少年村圖書公司出版。

‧十二月，兒童散文集《人生禮物》，由台北國際少年村圖書公司出版。

一九九四年

‧九月十四日，成立「世界華文兒童文學資料館」，被推舉為館長。

‧童話詩《嘰嘰喳喳的早晨》英文版，由香港偉文出版社印行。

‧十二月，幼兒故事《三百個好朋友》，由大陸湖南少年兒童出版社印行。

一九九五年

・生活故事〈坐飛機〉獲得「冰心兒童文學新作獎」。
・四月，編著《我不是現在的我》，由正中書局印行。

一九九六年

・以〈兩隻小松鼠〉童詩再度獲得上海《少年報》讀者票選「小百花獎」。
・與杜榮琛合著史料《大陸新時期兒童文學》，由文化建設委員會印行。

一九九七年

・八月五日，出席漢城第四屆亞洲兒童文學大會，擔任台北分會正代表。

一九九八年

・三月，開始籌備召開第五屆亞洲兒童文學大會，擔任執行長。
・四月，兒童文學論述集《拿什麼給下一代》，由宜蘭縣立文化中心印行。
・十一月，兒童散文集《臭腳丫的日記》，由台北富春出版社印行，封面、插畫都親自完成。

一九九九年

・一月，《妹妹的紅雨鞋》中英文版，由台北富春出版社印行。
・五月一日，應聘擔任宜蘭市復興國中駐校作家，爲期一週。

二、著（編）作目錄（兒童書部分）

書名	出版者	出版年月
童年的夢（童詩）	光啓社	一九七六年四月
妹妹的紅雨鞋（童詩）	純文學出版社	一九七六年十二月
小河有一首歌（童詩）	漢京文化公司	一九七九年一二月
童詩百首（編著）	爾雅出版社	一九八〇年三月
兒童詩選讀（編著）	爾雅出版社	一九八一年四月
說什麼就是什麼（改寫）	香港新雅文化公司	一九八一年八月
咪咪喵	信誼基金會	一九八一年九月
季節的詩（編著）	布穀出版社	一九八二年六月
壞松鼠（童詩）	省教育廳	一九八二年十二月
季節的詩（童詩）	布穀鳥詩社	一九八三年
牽著春天的手（童詩）	好兒童教育月刊社	一九八三年九月

大象和牠的小朋友（童詩）	好兒童教育月刊社	一九八三年九月
國小兒童詩歌選讀六冊：咪咪動物兒歌年嘟嘟動物兒歌、朗朗生活童詩、咕咕動物兒歌、甜甜水果童詩、津津生活童話）（編著）	華仁出版社	一九八三年九月
快樂是什麼（童詩）	晶音幼童教育出版社	一九八四年十二月
螞蟻一二三	晶音幼童教育出版社	一九八四年十二月
光與色	晶音幼童教育出版社	一九八四年十二月
大木偶	晶音幼童教育出版社	一九八四年一二月
天氣圖	晶音幼童教育出版社	一九八四年十二月
鵝媽媽的寶寶	省教育廳	一九八五年三月
可愛的童詩（童詩）	晶音幼童教育出版社	一九八五年四月
童詩五家（合集）	爾雅出版社	一九八五年六月
麻雀家的故事	省教育廳	一九八五年七月
台灣兒童詩選（編著）	全榮出版公司	一九八六年十月
飛翔之歌（詩畫集）	幼獅文化公司	一九八七年四月

敲敲打打的一天	省教育廳	一九八八年六月
流浪的狗	國語日報	一九八八年六月
爺爺和磊磊	親親文化公司	一九八八年八月
嘰嘰喳喳的早晨	親親文化公司	一九八八年八月
給姊姊的禮物	省教育廳	一九八九年十二月
薇薇吃「傻瓜」	愛智圖畫有限公司	一九九〇年四月
奇奇自己跌倒的	愛智圖畫有限公司	一九九〇年四月
魔鬼捉達達	愛智圖畫有限公司	一九九〇年四月
大明小菡去上學	愛智圖畫有限公司	一九九〇年四月
母雞生蛋的話	省教育廳	一九九〇年四月
三個問題的答案	省教育廳	一九九〇年四月
書夢（兒童散文）（編著）	正中書局	一九九一年四月
林煥彰兒童詩選	安徽少兒社	一九九一年十月
春天飛出來（童詩）	省教育廳	一九九三年七月
借一百隻綿羊（簡體字版）（編著）	四川少兒社	一九九三年七月

回去看童年（童詩）	國際少年村出版公司	一九九三年八月
我愛青蛙呱呱呱（童詩）	小兵出版公司	一九九三年十月
借一百隻綿羊（編著）	民生報	一九九三年十一月
嘰嘰喳喳的早晨（英文）	香港偉文出版社	一九九四年
人生禮物（兒童散文）	國際少年村出版公司	一九九四年十月
三百個小朋友	湖南少兒社	一九九五年
我不是現在的我（兒童散文）	正中書局	一九九五年四月
大陸新時期兒童文學（合著）	文建會	一九九六年
拿什麼給下一代	宜蘭文化中心	一九九八年六月
臭腳丫的日記（兒童散文）	富春文化公司	一九九八年十一月
妹妹的紅雨鞋（中英文版）	富春文化公司	一九九九年一月
家是我放心的地方（童詩）	三民書局	一九九九年八月

三、報導與評論彙編

(一)報導部分

林煥彰　施善繼　龍族第十三期　民國六十三年十二月　頁四十一～四十二
兒童的大朋友——訪林煥彰先生　蔣家語　民生報　民國六十七年十一月十二日。
山也愛玩捉迷藏　夏祖麗　美國世界日報　民國六十八年一月二十九日
林煥彰熱衷於兒童詩　程榕寧　大華晚報　民國六十九年八月十日
從牧童到詩人：兒童文學耕耘者林煥彰的奮鬥歷程（上、下）　黃武忠　台灣時報第十二版　民國七十一年七月一、二日
林煥彰和他的兒童詩　鍾麗慧　明道文藝八十五期　民國七十二年四月　頁十四～十七
林煥彰寫牙膏也寫小貓耗子　張國立　中華日報第十一版　民國七十六年二月十一日
「童詩園地」的園丁——林煥彰　李淑滿　親職月刊期　民國七十六年六月
林煥彰：積極推動兒童詩　林煥彰　東師語文學刊第四期　民國八十年二月　頁二七八～二七九
從牧童、詩人到兒童文學作家　林煥彰　中國當代兒童文學作家小傳／湖南少年兒童出版社　民國八十一年　頁三三六～三三九

追逐夢想的人　淨光　國語日報第六版　民國八十五年九月十九日

見文苗圃兩岸灌溉有別　江中明　聯合報三十五版　民國八十五年十二月九日

(二)評論部分

這就是詩人林煥彰　砂越晚報副刊　民國六十二年九月十二日

可愛的兒童詩——妹妹的紅雨鞋　重提　青年戰士報　民國六十八年一月九日

兒童詩理論的奠基：從「妹妹的紅雨鞋」得獎談起　蕭蕭　台灣新聞報第十二版　民國六十八年四月十日

抒情的兒童詩——評林煥彰詩集「小河有一首歌」　趙天儀　國語日報　民國六十九年三月二十三日

評介「小河有一首歌」　馮輝岳　中央日報第十一版　民國六十九年四月二日

欣賞「小河有一首歌」　詹冰　台灣時報第十二版　民國六十九年五月九日

「童詩百首」讀後　洪中周　國語日報第三版　民國六十九年六月一日

評介「童詩百首」　馮輝丘　中央日報第十版　民國六十九年七月二日

評介「童詩百首」　何明　中央日報　民國六十九年七月八日

簡介「童詩百首」　丘秀芷　女性　民國六十九年八月　頁三十八

故事和詩　雪韻　國語日報第三十一版　民國六十九年八月二十四日

童詩百首　書評書目第八十九期　民國六十九年九月　頁七十七～七十八

評介「童詩百首」——一本老少感宜的詩集　杜榮琛　兒童文學　民國六十九年九月十三日　頁四

值得大家看的「兒童詩選讀」　林榮琛　中國語文四十九卷二期　民國七十年　頁七十～七十一

兒童的心靈與資源——推介「童詩百首」　黃龍泉　文藝月刊一四六期　民國七十年　頁十七～二十九

童心·愛心與詩心：談林煥彰論「童詩百首」　思兼　台灣時報副刊　民國七十年一月三日

讀「童詩百首」　羊牧　中央日報副刊　民國七十年三月四日

林煥彰的兒童詩選讀　張騰蛟　中央日報第十版　民國七十年五月十三日

兒童詩的展望——兼評林煥彰先生的兒童詩選讀　利玉芳　自立晚報副刊　民國七十年七月十五日

童心，愛心與詩心——林煥彰「季節的詩」序　沈謙　季節的詩　民國七十一年六月六日　頁六～十

爲「妹妹的紅雨鞋」鼓掌　小民　中央日報晨鐘版　民國七十二年一月十四日

成人讀童詩——讀「兒童詩選讀」　羊牧　中央日報晨鐘版　民國七十二年一月十四日

清新的風・甜美的泉——讀台灣林艮　三人的兒童詩　陳文祥　台灣碗集刊第三期　民國七十八年　頁八十九～九十三

走在沙漠上看星星——童詩五家　陳千武　笠第一二九期　民國七十四年十月　頁九十八～一〇二

林煥彰的動物兒詩　聰聰　師友三〇六期　民國八十一年十二月　頁二十八～二十九

一顆靈敏的愛心——讀《林煥彰兒童詩選》　金波　幼獅文藝七十七卷四期　民國八十二年　頁四十一～四十七

兒童詩的審美尺度淺義：兼評林煥彰的兒童詩　劉丙鈞　國語日報第八版　民國八十二年七月十八日

現代詩與兒童詩之間的藝術連結——試論林煥彰七十年代的創作轉換及其涵意　班馬　亞洲華文作家雜誌三十八期　八十二年九月　頁一四〇～一七一

Saying it with poetry and painting: Lin Huan-chang and hin world of art（林煥彰的兒童畫與詩）　鄭永康　Chinese pen 九十二期　民國八十四年三月十五日　頁

十九～二十七

新世代兒童詩審美空間的拓展（上）——兼論林煥彰兒童詩中的「宇宙意識」　謝采筏　國語日報第十三版　民國八十五年八月四日

新世代兒童詩審美空間的拓展（中）——兼論林煥彰兒童詩中的「宇宙意識」　謝采筏　國語日報第十三版　民國八十五年八月十一日

新世代兒童詩審美空間的拓展（下）——兼論林煥彰兒童詩中的「宇宙意識」　謝采筏　國語日報第十三版　民國八十五年八月十八日

我們看一本書要看它的本質或特質，有沒有以兒童為本位？有沒有反應時代？有沒有民族風格？文學技巧好不好？……

—— 許義宗

☞許義宗

許義宗專訪

——兒童文學園地裡的小園丁——

地點：台北信義路許義宗先生住家書房
日期：一九九九年（民八十八年）二月一日
時間：上午十點～下午二點
訪問者：洪美珍
執筆者：洪美珍

許義宗，筆名小園丁、文樓，台灣省桃園縣人，一九四四年生。台北師範普通科、台灣師範大學三民主義研究所畢業。曾任國小教師、師專、師院、大學講師、副教授、北市師專圖書館主任、中國語文學會理事、中國幼教學會理事、中華民國兒童文學學會理事。曾當選全國優秀青年、全省特殊優良教師，並曾獲頒中國文藝協會文藝獎章、中山文藝獎理論獎、中國語文獎章、教育部青年研究著作獎。主編過《小鴿子》、《桃縣兒童》等兒童雜誌及《現代兒童文學創作專輯》、《中國民間故事》等套書。著有兒童故事《母親的吻》（一九六四年）、《小狐狸學打獵》（一九七三年）、兒歌集《媽媽我愛您》（一九七九年）、《小花狗愛看花》等，兒童文學研究《兒童文學論》（一九七七年）、《兒童閱讀研究》（一九七七年）、《西洋兒童文學史》（一九七八年）、《兒童詩的理論與發展》（一九七八年）、《兒童文學名著賞析》（一九八三年）、《各國兒童文學研究》（一九八五年）、《方寸兒童文學》（一九九五年）等。

許義宗先生不論是在兒童文學理論的論述，或是兒童文學作品的創作上都相當豐富、多樣，對於早期剛起步的台灣兒童文學發展有著重要的導引和先驅的意義。同時他所從事的台灣兒童文學史料收集與分析、兒童文學理論的論述與建構，更為後來的研究者作了基礎的奠基工作。為了更清楚了解許義宗先生在兒童文學領域上的耕耘過程，於是安排了此次的訪談。

* * * *

——談談您個人最近在兒童文學領域的研究？

最近這幾年我在兒童文學方面的著墨較少，有很多因素。比較重要的原因有二：

一是雙親往生，心情悲痛，經常難以平衡。一是我計畫著作出版一系列的貨幣發展專書五本。我對自己有一個期許，就是別人比較不喜歡做的、不願做的、不能做的，我樂意去做。我大概做的都是比較務實、基礎的工作，這是我做事努力的方向。所以這幾年兒童文學的著作出版的只有一本《方寸兒童文學》，一方面是紀念母親的恩澤；另一方面也是我對兒童文學基本理念的呈現，用簡單扼要的方式呈現我的兒童觀、文學觀、教育觀的書。雖然在兒童文學領域的著墨較少，但我並沒有停止和兒童文學相關的工作。我曾多次受邀演講，從科際整合的角度去探討兒童文學的問題，講題較富前瞻性、開拓性。我也曾從《西游記》、〈桃太郎〉的故事探討中國和日本的文學教育、從社會變遷談兒童文學的走向、從兒童文學角度探索孩子生命力的呈現……等。

——《方寸兒童文學》一書是結合了郵票與文字來呈現兒童文學，爲什麼會有這樣的構想？

這跟每個人的行事風格有關。首先我喜歡集郵，多年來也確實累積了不少材料，當這些材料累積到一定程度，便產生寫作這本書的構想。我希望透過具體化、生活化，並且避免教條式的說明，讓原本被人認爲是嚴肅的議題，變得易懂、易親近。我對於相關的東西都會去留意，一般人會覺得兒童文學就是兒童文學，很少會去了解兒童文學與其他學術的關係，但未來的走向是多元的，科際之間的整合無法被忽略。如果文學作品無法落實、生根，無法與兒童或羣衆結合，這樣文學將是懸空的。有人說現在的大人與兒童對於文學的感受或需求不是那麼强烈，我們不能怪兒童、讀者或羣衆，我們要思考的是文學作品是不是「曲高和寡」？我認爲文學作品之所以能深植人心就是因爲它的感動力，因此我用這種方式呈現。我不敢說我的書很特殊，但的的確確是日積月累的成果。這本書看起來很簡單，但卻跨了幾個領域，包括你要有集郵知識、豐富的集郵經驗及管道、懂兒童文學、而且要能緊密的把兩者結合在一起。兒童文學發展到現在，如果你要寫一本廣泛探討兒童文學的書籍，就要有特色與超越，否則就是陳陳相因。

——早期爲何會投身兒童文學史料收集？在當時資料收集的困難？

我的理念很簡單：一個人必須懂得自己所處的時空背景。在五〇、六〇年代，因爲兒童文學的研究一片荒蕪，便要做一些奠基的工作，讓後面的人來乘涼。奠基者所做的就是這些基石工作，我不敢說我對兒童文學有什麼樣的貢獻，但是我不管對台灣的兒童文學、或整個沒有國界的兒童文學，我都在做奠基的工作。例如目前兒童文學史的研究，一定要依靠前人建立起基本的資料，我們不能蒙蔽一個事實，當資料愈多，就愈容易寫，且寫得愈豐富、愈精彩、愈有內容。我的《兒童文學論》（一九七七年）裡提到兒童圖畫書，爲了要寫這部分，我就必須去找出台灣早期研究圖畫書的有那幾篇文章。這本書後來得到「中山文藝獎」的肯定，評審的意見就是「作者用實際的經驗來堆砌理論的建構」。

資料的收集確實很難，但是就是要作這樣的事情。有很多的資料是要自己建立的。過去中國的資料相當少，一部分要仰賴來自西方的資料，外文有移植性，移植後加以融會貫通。沒有人可以獨自創造發明，一定要有所憑藉，但也不能人云亦云，必須透過歷史觀，來看歷史的發展，而不是盲目的跟隨別人的看法。胡適先生說過：「有八分證據，說七分話。」這句話有它一定的道理。

——是否有人啓發了您對兒童文學的興趣？

我認爲童年跟個人以後的人生發展有某種程度的關係。我的母親是天生的兒童文學工作者，晚上常講故事給我們聽，所以我小時候第一個聽到的故事是媽媽說的，她所講的都是台灣的民間故事，如〈虎姑婆〉、〈好鼻師〉（台語）、〈順風耳〉……等等。另外我對於語言的興趣也要歸功於我母親，因爲她透過台灣童謠，讓我體驗到語言的美感而沈醉其中，而與語言、文字的美感結下不解之緣。

——可否請您談談您與兒童文學的因緣，以及接觸兒童文學的過程？

我小時候就喜歡收集東西。我收集聖誕卡，那時聖誕卡很少，到教會去做禮拜完之後會分卡片，我到教會的目的就是要拿到卡片。那些卡片帶給我文藝的氣氛，因爲上面有很多美麗的畫面，因此以後對於美好的事物我都非常的執著。去教會的一個附帶效果是因爲牧師很會講故事，如〈出埃及記〉、〈諾亞方舟〉等，讓我對故事著迷。在小學一到三年級時，老師也常講「格林童話」、「安徒生童話」故事。國小五、六年級的時候，我最喜歡讀「學友」、「東方少年」，這些雜誌帶給我們很多文學上的滋潤。

初中階段我開始在學校的刊物發表文章，同時也看了很多的文學作品，到了一九六〇年進入台北師範，碰到了幾個老師都和國語日報社有關係，像魏廉／魏訥老師、郭寶玉老師、那宗訓老師等。當時我們這些學生都被鼓勵寫稿子，同時老師也指導我們如何去欣賞、分析一篇篇的兒童文學作品。當時那宗訓老師主編《新生兒童》，有一個專欄叫〈兒童文學經典名著的賞析〉，藉此指導我們。老師會告訴我們，那個地方忽略了，那個地方值得稱讚，在這種情形下我成長很多。一個作品我會讀很多遍，我先掌握主題呈現，然後是角色的塑造、情節的安排、背景的設計、語言的應用、動作的描繪、整體的呈現、特色的突顯。而《兒童文學名著賞析》這本書便是我從師範學校開始，歷經擔任小學教師的階段，到就讀師範大學的幾年間的成果，長達十年的時間。後來請一些大小朋友當作第一讀者，票選所有的作品中比較感動的、喜歡的，而歸結成《兒童文學名著賞析》（西洋篇）。師範學校畢業後就出了《母親的吻》。這本書是我在台北師範學校時發表的文章，系統的歸結後出書，當時語文大師齊鐵恨先生還幫我題字，鼓勵我。

從老師及雜誌中帶給我很多文學的養分，而不斷閱讀作品的結果，人的思想也慢慢跟著改變。這種改變會造成一個人思想層次的提升，不致於停滯在第一層的只會收集資料而已，而是能將收集的東西或學問，將之系統化，建構成有組織性的東西，然後學以致用。文學作品帶給人的除了感情的滋養外，更重要的是理性的養成——就是會思想，不只會站在自己的角度看自己，也會站在自己的角度看別人，更懂得站在別人的角度看自己，同時也站在別人的角度看別人。這會導引你去思考你要做什麼樣的人。兒童文學在我心中原本只是一個雛形，在進入師範後才定型。我並非心甘情願唸師範，但我進到師範後，努力吸納一切可能的養料，因此兒童文學才定型。亦即我原本無意走上這條路，這條路並非唯一的路，但是對我而言卻是一條重要的路。

師範畢業後我回母校教書，在國民小學教書的階段，可以說是我人生最輝煌的時期。因爲和小朋友生活結合在一起，有更多的感動、更多的靈性，促使我寫了一些作品，在往後彙集出書。在小學任教階段，跟兒童有更好的接觸，更能體會兒童文學的魅力，以及兒童文學應該的走向。其次我嘗試各種不同文體的寫作，從不同角度，從文體、寫作方式、不同的觀點看兒童文學，使我自己對於兒童文學能有全方位、多面向的考慮，試圖從中建構兒童文學理論的結構。同時我也和其他國小教師以文會友、以筆交心，用這種方式，將早期難以出版的書出版。在這時期也主編了桃園縣國小聯合校刊，分初、中、高年級來出版。我除了寫作兒童文學之外，也開始推展兒童文學工作。這個時期的成果是豐盛的，得到了不少肯定，包括獲得青年獎章、特殊優良教師等榮譽。

保送師範大學後我更加積極，很多兒童文學作品都是在這時期發表。師大畢業後到師專教書，開始教授兒童文學課程。除了寫作外，也主編叢書，如《現代兒童文學創作專輯》（榮獲行政院新聞局「金鼎獎」），另外也主編古典作品的整理，如《民間故事專輯》等書籍。

能否談談您對兒童文學的理念及看法？

我認爲文學是多樣性的。有些東西是某些人所欣賞的，但也必然有一些是不被喜愛的，但你不喜愛不代表沒有價值。所以我們看一本書要看書的本質或特質，它有沒有以兒童爲本位？有沒有反應時代？有沒有民族風格？文學技巧好不好？我們要思考能不能讓我們的下一代有更好的語言樂趣、有更大的文學成長空間。

一篇好的兒童文學作品，要能得到不同年齡階段的人的喝采與共鳴，不是只有兒童共鳴而已。兒童文學的概念不應只是兒童的文學，兒童文學是所有人的文學，只不過因爲它比較强調讓兒童能獲得較多的滋養，而能體會文學中的美感，需要用比較淺白的方式讓兒童接受。

目前台灣在兒童文學的發展走向及其困難？

我認爲台灣兒童文學的發展有四個走向：兒童本位、民族風格、反應時代、文學技巧。兒童文學不能只定義在狹隘的範圍，文學必須與戲劇、繪畫、音樂結合才能符合未來兒童的需求，同時也要和影像及電腦結合。兒童文學的發展靠的不只是兒童文學作家的努力而已，很重要的一點是社會大衆的文化層面能否提升，是整體文化的問題。閱讀人口多，相對的買書的人就多。我們要發展兒童圖書館事業，西方的兒童文學之所以發達，和兒童圖書館有絕對密切的關係，可是出版社的書要有人買才能不斷的出版。除了兒童文學作家的努力外，整個社會的文化是否能提升是一個很重要的關鍵。

其次我們雖然沒有辦法一下子把社會的讀書風氣很有效的調整，但是兒童文學作家還是要不斷的努力，把自己的視野放廣，吸納外國、本國作品的優點，然後自問應該有什麼樣的突創性，呈現自己的特色。一個作品要有特色並非一蹴可幾，是需要某一階段的努力或長時間的經驗累積。也要作多面向的考量，不要只有在童話、童詩打轉。一窩蜂的創作童詩、童話，其他不重要嗎？其他的沒有魅力嗎？沒有發展的可能嗎？此外更要廣泛地開拓自己的學習領域，不要迷信權威，多方面比較、深究，不要只聽信一家之言。另外我也要呼籲老作家或成名的作家，不要把兒童文學當成是難度高的東西。我們看到很多得到諾貝爾獎的作家，都或多或少會回想童年，寫下童年的境遇，不管是苦痛的、喜悅的，都可以洗滌人生，讓閱讀你的作品的人得到啓示。所以文學作家們應繼續努力，應繼續堅持。

＊　＊　＊　＊　＊

許義宗先生對於兒童文學的熱愛與關心，在筆者訪問的言談及資料的分享中表露無疑，雖然此次的簡短訪問只能對許義宗先生在兒童文學領域的耕耘，作極為粗淺的認識與了解，但許義宗先生穩健、紮實的治學態度和風範，卻令人印象深刻。

聽著前輩打開記憶之窗，娓娓敘說著他和兒童文學間的種種，對這些早期在兒童文學領域上開拓的先行者，不知不覺中油然地升起敬佩之意。這些走在荊棘路上的先鋒，為今日的台灣兒童文學所付出的心血與努力實在令人感動。而他們為兒童文學所做的努力更值得我們學習與喝采。

附錄

一、兒童文學活動年表

一九四四年二月十六日

•生於台灣省桃園縣。

一九六三年

•省立台北師範學校畢業。

•六月，寫作〈最快活的人〉，發表於《國語日報・兒童版》。自此即嘗試創作、改寫、譯述各種兒童文學作品。

•八月，執教桃園縣大園國民學校。

一九六四年

•九月，《母親的吻》爲第一本兒童文學寫作嘗試集。

•十二月，榮獲省立新竹師範學校主辦桃、竹、苗三縣國校教師兒童故事寫作比賽第一名。

一九六五年

•五月，編著《公民與道德故事集》低、中、高年級三册，著重以文學啓發兒童致良知。

一九六六年

•八月，主編桃園周刊「兒童樂園版」爲農村兒童提供精神食糧。

● 元月，創辦《小鴿子》兒童期刊，十月擴大爲《桃縣兒童》，擔任主編工作。

● 三月，因研究兒童文學對國家社會有特殊貢獻，在青年節全國大會接受表揚，並受贈青年獎章。

● 四月，與文友黃基博、藍祥雲、傅林統等人合編《玉梅的心》。

● 九月，當選第二屆台灣省特殊優良教師。並編印《小鹿逃命吧》、《小青蛙歷險記》兩本動物故事集。

一九六九年

● 十二月，膺選全國優秀青年。

一九七〇年

● 三月，印贈少年勵志文集《前進的指標》一書，給少年朋友。

● 六月，出版《兒童作文初階》。

● 九月，保送師大就讀，開始從實際的寫作經驗、鎔鑄理論，建立兒童文學體系，並陸續發表。

一九七三年

● 十月在中央副刊發表〈兒童文學的展望〉呼籲大家重視我國兒童文學的發展。

● 十二月，《小狐狸學打獵》出版。

一九七四年

•八月，受聘任教台北市立女子師範專科學校，講授「幼稚園語文科教材教法」課程，並兼代夜間部課務主任。

一九七五年

•二月，在中央研究院附設幼稚園主辦兒童文學文友座談會，主題爲「兒童文學發展的趨勢與開拓方向」，參加文友有林良、林鍾隆等人。

•九月，擔任台北市立女子師專及淡江文理學院「兒童文學社」指導教師。

一九七六年

•十二月，出版《我國兒童文學的演進與展望》。

一九七七年

•元月，出版《兒童文學論》。

•五月，榮獲中國文藝協會文藝獎。

•六月，出版《兒童閱讀研究》，並承美國國會圖書館函索典藏。

•十一月，榮獲中山文藝理論獎。

一九七八年

•六月，出版《西洋兒童文學史》。

・十一月，因致力國語文教育工作受教育部頒獎，同月榮獲中國語文學會「中國語文獎章」。

一九七九年

・二月，出版《幼兒單元活動指導計畫》（著重文學感動與語言品味）。
・七月，受中山學術文化基金會獎助，出版《兒童詩的理論與發展》。
・九月，配合國際兒童年出版兒歌創作紀念專輯《媽媽我愛您》、《小花狗愛看花》，同月在市立師專音樂科講授「兒童歌謠研究」，並編撰大綱二冊。
・十一月，當選中國語文學會理事。
・十二月，主編《兒童文學創作專輯》三十冊，呈現當代兒童文學成果。

一九八〇年

・二月，獲頒童子軍木章。
・四月，與江文雄先生合寫《幼兒教育通論》。
・六月，發表〈各國兒童文學研究導論〉論文一篇於《台北市立師專學報》第十二期。
・九月，擔任市立師專「兒童文學」課程。

一九八一年

・三月，出版《世界的兒童觀》（兒童圖畫書）。

- 九月，主編黎明版《中國民間故事集》十冊。
- 十二月，參加全國第三次文藝會談。

一九八二年

- 二月，出版《幼兒說話指導》。
- 四月，榮獲教育部張雪門幼教獎金。
- 九月，當選全國十大傑出青年。

一九八三年

- 四月，在國立師範大學主辦的「兒童圖書館研討會」發表論文〈我國兒童讀物的現況及改進〉。

一九八四年

- 十月，出版《兒童文學名著賞析》。

一九八五年

- 四月，編撰《我國幼稚園教育現況調查研究》爲教育部教育計畫小組出版。
- 《各國兒童文學研究》出版。

一九八七年

- 三月，出版《聽！那是什麼聲音》（兒童圖畫書）。

一九八八年

・元月，出版《幼兒語文教育論集》。

一九九二年

・出版《幼兒故事的內容與編選》。

一九九五年

・九月，出版《方寸兒童文學》。

*註：上表資訊摘錄整理自：國家圖書館網站「當代文學史料」資料庫中，許義宗先生的手稿，並經許義宗先生初步修改校對。

二、著作目錄（兒童文學部分）

書名	出版者	出版年月
母親的吻	永安出版社	一九六四年九月
動物世界	永安出版社	一九六五年
公民與道德故事集	青文出版社	一九六五年五月

中華民族的故事	永安出版社	一九六六年十月
前進的指標	永安出版社	一九七〇年三月
兒童作文初階	永安出版社	一九七〇年六月
小狐狸學打獵	國語日報	一九七三年十二月
我國兒童文學的演進與展望	著者自印	一九七六年十二月
兒童文學論	中華色研出版社	一九七七年一月
兒童閱讀研究	台北市立女師專	一九七七年六月
西洋兒童文學史	台北市立女師專	一九七八年六月
幼兒單元活動指導計畫	理科出版社	一九七九年二月
兒童詩的理論與發展	中山文化基金會	一九七九年七月
媽媽我愛您	中華色研出版社	一九七九年九月
小花狗愛看花	中華色研出版社	一九七九年九月
星星的母親	成文出版社	一九七九年十二月
幼兒教育通論（與江文雄合寫）	幼教出版社	一九八〇年四月
各國兒童文學研究導論	台北市立女師專	一九八〇年六月

世界的兒童觀	樹人出版社	一九八一年三月
世界兒童觀：欣賞國際兒童年郵票	樹人出版社	一九八一年
我國兒童讀物的現況及改進	國立台灣師範大學	一九八三年四月
我國兒童文學的演進與展望	行政院文建會	一九八三年四月
兒童文學名著賞析	黎明文化公司	一九八三年十月
芒果樹的故事	水牛出版社	一九八四年
各國兒童文學研究	三民書局	一九八五年五月
聽！那是什麼聲音（兒童圖畫書）	理科出版社	一九八七年
方寸兒童文學	圓融文化基金	一九九五年九月

三、報導與評論彙編

(一)報導部分

鼓勵學生投稿，啓發作文興趣——許義宗老師三年有成　劉震慰　台灣新生報三版

一九六六年三月二十六日
埋頭創作兒童讀物，從眞善美啓發人生——模範青年許義宗今天接收表揚　吳心白
聯合報　一九六六年三月二十九日
辛勤卓越的小園丁　曾信雄　國語日報三版　一九七二年五月廿一日
兒童文學，寂寞園地，回顧歷史，茁壯不易——有心人辛勤耕耘，欣見枯枝生蓓蕾
邱傑　聯合報七版　一九七七年四月一日
致力研究兒童文學，散發光熱滋潤幼苗，許義宗獲選十傑實至名歸　稽春聲　中華日
報三版　一九八二年九月廿一日
作育新生代，重建赤子心，許義宗醉心兒童教育默默耕耘，榮獲十大傑出青年成就獲
肯定　林炯仁　台灣日報三版　一九八二年九月廿七日

(二)評論部分

評介《兒童文學論》　林桐　國語日報三版　一九七七年一月卅日
我讀《兒童文學論》　劉惠明　中華日報九版　一九七七年四月廿八日
《兒童文學論》簡介　羅枝土　國教世紀十三卷四期　一九七七年十月卅一日
評介《兒童文學論》　馮輝岳　青年戰士報十版　一九七九年二月廿一日

創新兒童讀物兼介《兒童詩的理論與發展》　馮輝岳　青年戰士報十版　一九七九年二月廿四日

評介《兒童詩的理論與發展》　羅枝土　國語日報三版　一九七九年十一月四日

推介《兒童詩的理論與發展》　羅枝土　中國語文四十六卷三期　一九八〇年三月　頁十六～十七

一部特出的報導文學，評許著《世界的兒童觀》　龔湘萍　中華日報十版　一九八一年

推介兩種優良讀物（嚴友梅《兒童讀唐詩》、許義宗《世界的兒童觀》）　如眉　中國語文四十八卷六期　一九八一年六月　頁六十四～六十五

評介《世界的兒童觀——欣賞國際兒童年郵票》　徐瀅　師友二〇九期　一九八四年十一日　頁五十六～五十七

提撥專款倡導兒童藝文活動對培養美育具鼓舞作用　徐開塵　民生報九版　一九八五年一月十二日

一般人談到「教育性」，通常認為作品應該是正面的、積極的、強化的，不能寫壞的、惡的、醜陋的一面。然而環顧偉大的文學作品，便可發現其中常對人性作無情的解剖，而我們卻能從中得到很大的啟發……

——桂文亞

☞桂文亞

桂文亞專訪

——帶領孩子們環遊世界的思想貓——

◎第一次訪問

地點：台東師院・新國際會議廳

日期：一九九八年三月廿七日

時間：下午一點

訪問者：王貞芳

◎第二次訪問

地點：民生報社（採電話訪問方式）

日期：一九九九年三月八日及三月十二日

時間：晚上九點～十二點

訪問者：吳文薰

總執筆：吳文薰

桂文亞女士現任「民生報·少年兒童組」主任暨「少年兒童叢書」主編，是一位兒童文學界資深的編輯，亦是一位辛勤耕耘的兒童文學作家。除此之外，她更是推動兩岸兒童文學交流不可多得的指標性人物；多年來，她運用了報紙及出版品雙方面的推動，使得海峽兩岸的兒童文學作品有了廣泛、實質的交流。現今海峽兩岸的兒童文學界交流頻繁，桂文亞女士功不可沒。

在本篇訪問稿中，我們特請桂文亞女士細談她走入兒童文學的緣由、及她推動兩岸交流的心得；此外，更有她對於有志從事兒童文學工作者的一番鼓勵。其實，文學工作的路途原本就是艱辛的，桂文亞女士身兼數職外，仍堅持不斷創作，輕鬆的言談間充分表現了她的認真與執著，這是頗值得感佩與學習之處。

* * * * *

關於兒童文學

——您如何走進兒童文學的領域？

我原本從事的是成人文學的編輯、創作，及報導文學的寫作工作，一九八三年轉調《民生報》主編「兒童版」時，才開始對兒童文學產生興趣。兒童文學是我之前未接觸的新領域，它和成人文學的領域不同，不久我就發現兒童文學的工作領域比較符合自己的本性，於是決定放棄成人文學，專心兒童文學的編輯工作。

——您認爲兒童文學作品中，是否應有意識地具備教育性？

兒童文學作家應不同於其他領域的作家，而具備有某種「自覺性」——這不僅是教育性或非教育性的問題。文學的最高價值，是在提昇人性，透過作品將人性的光輝或人生的種種苦難揭示出來，從而得到一種提昇的力量。一般人談到「教育性」，通常是指作品應該是正面的、積極的、强化的，不能寫壞的、惡的、醜陋的一面給孩子們看。然而環顧一下偉大的文學作品，便可發現其中常對人性作無情的解剖，而我們卻能從中得到很大的啓發。因爲這些無情解剖的背後，都是爲了追求人生的眞理與智慧，這是文學家最終追求的目標。兒童文學作品也是一樣，只是它的表現方式較爲特殊。

爲什麼特殊？因爲它面對的對象是兒童，牽涉到兒童經驗的問題，不能像成人文學這樣毫無拘束地寫，比如在文筆上不能夠太新潮、結構上不能太複雜、人物上也無法做太深刻的剖析……。兒童的心靈尚幼小，比如說大人可以喝烈酒，小孩頂多啜兩口葡萄酒，所以給他們的東西必須要有一個「精心調配」的過程，這就是我所謂兒童文學作家的「自覺性」。寫作的過程必須是理性的，而且經過相當的文學訓練，並非寫得「淺」就是「兒童文學」；也不是把東西寫得比較浮面或顯出「光明面」，就能算是兒童文學。

您剛才提到有關兒童經驗的問題，那麽您認爲諸如死亡、犯罪等題材，適不適合呈現於兒童的讀物中？

我覺得寫作的層面有三個高度：一是語言的、二是藝術的、三是思想的高度，而表現手法越高，越不受題材的限制。兒童不能很理性看待死亡，但他的確「看過」死亡，對於死亡一定有很多的困惑。而一位優秀的兒童文學作者，應該關心這樣的問題，因爲兒童能早些認識到人生的面貌是好的。但是要用怎麼樣的手法認識這些呢？我在《二郎橋那個野丫頭》裡就有好幾篇關於生離死別的作品，這個部分其實不需要迴避。現在有很多孩子天天面對著父親的權威、父母親的婚姻失和等等難題，文學作品能夠幫助兒童面對心靈的成長，給他們精神力量。

——您希望您的攝影散文作品，帶給孩子什麼樣的影響？還有，這樣的作品中，您認爲知識性與趣味性孰重？

任何文學作品，我以爲引起兒童閱讀的興趣是第一要務，「趣味」的營造是一種寫作的智慧，尤其是兒童文學，一定要「又好吃又營養」才好。就我而言，比較重視閱讀的趣味與享受，至於能不能做到是另一回事。要引起孩子的興趣，寫作的原創性必定要相當高，而營造藝術美感，也應視爲兒童文學的本質之一。

我們應該讓孩子體會什麼是「美」——這美不一定是視覺上的「好看」，而是一種感動的感覺，使得最後能促成一種行善的力量。如果從「形式」來講，我從小就是一個喜愛藝術的人，雖然沒什麼機會拿起畫筆，但在潛移默化之中，自然而然對影像也充滿興趣。特別是眼睛可以看到的美，幾乎成爲生活的一種追求和享受。文字與圖像的相互滲透與參照，成爲我表現思想、情感的一種新的文學表現方式，它讓我更能滿足傳達上的完整感。至於帶給孩子什麼影響，可能就是一種對美好感覺的關心和重視吧！而知識與趣味孰重？我以爲趣味爲先、知識隨後，二者相輔相成、兼具是最理想的。

方才您提到關於「美」的表現，身爲一位作家與編輯，您認爲兒童文學作品在文字上的基本要求爲何？

當然第一用字要正確、合乎語法，並能流暢的運用文字，清楚、明白、又有創意。例如好文章不該大量引用成語、或一般人都想得出來的詞彙。文章的意象要創新，作者的想像力就要豐富。比如當大家說「月亮像銀盤」時，你就該說「月亮像檸檬」吧！如果你只複製大家在用的成語、俗話，那就了無新意了。還有，文字上要簡鍊、明快一些，長篇累牘和吊書袋兒都沒意思。現在還有一些「主題先行」的想法，就是先想好主題再去創作，在此，我還是認爲「教育性」的主題不宜强調。也不必「裝得」跟現在的小孩很接近的樣子，我不大同意有些作家不論小孩在流行什麼，統統把它寫到兒童文學裡面，我們應該帶動時潮、創造時潮，而不是跟著流行「媚俗」。

關於創作

您的作品多以少年散文爲主，有沒有想過其他的文體，如小說？

小說，我也寫過的，過去寫過成人小說，最近的《二郎橋那個野丫頭》基本上是兒童小說。但是，散文對我來說，是比較容易入手的文體，因爲它隨處都可以寫，隨處都有題材。我並不執著於寫任何一種體裁，只是下筆的時候，在氣質上它就是個散文。而兒童散文本身也可以有很多主題，只是作家會著眼於他生活經驗中最熟悉、也最有感覺的主題。當然，以小朋友的學校生活、家庭生活、朋友之間的相處爲主題的話，是比較容易引起他們的共鳴的。

不過，現在小說裡有一些如單親家庭、孩提時期朦朧的愛情等，都是很好的題材。其實我稱不上是專業的作家，我主要的工作，還是以兒童文學的編輯爲主，像是編報、編書、組織活動，寫作只能算是我的業餘，這樣的工作時間通常沒辦法很完整。再回到散文的問題。散文的寫作著重於「眞情實意」，它不必去虛構很多東西，就有很多題材可以寫了。再者我認爲對於兒童來說，不論是閱讀也好、寫作也好，散文都是入門，對語文的學習幫助也最大。不過，在你問這個問題以前，我倒沒有很仔細想過，爲什麼我多寫散文而少寫小說……我想那是很自然的。

——大陸評論家孫建江在《桂文亞少年散文初識》這篇文章中提到「成人視角」和「兒童視角」的問題，請問您在寫作時如何考慮兩者的差異？

剛才我說寫作對我來說是一件很自然的事情，確是如此，比如我寫童年的故事的時候，我很自然地回到了童年，無論是心境或語境上的處理，似乎沒有什麼困難，我對童年的印象非常清晰且充滿感覺。有些人在心態上，對於童年的感覺似乎已很遙遠，但對我並不是這樣。再者，我的童年記憶並不是一部完整的小說，它們是局部的、片段的，我沒有想到要特別去記憶哪一部分，因爲人的生命中，好像有很多部分不必特別去記憶它，然而在發生的當時，感覺是這樣强烈。然而，有些事經過了時間會自然地過濾、沈澱，我只是寫下那些難以忘情的回憶，並不曾刻意拼湊。

我相信作家們會有很多不同的心境，越好的東西就自然會去用它，好比你腦子裡有很多抽屜，你要用的時候就很自然會去打開它了。寫作畢竟不只是記錄，而是要用這記憶的主體，去作藝術的昇華，至於要使用「成人視角」或「兒童視角」的問題，端視當時用何種表達方式最好。評論者是站在分析的角度用學術名詞來界定，但並不負責判準記憶中的哪些東西重要、哪些東西一定要用什麼方式來寫，而是將作品的呈現方式做一個完整的歸納。

——您的近作《馬丘比丘組曲》中，包含了許多有關歷史的敘述，您希望這樣的敘述中，帶給兒童怎樣的視角與觀點？

《馬丘比丘組曲》是我最新的兒童散文作品，可稱為紀實遊記。遊記的出版品不少，但專為少年兒童寫的遊記卻不是很多。這本書在結構上算是比較完整的，而且對於一個不熟悉當地的讀者而言，為了引領讀者身歷其境，必然會有一些歷史的敍述。就像讀一本傳記，你會想先了解主角的生長背景，和使他成為一個重要人物的因果。所以當我到了一個地方，無論是國內或是國外，都會考慮讀者可能知道這個地方、也可能是不知道這個地方的。一個國家文化的形成，當然是因為有它的歷史，但歷史並不足以構成所有旅行文學的特色，還應包括這個地區的過去、現在和未來在一個作者心目中的感受和認知。歷史的敍述可以是一個概略性的提示，像是導覽一樣，把它放在現代的一個空間來介紹。歷史的功用即是鑑往知來，讓人覺得格外親切，也加深對一個地方更深度的了解。

至於我要帶給兒童什麼樣的視角呢？我希望他們能夠了解自己生存的母體和那個他不熟悉的地方之間有什麼差異。比如書中說到的印加帝國，他們經過了西班牙的殖民四百年，而身為生長在台灣這一代的中國人，雖然可能沒有被殖民過的經驗，但我們的父母、祖父母輩卻可能有被殖民的經驗！在這種情況下，他們是怎麼面對被殖民的歷史呢？他們是怎樣的一種心境呢？作者以這種心態來創作，一來，可以充實閱讀者知識；二來，可以了解那樣的苦難我們也曾有過，就可以培養出同理心，這樣才容易擴展兒童的視野和心胸。所以，我寫遊記並不純粹爲了「好玩」而已。

——胡錦媛教授曾提到，台灣少有眞正的旅行文學作品。您認爲您的作品屬於旅行文學嗎？又，您心目中的此類作品具有哪些要素？

我想知道「眞正的旅行文學」是什麼？當然，很多遊記並不是很有「文學味兒」，只能稱爲「旅行資訊」罷了。但旅行文學既然被歸類在所謂的「文學」領域裡頭，我們就不能輕忽了它文學的特質。台灣有沒有眞正的旅行文學？我想也是有的。我不敢講眞正的旅行文學是什麼，那不是我研究的範疇。但是我看過很多的遊記，我想眞正好的旅行文學也講求原創性和藝術美感，就好像我們站在同一塊土地上，但我和你的感覺是不一樣的。我希望在講一個地方時，是根據這一片土地的歷史淵源，去了解它和別的國家不一樣的地方，譬如它在整個地球上的「位置」，如何影響它形成地理、文化、經濟上獨有的特色。換言之，就是去做全面的觀察。若缺少完整和透徹的理解，敍述就無法深入。文學需要想像，它不是研究報告，也不是旅行社定期提供的旅行資料，是一個作家對這塊土地眞正的感情。有人從生態來切入、有人從經濟環境來切入、有人則從文學藝術的角度來切入，但不管從哪一個點，他都是由文學的感性出發。所以，「旅行文學」應是廣義的，並不單指某一地方的風土人情而已。

我旅行過很多地方，但很少地方是我能寫或想寫的，癥結即在沒有太多深入的感覺。當然要查資料是非常地容易，可是資料畢竟是死的東西，要如何讓人產生「活」的感情，那就是作家的任務了。如果一個人沒到過一個地方，他不會有深刻的感情；如果他到了一個地方，對那兒的背景不夠了解，也只有浮淺的「感覺」而已。所以，這樣的寫作應該是「理性與感性的結合」；還有很重要的，你如果旅行過很多地方，勢必更能了解某個地方的獨特性，如果你只去過一個地方，那是無從比較的了。經過了比較，參照時的深度會更加地寬廣。這是我對旅行文學的一個基本看法。

指標性事件——關於兩岸交流

——能否談一談台灣兒童文學作家與大陸兒童文學作家的處境有何不同？

我先講大陸的情況，大陸幅員廣大，兒童文學工作者本身的交流也比台灣來得多。在他們的寫作環境裡，很多的兒童文學寫作者都是「少兒社」（即每一個省的「少年兒童出版社」）的成員。出版社裡又有各編輯室，從學齡前到青少年的讀物，分工詳細；每一年的編書量甚至超過百本，包含期刊、畫報和叢書，所以他們需要很多的編輯。而他們和台灣的不同之處是，有不少編輯就是兒童文學的寫作者，同時他們上班的時間比較彈性，有較多的時間從事兒童文學的創作。而在台灣，編輯和寫作的角色可能是分開的，連結性不像他們那麼緊密。再加上大陸方面有非常多的刊物可以發表，在台灣可以發表的報刊雜誌相對就很少，作者本身也有其他工作在做，並非專業作家。所以就客觀環境來說，大陸那邊比台灣好得多。

大陸本身也存在著競爭的問題，在他們的生態圈中，好的作家也會往大的雜誌社或出版社投稿，所以這些雜誌社和出版社儼然成爲有名作家的「跳板」，而新人或較沒有名氣的作家就較難進入這個圈子裡面。就像台灣能在大報上有發表的園地，你的知名度就會較高一樣。除此之外，他們也有不少文學獎。

——在台灣方面，您認爲目前的兒童文學作家或兒童文學工作者（比如童書的編輯）有沒有走入比較專業的領域呢？而大陸方面的情況又如何？

我覺得台灣近十年來的發展，專業的品質一直在提昇，而且有越來越多的人意識到兒童文學這個領域的重要性。尤其台灣的資訊業開放，新的資訊要比大陸那邊接受得要多、要快，這也是一項優勢。再者，我們這兒設計和印刷的水準也要好得多，所以，大陸也把台灣這方面近年來的發展當作一個參照的對象。大陸的優勢是資金可由國家來提供，所以出版量大，在體制的允許下，如果有什麼新的東西他們也會注意，基本上可以做得和我們一樣好，甚至會更好。

——兩岸近年來在兒童文學的交流有研討會、文學獎、出版交流……等方式，那麼在未來，您認為還有哪些方式和管道可做更多元化的交流？

在這裡你提到的研討會、文學獎、出版交流……等，其實都只是一個起步，若要再擴大或做得更好，必須有更深化的交流方式。這十年的交流只是一個初步的接觸，兩方也都有若干阻礙，比如自己要顧慮自己「生態環境」的競爭，若要花大量的人力和時間就要考慮。我們也辦研討會，但是它並不是一種有系統、有組織性、有長遠計畫的研討會，只是有機會就辦一辦，成果是有的，但是並不大。事實上，我認為台灣的兒童文學界對大陸的認識既不夠，也沒有餘力去關心。但是，我們自己的變動是很大的，他們也在很大的變動之中。目前雙方彼此間應該是「互相需要」的程度而已，像文學獎亦是。兩岸從一九九二年《民生報》辦過一次文學獎之後，好像就沒有其他機構再辦過類似的文學獎。出版交流是持續的，但這樣的交流也非全面的，大陸的出版之門可說並沒有打開，所以談到交流只能停留在一個理想性的程度而已，還無法顧及到眞正的現實面。

我們還不足以把以往的交流記錄當成一個驕傲的成績來看待，比如學術的交流也還沒有更進一步開展，對於研究彼此對方的兒童文學發展，也還沒有具體操作。當然這不是一、兩年就能看出成績的，所以未來還有很多發展的空間。想一想，大陸有這麼多的兒童文學作家，台灣有多少人認識他們呢？相對的，他們那邊認識我們的人也不夠多，所以全面性的交流還值得繼續努力。兩岸交流必須有長遠的計畫和理想，如果只要求有一個「記錄」留下，而不問眞正做了什麼，那是很可惜的。而且什麼事該由什麼單位來做。也就是「對位」的問題，應該再求準確。

——依您來看，目前雙方的交流是否稍嫌保守？

應該是大家覺得還沒有那麼急切地需要吧。時機的成熟要靠雙方共同的認知，如果有人認爲這件事是「當務之急」，才有進展的可能。我們自己的環境裡要努力的地方還很多，是不是現在就有交流的必要？況且雙方還有意識型態的阻隔。即使像《民生報》雖然也長期努力地在做，但嚴格來說也不算是我們的「工作重點」，而是我們覺得該做的一部分事情。如果能有一個長久性的組織專注地投入這件事，那麼成效應該會早一點顯現。

對兒童文學的看法及期許

——現今視聽媒體發達，小朋友好像越來越不去閱讀，您認為對於目前想從事兒童文學工作的年輕一輩，應該走向什麼樣的新方向？

嗯……我昨天剛看了國家地理雜誌電視頻道（那幾乎是我看電視的唯一選擇，因為看書的時間都不夠了），知道有些人選擇一生的時間，到叢林裡去觀察動、植物，儘管很少人去做這類的事，但是他們對地球的貢獻卻是一等一的大。這如同兒童文學雖然一向只受到小衆的注意，可是如果在你的價值觀裡覺得它是值得的，為什麼不去做？作為一個兒童文學編輯，永遠都在尋找最好的作者，我想其他出版社也是一樣。不過寫作這件事，好像不光是努力就可以達到水準以上，它還是需要一些天賦，這一點就比較不能强求。

要從事兒童文學工作其實有各種各樣不同的機會，「成爲作家」只是其中的一項，比如你們「兒童文學研究所」的學生，就有很多的事可以做，沒有什麼理由覺得受挫和沮喪的。只是每個人要了解自己的優勢在那裡、最能掌握的是哪一部分，也就是找自己最能發揮的領域去拓展。像我算是「半路出家」的！我是從大量的閱讀和改寫開始，這一方面我做了非常多的努力、累積了豐富的資源，之後在從事這個工作的第九年才開始寫作。你們這麼年輕，毋需太急於發表，只是要有一個明確的目標。如果你能做一個很好的老師，也是一個很好的志向。

長期以來，我把自己定位爲新聞從業員與專業兒童文學媒體編輯，因爲我的崗位就是媒體工作，希望在這兒把兒童文學的工作做好，至於寫作是我的興趣，兒童文學作家只能稱爲一個業餘的「頭銜」。只是，無論是自己的崗位或選擇的興趣，任何一條路只要具有開創性並且全力以赴，都會有成績。

* * * * *

在訪談中，桂文亞女士提到，她很少解釋自己的作品，所以建議讀者能夠去讀別人寫她的評論作品，如《讀她寫她》等。她認為談自己的作品相對於寫作本身，並不是「很自然的」，她只能想到哪說到哪。不過我想這是桂女士的自謙之詞，因為她的確很清楚自己所想傳達的文學信念為何。

身為一位中生代的兒童文學工作者，桂文亞女士把自己定位在專業編輯，而非作家。儘管已發表了不少的作品（詳見附錄），她還是謙稱自己為「業餘的作家」，這一點也顯示桂女士對於文學工作的專業性是相當重視的。此外，兩岸的兒童文學界雖已彼此探索、接觸，但她仍慨嘆這樣的交流尚未邁入實質而密切的階段，她認為整個華文的兒童文學界都是我們必須關心的。最後，桂文亞女士真誠地鼓勵希望從事兒童文學工作的年輕一輩們，創作之外，無論是編輯、翻譯、教學等，都值得在這個領域中盡一己之力。誠如她所言：「任何一條路只要具有開創性，都會有它的成績」。

參考資料

思想貓遊英國　桂文亞　台北市　民生報　一九九二年六月

思想貓　桂文亞　台北市　民生報　一九九二年七月

長著翅膀遊英國　桂文亞　台北市　民生報　一九九四年七月

美麗眼睛看世界　桂文亞　台北市　民生報　一九九五年十二月

二郎橋那個野丫頭　桂文亞　台北市　民生報　一九九六年七月

金魚之舞　桂文亞　台北市　民生報　一九九七年六月

馬丘比丘組曲　桂文亞　台北市　民生報　一九九八年十二月
桂文亞探論　班馬　台北市　太經網股份有限公司　一九九六年八月
讀她寫她　金波主編　台北市　亞太經網股份有限公司　一九九六年八月

附錄

一、兒童文學活動年表

一九八四年

• 漸由成人報導文學轉入兒童散文創作，並從事兒童讀物編輯工作。

一九八六年

• 七月二十六日，發表《《小豬與蜘蛛》一書的情節設計探討》一文於中華民國兒童文學學會主辦之「世界童話名著研討會」。

一九八七年

• 所編輯之《兒童天地週刊》行政院新聞局金鼎獎。

一九九〇年

• 〈江南可採蓮〉獲上海陳伯吹兒童文學園丁獎。

一九九二年

• 《民生報》及河南海燕出版社、北京《東方少年》雜誌社聯合主辦「一九九二年海峽兩岸少年小說、童話徵文活動」。

• 《思想貓遊英國》獲上海少年報小百花獎、一九九二年「好書大家讀」活動推薦。

一九九三年

• 〈海峽情〉獲中國大陸中央人民廣播電台第五屆「海峽情」徵文二等獎。

• 〈班長下台〉獲上海《少年文藝》月刊小讀者票選最受歡迎散文第一名。

• 《班長下台》獲一九九三年「好書大家讀」活動推薦。

一九九四年

• 八月二十日～九月三日，民生報主辦，中華民國兒童文學學會、中國海峽兩岸兒童文學研究會合辦「曹文軒作品討論會」。

• 《民生報》及雲南昆明春城少年故事聯合舉辦「一九九四年童話徵文」活動。

• 〈感覺的盒子〉獲上海《少年文藝》月刊小讀者票選最受歡迎散文第一名。

一九九五年

●《長著翅膀遊英國》獲一九九四年「好書大家讀」年度最佳少年兒童讀物散文優選獎。

一九九六年

●九月二日～三日，九月六日～七日，上海「少年文藝」月刊發起，並與北京《東方少年》月刊、《民生報》聯合舉辦「當代少年兒童散文暨桂文亞作品討研討會」。

●七月十日～十二日，應大陸學者班馬等人之邀，偕同管家琪赴大陸參加「一九九六・江南兒童散文之旅」，三天過程中，和大陸學者們爲少兒散文理論創建的可能性等問題進行討論。

●《美麗眼睛看世界》獲一九九五年「好書大家讀」年度最佳少年兒童讀物綜合類優選獎、第八屆中華兒童文學獎。

一九九七年

●《民生報》、中國海峽兩岸兒童文學研究會及上海巨人雜誌聯合舉辦一九九七「海峽兩岸中篇少年小說徵文」活動（收件日期：五月一日～十月一日）。

一九九八年

●三月廿二日～廿三日，民生報、台北市立圖書館及中國海峽兩岸兒童文學研究會合辦「一九九八海峽兩岸童話學術研討會」。

註：由民生報和其他單位聯合舉辦的活動，皆爲桂文亞任職主任的民生報「少年兒童」組所推動，故將它們列爲年表內容中。

二、著作目錄（兒童部分）

書名	出版者	出版年月
幽默筆記第一集（兒童漫畫編寫）	民生報	一九八三年
人面猩猩	民生報	一九八四年
王子復仇記	民生報	一九八四年
鼻子的學問	民生報	一九八四年
媽媽的紅燈	民生報	一九八四年
爸爸的氣功	民生報	一九八四年
王子復仇記	民生報	一九八四年
三絕顧虎頭	省教育廳	一九八四年

黃金鞋	民生報	一九八四年
妹妹寶貝	民生報	一九八五年
宇宙的圖畫（兒童詩欣賞）	民生報	一九八五年
水底學校	民生報	一九八六年
恐龍的咕	民生報	一九八六年
畫貓的男孩	民生報	一九八六年
中國神童	省教育廳	一九八六年
幽默筆記第二集（兒童漫畫編寫）	民生報	一九八七年十二月
張生煮海	民生報	一九八七年十二月
思想貓：溫馨的小品文（兒童散文）	民生報	一九八八年七月
校長上小學	民生報	一九八八年七月
阿灰，我知道了	民生報	一九九〇年三月
我知道，我也愛我	民生報	一九九〇年三月
水底學校	聯經出版公司	一九九〇年
思想貓遊英國（兒童散文）	民生報	一九九二年六月

到親戚家去玩（翻譯圖畫書故事書）	遠流出版公司	一九九二年六月
班長下台（兒童散文）	民生報	一九九三年
童詩筆記四冊（編選）	漢藝色研	一九九三年
吃彩虹的星星（童話編選）	民生報	一九九三年四月
大俠・少年・我（少年小說編選）	民生報	一九九三年八月
吃童話果果（童話編選）	民生報	一九九三年八月
銀線星星（台灣趣味童話編選）	民生報社、北京作家出版社同步出版	一九九三年十二月
長著翅膀遊英國（少年兒童遊記散文）	民生報	一九九四年五月
台灣兒童小說選（主編）	上海少年兒童出版社	一九九五年六月
美麗眼睛看世界（少年兒童攝影散文）	民生報	一九九五年十二月
二郎橋那個野丫頭（兒童小說）	民生報	一九九六年八月
金魚之舞——認識兒童文學作家與作品（散文）	民生報	一九九七年六月

思鄉的外星人——台灣少年小說選(一)（與李潼合編）	民生報	一九九八年十一月
寂寞夜行車——台灣少年小說選(二)（與李潼合編）	民生報	一九九八年十一月

三、報導與評論彙編

(一)專書

讀她寫她——桂文亞作品評論集　金波主編（註：此書內容爲海峽兩岸六十多位文學界人士撰寫文章編輯而成）亞太經網股份有限公司　一九九六年六月出版

桂文亞探論——走通散文藝術的兒童之道　班馬（註：此書爲班馬一人獨自撰寫的評論著作，書後附有桂文亞成人文學作品精選及各書序）亞太經網股份有限公司　一九九六年六月

(二)報導部分

小人國裡的自我修煉者——專訪兒童文學作家桂文亞　葉深　文訊月刊一六八期　民國八十八年十月　頁七十三～七十五

(三)評論部分

作家的童年：讀「班長下台」、「聰明的爸爸」有感　林麗娟　國語日報　民國八十二年九月五日

班長你爲什麼「下台」？　夏祖麗　民生報三十二版　民國八十二年九月十二日

一本兒童文學遊記的代表作——《長著翅膀遊英國》　林政華　民生報二十九版　民國八十四年十一月十八日

我讀桂文亞的散文　孫建江　中華民國兒童文學學會會訊十一卷三期　民國八十四年六月　頁七～十二

地球儀上的思想螞蟻——讀桂文亞的散文　林艮　中華民國兒童文學學會季刊民國八十五年夏季號　頁卅一～卅二

遐想與沈思——讀桂文亞攝影散文《美麗眼睛看世界》　孫建江　中華民國兒童文學學

會季刊民國八十五年夏季號　頁卅三~卅四

能遠也能近的美感發現，試探桂文亞《美麗眼睛看世界》　李潼　自立晚報二十三版　民國八十五年四月十六日

二郎橋那個野丫頭　謝明錩　國語日報三版　民國八十五年十月二十六日

進入一種隨意翩舞——杜文亞《金魚之舞》新作賞析　班馬　國語日報十三版　民國八十六年十月五日

一本奇妙的書——讀《金魚之舞》　喬傳藻　中央月刊文訊別冊　一四六期　民國八十六年十二月　頁二十四~二十五

童年重現——談《二郎橋那個野丫頭》後記　李倩萍　兒童日報十二版　民國八十六年一月六日

「班長」重現江湖不再「下台」——序《班長下台》　方衞平　民生報少年兒童　民國八十九年五月二十八日

我一直覺得圖畫書不是孩子的專利。小朋友可以讀，大人當然也可以讀。義務教育讓文盲變少了，但「圖盲」卻很多。因為很多人從小沒有看圖片或圖畫的經驗，所以根本不知道如何看圖。

——郝廣才

☞左起：嚴淑女、郝廣才

郝廣才專訪

——圖畫書的吹夢巨人——

地點：台北・格林文化事業股份有限公司
日期：一九九九年一月二十八日
時間：下午二點～五點
訪問者：嚴淑女
執筆者：嚴淑女

郝廣才先生一九六一年生於台北，政治大學法律系畢業，一九八八年以圖畫書《起牀啦！皇帝》獲得第一屆信誼幼兒文學獎。他不僅在圖畫書企劃與編輯的世界有豐富的閱歷，更是一位創作風格獨特，總是在充滿想像力的故事中，引導孩子認識人生各種面貌的作家。

郝廣才先生致力於兒童文學的創作、翻譯、出版與推廣；特別是他將台灣的圖畫書推向國際舞台、積極拓展國際市場、與世界知名插畫家合作、引進國際矚目的圖畫書大獎的得獎作品……等等成就，對擴展國人的視野有極大的貢獻。其創立的格林文化事業股份有限公司更是台灣第一家結合全球三十個國家、一百餘位世界頂尖插畫家，以出版兒童圖畫書為主的出版社。出版的圖畫書更是屢獲各項國際插畫大獎。

在以下的訪談中，郝廣才先生將發表他對兒童文學相關的看法及經驗，其中不乏真知灼見，可供兒童文學界做為參考。

* * * * *

與兒童文學的淵源

——請問您是如何開始進入兒童文學界？何時創立格林文化事業股份有限公司？

我大學時唸的是政治大學法律系，退伍之後本來想直接去美國唸法律，但是因為太晚申請了，一時沒有成行。那時又剛退伍，也不想找法律事務所的工作，因為所有法律事務所都要簽約兩年或一定要待一段時間。其他像司法官的工作我又不喜歡，所以都不可能。剛好那時漢聲出版有限公司在徵編輯，當時我並不知道漢聲在編兒童書，只知道他們是做雜誌的。漢聲的老闆願意給我機會，所以我決定試試看。

待在漢聲那段時間對我來說是很重要的。在漢聲我看到國外的兒童書，才發現原來外國小孩從小就看這麼好的書，我們的小孩卻看品質不好的書，所以從選舉、建築物、服飾就可以看出美感教育的缺乏。

之後我就思考，或許我可以做這方面的工作。當時可能真的有想要改變社會之類的想法，但是一直做下來之後，發現眞正讓我持續待在這個領域的第一個原因是：我對這個東西眞的有興趣。因爲我從小就都很喜歡畫圖，做相關的工作會比較快樂。第二個原因就是有機會做得比別人好。有了這兩個條件，就會一直做下去，而不會感覺煩悶。

——何時創立格林文化事業股份有限公司？

我先在漢聲出版有限公司待二年，又在遠流出版事業股份有限公司待四年；一九九三年創立格林文化事業股份有限公司，至今（一九九九年）已有六年的時間。

——爲什麽會選擇圖畫書爲主要的出版方向？

我剛開始在漢聲出版有限公司編的就是兒童書，像漢聲小百科或漢聲小小百科這類的。那時也開始接觸圖畫書。但是到了遠流出版事業股份有限公司就是以做圖畫書爲主，同一時期也做了台灣歷史漫畫。到了格林文化事業股份有限公司後，就幾乎把全部的力量放在圖畫書上。第一個原因是我喜歡做圖畫書，其次是因爲我手中的資源和能力——我最大的資源是擁有許多的畫家。除了我喜歡做這樣的事之外，還要加上可能性。如果我手中沒有這些畫家的資源，我也沒有辦法做。

那這些畫家的資源是如何累積來的呢？我在遠流出版事業股份有限公司做的第一套書就是《兒童的台灣》。內容是台灣的風土民俗、台灣的民間故事和台灣歷史漫畫等。那時候擁有的資源都是台灣的畫家，像王家珠、劉宗慧、楊翠玉，都是目前台灣最好的畫家。後來遠流出版事業股份有限公司做了《繪本中國童話》，那時候開始和中國大陸的畫家接觸，也累積了大陸畫家的資源。

到了格林文化事業股份有限公司，我透過像「波隆那國際兒童書展」的展覽、年鑑，尋求適合的畫家。有了國際畫家的資源，就可以開始做世界性的題材。

很幸運地，我很快就得到與杜桑凱利（Dusan Kallay）、羅伯・英潘（Robert Ingpen）等國際安徒生大獎得主的合作機會，能跟這些國際重量級的插畫家合作，我們的出版社很快就受到各方矚目。加上我們在國際書展上也屢獲大獎，其他的畫家就更願意跟我們合作，累積畫家資源就更容易了。

編輯企劃

——請問您規畫「夢想家系列」的動機、市場定位和目標對象。

格林文化事業股份有限公司出版的「夢想家系列」也是一種圖畫書，一種有插圖的書，不是兒童書或繪本。因爲繪本我們比較定位在像三十二頁或四十頁的圖畫書。但是「夢想家系列」中可能有些是繪本，有些不是。像《靈魂的出口》就不是繪本。而《滿月的傳奇》就算是繪本，因爲它是一個故事，由一組插畫來完成。

那爲什麼要出這一系列的書？因爲我一直覺得圖畫書不是孩子的專利。小朋友可以讀，大人當然可以讀。義務性教育讓文盲變少了，可是「圖盲」卻很多。因爲很多人從小沒有看圖片或圖畫的經驗，所以根本不知道如何看圖。像參觀「波隆那插畫展」，很多家長不知道怎麼帶小朋友去看？因爲我們對圖畫的東西接觸太少，所以會害怕，感覺壓力很大。其實閱讀和看畫展都是一種娛樂，不用抱持特別的心情，只要你看了覺得有趣，你就會深入去追尋。

而且，現在圖象資訊越來越多了。我們不只可以欣賞文字之美，事實上圖象的美，也可以是一種閱讀的型態。再加上現代人閱讀文字的量，可能比以前的人少，因爲看圖比較快。所以現代人應該更有能力看圖才對。這並不是說就要減少閱讀文字，而是現代人除了閱讀文字之外，應該多一項閱讀能力。它們是不同的東西，我們可以多一項選擇，它們之間沒有替代性。

所以我覺得我可以出一套給成人看的圖畫書。這類圖畫書在國外做得又好又多，但在台灣卻很少，其中最大的原因是「消費習慣」。一直以來，台灣的成人書籍都以便宜的黑白和平裝爲主，但是現在的市場、經濟型態、人的閱讀習慣和要求都和以往不同，所以我想試著來做這樣類型的書籍。

因此「夢想家系列」的內容是很多元的，主要訴求的讀者是成人。只是這些爲大人設計的書，兒童也可以看。

——請問您做「四大探險家」這一套圖畫書的市場定位與目標對象爲何？

「四大探險家」系列的定位是給兒童看的。雖然文字很多，但是我認爲可以給大一點的小孩看。而且小孩也有個別性的差異。外界常認爲格林文化事業股份有限公司編的東西偏深，但是我認為為什麼要把孩子看得偏淺呢？事實上早一點給他深的東西，他就會產生疑惑、問題，就可以去追尋答案。而且閱讀本身就要有冒險、探險的過程，層次可以越來越高。小孩並不需要一直閱讀他已經了解的東西或沒有興趣的主題，他可以往上閱讀較深的東西。

「四大探險家」系列雖然定位在兒童，但是大人也可以看。像我們編「大師名作繪本」有很多故事大人並沒有看過，所以雖然書是編給兒童看的，大約有三分之一卻是賣給大學生。所以我們不怕內容太深，只希望小孩從小就可以接觸到這些好作品，沒有讀過的成人也有機會閱讀。

我認為當你在看兒童書時，先不要急著去想內容太深或太淺，是否適合兒童閱讀。除非是幼兒，因為幼兒的能力是固定的。而當孩子越來越大，個別差異就越來越大。只要他讀他懂的部分就可以了。比如說《小王子》，小孩子一定看不懂玫瑰花的那一段，但是他一定懂得「蛇吞大象」那一段，因為那一段比較有趣。等到他長大了，談過戀愛或失戀後，對玫瑰花那段就會有更深的感觸。所以每個人讀他懂的部分就可以了。

好的故事就像鑽石一樣，有很多面，每個人都可以找到他回應的那一面。就像我小時候看不懂安徒生的《國王的新衣》一樣。但是一個好的故事會一直引起讀者的好奇和印象，會想要了解爲什麼，產生探索的興趣。

關於定位的問題。通常我出一套書，並不在乎是不是有明確的市場定位或目標。雖然出版者或編輯會有這樣主觀的想像，但並不見得會形成客觀的事實。除非像幼兒學習數字或英語教材有一定的進階之外，否則很難設定讀者。關鍵是你有一個聲音想要把它做出來，當你把書做好，誰買去，就給誰看。只要買的人夠多，書就可以一直出版下去。也就是說，會考量市場的狀況，但是並不會特別明顯去考慮讀者，去界定適合給幾歲的人看的書。因爲文學類的書，讀者是非常複雜的，並不像應用類的書籍或雜誌，目標對象非常明確。不過，只要每個讀者找到自己的解釋和對應，就是一種好產品。

「四大探險家」是國內自行規畫的，定位就是給小朋友看的。但是並不一定要清楚的定位是給十二歲或青少年看的。現在因爲人類平均壽命延長，會認爲十二歲還是小孩子，並沒有用平等的態度來對待他們，低估了他們的能力，所以提供給他們的東西對他們而言是太淺了。事實上，他們已經開始有很强的自我意識，但是大人並不了解這一點，很多衝突就是這樣產生的。

兒童在思想上也有個別差異。閱讀並不像學校教育是按部就班的，每個小孩可以根據自己的發展，閱讀不同的書，不需要清楚劃分哪些是給兒童看的、哪些是給大人看的。給兒童看的書，大人也有可能覺得很好看。人生是累積的，曾經有過的東西都累積起來，美好的東西才不會失去。

——請問圖畫書出版的流程中，總編輯扮演何種角色？

總編輯的角色是依照每個公司的組織、目標而有所不同。如果出版社是以編輯角度出發，公司的性質，是以生產書為主，總編輯的權力就很大。相反的，如果老闆是以業務為主，總編輯可能就是配角。但是一個眞正有力量的出版社，總編輯一定占絕對重要的角色，才能在出版界占有一席之地。像過去的「純文學出版社」雖然很小，但是在文學界發言的地位卻是其他以業務為導向的出版社比不上的。

圖畫書製作

——請問您認為一本好的圖畫書，文圖的配合原則是什麼？

一本好的圖畫書，文圖的配合有主觀和客觀的因素，但是沒有絕對的原則或公式。

——請問您覺得有插畫的故事書和繪本有什麽不同？

像「安徒生童話」系列，將很多故事合在一起，可能就是有插畫的故事書。但是以分類來說通常都是放在 picture books 中，很難劃分得非常清楚。就研究而言，除了分類之外，應該研究作品的內容。類別通常是數量很多時才會產生。

出版與市場

——目前台灣已有引進一些大陸兒童文學作品。請您談一下目前有關大陸圖畫書的發展情況及市場概況。

大陸的圖畫書引進台灣的很少，而且大陸的圖畫書發展比較像連環畫的方式，通常是一段文字，配一幅圖，看起來較呆板，沒有趣味，跟歐美發展出來的繪本概念是很不一樣的。

大陸繪本的發展情況及市場概況，還有對圖畫書接受程度，目前是和台灣以前的情況類似。市場未穩定，書的價格偏低，還有許多對圖畫書的觀念仍未建立，所以出版社會看市場發展的狀況才會前往投資。

——請問您覺得童書的定位是否要模糊，才可以占有較大的市場？

決定的因素是書做得好不好，書做得好才能擁有較大的市場。

關於文學類產品的定位和對象，我們很難掌握，無法定得很明確。但是並不是定位不明確，很多人都可以閱讀，銷售量就會比較大。因爲如果目標模糊，你的目標對象就不容易找到他需要的資訊。就像現在的雜誌、電視是朝向專業化的趨勢。如果是綜合性的，觀衆或讀者的數量看起來似乎比較多，但是他們所得到資訊卻不夠多、不夠深入。

台灣的兒童雜誌很難做得起來，就是因爲內容都太多、太雜又不夠深入。所以你不能做一本號稱從九歲到九十九歲都喜歡的書，這樣每個人得到的只有一小部分。其實可以找一個定點，但是那個定位和定點不見得能定得很適切。所以我們採取的方式是先把書做出來，然後再來想這些定位的問題。如果我覺得這本書適合成人，就放到

「夢想家系列」；若適合兒童，就放到兒童的系列中。

——請問您挑選出版作品時，有哪些原則？

挑選時的原則有很多、很複雜，但是基本上就是書要很好。但是這會根據個人的因素和出版、規畫上的能力不同而有差異。有些公司一定要出相同開本的書或相同路線的書。一旦有不同的書進來，就必須要看出版規畫是否有彈性可以做一些修正。以套書來說，一般比較合理的出版本數是十八或二十四本。

——翻譯國外的作品，有時會在語文或版面擺放的位置上做調整，以致喪失外文原有的創意，貴公司如何處理這種狀況？

通常會儘量依照原著。像《廚房之夜狂想曲》，因爲原作的字是寫在圖上，翻成中文時，每一部分都要重做，成本相對提高。但是爲了達到最好的效果，會儘量做到最接近原創作的意思和做到好看爲止。

——請問您是如何取得與世界知名插畫家合作的機會？接洽的過程是否遭遇過哪些困難？

通常是透過國際插畫展。如：波隆那國際插畫展、BIB插畫展，都可以讓你了解各地的插畫家。在會場上也有插畫家會毛遂自薦，或是你看到某些畫家的作品不錯，也可以主動聯絡。

另外也會透過國際化的出版社介紹。不過一個畫家在同一個國家通常只會和一、兩家出版社合作，因爲作品會有累積的作用，同時避免市場重疊所造成的麻煩。在國際上，他們就可以和很多家出版社合作。

接洽時會遭遇很多的困難，視畫家、國家的狀況而定。如：「四大探險家」系列是先有文章，但不是定稿，透過翻譯，並列出分鏡和綱目，讓畫家先畫。然後透過不斷的溝通，達到所要的效果。

——請問您覺得台灣的兒童出版界未來會朝哪個方向發展？

未來台灣兒童出版界可能朝兩極化發展。一種是大集團的經營模式，雖然分成各種部門、各種路線，但是都是很專業的，達到可以成立一個大的出版社的水準。另外一種就是做特殊學術、種類書籍的專業化公司。

如果想要再擴展國外的市場，就必須把書做好。無法做出好書，就必須去購買外國好書的版權。

——請問您對於台灣出版平裝繪本的看法？

出版平裝繪本是跟整個出版市場的條件有關。現在可以出平裝繪本的國家分成兩類。一個是美國、英國，因為精裝本市場已經很大，平裝本可以爭取低一層的市場。另外就是香港和中國大陸這些地方，買不起精裝本，大部分的書仍以平裝本為主。其他的像德國、日本平裝本都很少。

台灣剛好到了可以買得起精裝本，但離可以出平裝本的能力還很遠的階段，這是看整個經濟狀況而定。以前的《中華兒童叢書》和文化圖書公司出的《一百個好孩子》也算是圖畫書，都是平裝本。而現在時代不同，經濟狀況不同，格林文化事業股份有限公司也必須看市場的狀況才有可能出平裝書。

但是如果將版權賣到大陸，就一定要出平裝書；相反的，如果賣到美國就可以做得更精美。這是根據各個國家經濟狀況不同而定的，是每個市場、區域的生態造成書的型態，並不是出版社主觀的意願。就是跨國的出版社在每個地區的出版型態也會不同。

行銷

——請問貴公司在國內、國外各用哪些行銷手法，將書送到消費者手中？

國內有很多種方式，如：與書店合作、直銷、郵購、促銷活動等。國外則是以授權給出版社的方式，如何行銷，全權交由購買版權的出版社處理。每個地區的銷售情況，會根據市場的狀況和生態的不同而有所差異。如：台灣七〇%的圖畫書是透過直銷販賣出去的，而美國、日本的零售率卻可達七五%。

如果將來中國大陸市場發展起來，整個中文世界變成單一市場後，台灣兒童書的零售率就會提高，因爲出版量提高，可以做不同的行銷目標規畫。但是這也存在一個危機，如果台灣的編輯能力不夠，將來可能只成爲大陸出版社的一個小點。

——請問您對於台灣用套書、直銷的方式來販賣兒童書的看法？

套書、直銷的形成都是因爲客觀的市場環境造成的，但是會根據各國的出版狀況而定。如：書的價格、擺放的位置所造成的。而且書不能因爲製作的品質好，就賣得比較貴，書價通常會受到整個市場價格的限制。若是一本書的成本過高，出版商必須要賣到較高的價錢才可以運作，他就會一次出很多本以壓低單本書的成本，套書往往就這樣形成了。這是出版界的生態，每個國家的情況略有不同，只是這種套書的出版模式是必經的過程，從世界出版史中可以看出來。

套書購買版權或製作的成本很大，而直銷販賣的量較店銷大，透過這樣的方式，出版社的資金才能運轉，繼續出好書。常有人質疑套書的品質良莠不齊，這牽涉到出版社挑書的眼光，但是消費者可以有選擇的自由。

媒體

——請問您對於將兒童文學作品電子化的看法？

圖畫書、CD-ROM或電影本身都是獨立的作品，將兒童文學作品做成圖畫書、CD-ROM或拍成電影，並不會有互相取代的作用。

現代兒童多了視覺閱讀的能力，並不會影響他們閱讀文字的能力，只是增加了另外的選擇和想像的方式。閱讀是和從小的習慣有關的，雖然現在兒童的娛樂方式選擇變多了，但是整體環境的閱讀率卻提高到每年每個國民閱讀二・四本書。我們不需要擔心因爲視覺閱讀增加了，而文字的閱讀會減少，只要書很好看，兒童自然會想閱讀。

文學作品不太適合電子化，因爲閱讀是自由的，可以根據個人想像或人生成長經歷的不同，看同一本書都會有不同的體會。而電子書閱讀的自主性，比普通書低。因爲電子書設計的閱讀型態，只能侷限在軟體設計者所設計的方式，無法做出很多形式，而且會喪失書隨時隨地可以閱讀，讀者可以有無限的詮釋空間的特性。

至於網路小說的出現，則只是發表的方式改變了，內容本質並沒有改變，在網路上閱讀和紙上閱讀基本上沒有不同。雖然載具改變，內容還是最重要的，只是要符合不同載具的形式而已。但是當作品變成電子書這個產品時，是個別存在的，並不會影響原來書的本質。

——請問您覺得電腦多媒體及網際網路的特性，對於兒童文學創作空間的拓展會產生什麼影響？

對於兒童文學創作沒有什麼改變，但會限制讀者的閱讀。對於幼兒學習類或active books的產品會有發展的空間，因爲幼兒喜歡重複，而且裝載工具的特性及可能性或變化，會產生新的作品。但文學與遊戲是不同的，網路的特性可以讓遊戲變得多樣化，而文學就是要作家選擇最好的一種方式，不用讓讀者挑選不同的結局或從不同的路徑閱讀。

我們可以說電視、電影、哲學會帶來不同的思考，時代不同使得娛樂的選擇多樣化。特別是影像資訊越來越多，現在寫好的文學作品的人，就越來越影像化，描述清楚、不囉嗦。但是創作工具的改變，並沒有造成作品上的差異。

我覺得網際網路的商機只在販賣而已。因爲具有容量大（Amazon網路書店一次可以放很多書，又沒有庫存的壓力。）又可以介紹詳盡，同時存放許多的相關資訊或評論等優點。

創作者（作家、插畫家）

請問是否可以談一談您個人的創作經驗。

創作的靈感來源很複雜。在創作方式上，我常使用韻文，主要是因爲看到國外的兒童書常使用韻文，我覺得或許中文也可以試試看，如果效果不錯，就會繼續寫。有時創作之前也會先設定書的形式，再決定採用哪種創作形式。就像《帶著房子離家出走》。

請問您覺得目前本土的創作者與創作環境有哪些問題點？

就大環境而言，在插畫方面：基本訓練的管道太少、師資不夠，插畫家必須要自己摸索，這是訓練和人才培養上的問題。就創作而言，是屬於個人的問題，因爲出版界所需要的是好的作品、頂尖的作者，台灣頂尖的創作者太少了。

讀者反應

請問貴公司是如何蒐集與處理讀者的反應？

蒐集讀者的反應，通常會作爲針對不同消費者，將書做成套書或定價時的參考，或是產品到底適合店銷或直銷的依據；並不會根據讀者的意見來規畫每一套書，或做內容及編輯上的調整。因爲出版者或創作者必須走在前面，教育讀者。我比較在意「出的是不是好書？」「這本書適合放在哪一個系列？」這樣的問題。

兒童文學界

——請問您對於台東師院兒童文學研究所的成立有什麼期許？

希望能多研究國外經典的兒童文學作品，如莫里斯·桑達克（Maurice Sendak）的作品。從不同的觀點去研究、深入探討或累積資料，提供出版者參考。因爲眞正屬於台灣的兒童文學作品太少，而且沒有眞正經典的作品，大部分還是國外的作品居多，所以研究上會有一些限制。

——請問您對於目前國內兒童文學界發展狀況的看法？對未來的兒童文學界有什麼期許？

國內的作品數量太少，能到達國際級的作家和畫家更少了。我認爲二十一世紀兒童文學發展的趨勢仍以圖畫書爲主。

＊　＊　＊　＊　＊

因為喜愛而進入圖畫書世界的郝廣才先生，致力於「好的圖畫書」的出版和創作，並積極尋求與國外頂尖插畫家或出版社合作的機會，讓國內的孩子和大人可以看到真正好的作品，孩子也能從小就培養欣賞美的事物的能力；在這樣的理念下，我們將來一定可以看到他更多優秀的作品出現。

附錄

一、兒童文學活動年表

一九八五年

• 進入漢聲兒童部門。

一九八六年

・進入遠流兒童館。

一九八八年

・圖畫書《起牀啦！皇帝》獲得第一屆信誼幼兒文學獎。

一九九三年

・創立格林文化事業股份有限公司。

一九九四年

・其創作的《新世紀童話繪本》是台灣出版史上第一次還在製作編輯中的兒童書，就賣出多國的外文版權，並獲得多項國際兒童書大獎。

一九九五年

・一月，出版「世界繪本五大獎精選」。

一九九六年

・十二月，主編《繪本莎士比亞》系列。

一九九六年

・擔任「波隆那國際兒童書展」之兒童書插畫展有史以來第一位、也是最年輕的亞洲評審。

- 十一月，出版《國際安徒生大獎精選》。
- 十二月，主編《大師名作繪本》。

一九九七年

- 出版「名家繪本館」。
- 出版「最受喜愛的世界名著」。

一九九八年

- 二月，出版「夢想家系列（Dream House）」。
- 十二月，出版「四大探險家」系列繪本。

二、著（編）作目錄（兒童文學部分）

(一)編著目錄

書名	(編)作者	出版者	出版年月
太陽的孩子：台灣先住民圖畫故事選	郝廣才編著	遠流出版公司	一九八八年
火種：雅美族的故事	劉思源文／徐曉雲圖	遠流出版公司	一九八九年
台灣民宅	劉思源文／彭大維圖	遠流出版公司	一九八九年
台灣童謠	林武憲文／劉宗慧圖	遠流出版公司	一九八九年
亦宛然布袋戲	劉思源文／王家珠圖	遠流出版公司	一九八九年
阿美族豐年祭	張玲玲文／楊翠玉圖	遠流出版公司	一九八九年
排灣族婚禮	劉思源文／唐壽南圖	遠流出版公司	一九八九年
鹿港百工圖	張玲玲文／劉宗慧圖	遠流出版公司	一九八九年
鹿港龍山寺	劉思源文／彭大維圖	遠流出版公司	一九八九年
媽祖回娘家	張玲玲文門／王家珠圖	遠流出版公司	一九八九年
漫畫台灣歷史故事(1)石器文化的時代	郝廣才文／蔣杰圖	遠流出版公司	一九八九年

漫畫台灣歷史故事(2)先住民全盛的時代	郝廣才文／蔣杰圖	遠流出版公司	一九八九年
漫畫台灣歷史故事(3)海盜與紅毛的時代	郝廣才文／蔣杰圖	遠流出版公司	一九八九年
繪本台灣民間故事(1)白賊七	郝廣才圖／王家珠著／郝廣才編著	遠流出版公司	一九八九年
繪本台灣民間故事(2)神鳥西雷克（泰雅）	劉思源圖／劉宗慧著／郝廣才編著	遠流出版公司	一九八九年
繪本台灣民間故事(3)虎姑婆	關關圖／李漢文著／郝廣才編著	遠流出版公司	一九八九年
繪本台灣民間故事(4)女人島（阿美）	張玲玲圖／李漢文著／郝廣才編著	遠流出版公司	一九八九年
繪本台灣民間故事(5)懶人變猴子（賽夏）	李昂圖／王家珠著／郝廣才編著	遠流出版公司	一九八九年

繪本台灣民間故事(6)李田螺	陳怡眞圖／楊翠玉著／郝廣才編著	遠流出版公司	一九八九年
繪本台灣民間故事(7)仙奶泉（排灣）	嚴斐琨圖／李漢文著／郝廣才編著	遠流出版公司	一九八九年
繪本台灣民間故事(8)能高山（布農）	莊展鵬圖／李純眞著／郝廣才編著	遠流出版公司	一九八九年
繪本台灣民間故事(9)水鬼城隍	張玲玲圖／蕭草著／郝廣才編著	遠流出版公司	一九八九年
鹽水蜂炮	張玲玲文 唐壽南圖	遠流出版公司	一九八九年
台北三百年	劉思源文／彭大維圖	遠流出版公司	一九九〇年
台南府城	張玲玲文／楊翠玉圖	遠流出版公司	一九九〇年
東港王船祭	張玲玲文／王家珠圖	遠流出版公司	一九九〇年
漫畫台灣歷史故事(10)日據殖民經濟的時代	郝廣才圖／王建興	遠流出版公司	一九九〇年

漫畫台灣歷史故事⑾日據皇民化的時代	郝廣才圖／王建興	遠流出版公司	一九九〇年
漫畫台灣歷史故事⑿現代化國家形成的時代	郝廣才圖／羅永基	遠流出版公司	一九九〇年
漫畫台灣歷史故事⑷明鄭開發的時代	郝廣才圖／羅永基	遠流出版公司	一九九〇年
漫畫台灣歷史故事⑸冒險偷渡的時代	郝廣才圖／羅永基	遠流出版公司	一九九〇年
漫畫台灣歷史故事⑹墾荒械鬥的時代	郝廣才圖／葉銍桐	遠流出版公司	一九九〇年
漫畫台灣歷史故事⑺漢人社會形成的時代	郝廣才圖／葉銍桐	遠流出版公司	一九九〇年
漫畫台灣歷史故事⑻洋務與新政的時代	郝廣才圖／羅永基	遠流出版公司	一九九〇年

漫畫台灣歷史故事(9)日據軍事統治的時代	郝廣才圖／王建興	遠流出版公司	一九九〇年
賣香屁	張玲玲文／李漢文圖	遠流出版公司	一九九〇年
繪本台灣民間故事(10)好鼻師	郝廣才圖／王金泰圖	遠流出版公司	一九九二年
石像的祕密	郝廣才文／貝諾·許圖	遠流出版公司	一九九三年
皇帝與夜鶯	郝廣才文／張世明圖	遠流出版公司	一九九三年
大師名作繪本親子手册	郝廣才主編	台灣麥克公司	一九九五年
大師名作繪本導讀手册	郝廣才主編	台灣麥克公司	一九九六年
網路信差兔	郝廣才總編輯	全高格林文化公司	一九九七年十二月
四大探險家	郝廣才等文	格林文化公司	一九九八年九月
繪本世界十大童話	郝廣才總編輯	台灣麥克公司	一九九八年二月
新甜蜜家庭	郝廣才主編	格林文化公司	一九九九年三月

(二)翻譯及改寫作品

書名	作者	出版者	出版年月
閉著眼睛也能讀	蘇斯博士著／郝廣才譯	遠流出版公司	一九九一年十二月
一隻毛怪在我的口袋	蘇斯博士著／郝廣才譯	遠流出版公司	一九九一年十二月
怪腳寶典	蘇斯博士著／郝廣才譯	遠流出版公司	一九九一年十二月
想怎麼想就怎想	蘇斯博士著／郝廣才譯	遠流出版公司	一九九一年十二月
在那遙遠的地方	莫里斯・桑達克文圖	格林文化公司	一九九六年九月
帶著房子離家出走	克里斯朵夫・梅可爾文／圖	格林文化公司	一九九八年八月
我要來抓你啦！	湯尼・羅斯著	格林文化公司	一九九三年六月
一條魚、兩條魚、紅的魚、藍的魚	蘇斯博士著／郝廣才譯	遠流出版公司	一九九一年五月
火腿加綠蛋	蘇斯博士著／郝廣才譯	遠流出版公司	一九九一年五月
老巴身上跳	蘇斯博士著／郝廣才譯	遠流出版公司	一九九一年五月
蘇斯博士ABC教室	蘇斯博士著／郝廣才譯	遠流出版公司	一九九一年五月

你好，老包	艾克曼圖／格梅爾著／郝廣才譯	遠流出版公司	一九九一年
快樂的一天	克斯圖／西華著／郝廣才譯	遠流出版公司	一九九一年
司馬不驢，拜託你快走（中英對照）	蘇斯博士著／郝廣才譯	遠流出版公司	一九九二年一月
老巴身上跳（中英對照）	蘇斯博士著／郝廣才譯	遠流出版公司	一九九二年一月
狐狸穿襪子（中英對照）	蘇斯博士著／郝廣才譯	遠流出版公司	一九九二年一月
跳月的精靈	奧黛莉文，莫里斯・桑達克圖	格林文化公司	一九九二年
親愛的小莉	葛瑞姆文／莫里斯・桑達克圖郝廣才譯	格林文化公司	一九九二年
貓咪大猜謎（中英對照）	蘇斯博士著／郝廣才譯	遠流出版公司	一九九二年一月
跳舞吧老鼠	郝廣才文／羅帝圖	格林文化公司	一九九三年
強尼強鼻子長	克魯茲・路易士文	格林文化公司	一九九四年一月

廚房之夜狂想曲	莫里斯桑達克文圖	格林文化公司	一九九四年一月
美女或老虎	史達柯頓原著	台灣麥克公司	一九九五年一月
颱風	康拉得著／郝廣才譯	台灣麥克公司	一九九五年
獨角獸	賽伯原著／郝廣才譯	台灣麥克公司	一九九五年一月
我想做一隻鳥	克里斯汀歐、莉絲白威格著／郝廣才譯	台灣麥克公司	一九九六年
穿越世界的一條線	溫格爾海因／著杜桑凱利圖／郝廣才譯	台灣麥克公司	一九九六年
海烏姆村的鯉魚	以薩辛格著／郝廣才改寫	台灣麥克公司	一九九六年
追追追	赤羽末吉著／郝廣才譯	格林文化公司	一九九六年
金銀島	史蒂文生著／郝廣才譯	格林文化公司	一九九七年
强强的月亮	卡門凡佐兒文・圖	格林文化公司	一九九七年三月

(三)創作目錄

書名	作者	出版者	出版年月
起牀啦！皇帝	郝廣才文	信誼基金會	一九八八年四月
明鄭開發的時代（台灣的歷史四）	郝廣才文	遠流出版公司	一九八九年十一月
冒險偷渡的時代（台灣的歷史五）	郝廣才文	遠流出版公司	一九八九年十一月
海盜與紅毛的時代（台灣的歷史三）	郝廣才文	遠流出版公司	一九八九年十一月
墾荒械鬥的時代（台灣的歷史六）	郝廣才文	遠流出版公司	一九八九年十一月
好鼻師（繪本台灣民間故事之十）	郝廣才文	遠流出版公司	一九八九年十二月
忍者龜	郝廣才文	遠流出版公司	一九九〇年九月
白賊七	郝廣才文	遠流出版公司	一九九〇年十二月
小木偶與金鑰匙	郝廣才文／葉慧君圖	遠流出版公司	一九九一年七月

忍者龜Ⅱ	郝廣才文／林于生圖	遠流出版公司	一九九一年七月
七兄弟	郝廣才文	遠流出版公司	一九九一年八月
蛤蟆娃	郝廣才文	遠流出版公司	一九九一年十月○
跳舞吧老鼠	郝廣才文	東方出版社	一九九三年八月
巨人和春天	郝廣才著	東方出版社	一九九三年九月
再見人魚	郝廣才著	東方出版社	一九九三年九月
皇帝與夜鶯	郝廣才著	東方出版社	一九九三年九月
現代版不朽童話	郝廣才著	東方出版社	一九九三年九月
夢幻城堡	郝廣才著	東方出版社	一九九三年九月
小紅帽來了	郝廣才文	東方出版社	一九九三年十一月
石像的祕密	郝廣才文	東方出版社	一九九三年十一月
野獸王子	郝廣才文	東方出版社	一九九三年十一月
銀河玩具島	郝廣才文	東方出版社	一九九三年十一月
學說謊的人	郝廣才文	東方出版社	一九九三年十一月
小彈珠大麻煩	郝廣才著	東方出版社	一九九四年一月

金魚王在哪裡	郝廣才著	東方出版社	一九九四年一月
拯救獨角人	郝廣才著	東方出版社	一九九四年一月
英雄不怕貓	郝廣才著	東方出版社	一九九四年一月
搖滾馬戲團	郝廣才著	東方出版社	一九九四年一月
蝴蝶新衣	郝廣才著	東方出版社	一九九四年一月
藍鬍子的故事	郝廣才文	東方出版社	一九九四年一月
長靴貓大俠	郝廣才著	東方出版社	一九九四年二月
青蛙變變變	郝廣才著	東方出版社	一九九四年二月
新天糖樂園	郝廣才著	東方出版社	一九九四年二月
如果樹會說話	郝廣才文	格林文化公司	一九九七年五月
一片披薩一塊錢	郝廣才文	格林文化公司	一九九八年二月
小紅帽來啦	郝廣才文	格林文化公司	一九九八年六月
小彈珠大痲煩	郝廣才文	格林文化公司	一九九八年六月
石像的祕密	郝廣才文	格林文化公司	一九九八年六月
再見人魚	郝廣才文	格林文化公司	一九九八年六月

金魚王在哪裡	郝廣才文	格林文化公司	一九九八年六月
長靴貓大俠	郝廣才文	格林文化公司	一九九八年六月
青蛙變變變	郝廣才文	格林文化公司	一九九八年六月
拯救獨角人	廣才文	格林文化公司	一九九八年六月
皇帝與夜鶯	郝廣才文	格林文化公司	一九九八年六月
英雄不怕貓	郝廣才文	格林文化公司	一九九八年六月
野獸王子	郝廣才文	格林文化公司	一九九八年六月
搖滾馬戲團	郝廣才文	格林文化公司	一九九八年六月
跳舞吧老鼠	郝廣才文	格林文化公司	一九九八年六月
夢幻城堡	郝廣才文	格林文化公司	一九九八年六月
銀河玩具島	郝廣才文	格林文化公司	一九九八年六月
蝴蝶新衣	郝廣才文	格林文化公司	一九九八年六月
學說謊的人	郝廣才文	格林文化公司	一九九八年六月
藍鬍子的故事	郝廣才文	格林文化公司	一九九八年六月
我做了一個夢	郝廣才著	格林文化公司	一九九八年九月

勇敢的王子	郝廣才著	格林文化公司	一九九八年九月
羅伯史考特	郝廣才文	格林文化公司	一九九八年九月
魔法小遊戲	郝廣才著	格林文化公司	一九九八年九月
小紅帽來啦	郝廣才文	格林文化公司	一九九八年二月
小彈珠大麻煩	郝廣才文	格林文化公司	一九九八年十二月
巨人和春天	郝廣才文	格林文化公司	一九九八年十二月
再見人魚	郝廣才文	格林文化公司	一九九八年十二月
金魚王在哪裡	郝廣才文	格林文化公司	一九九八年十二月
英雄不怕貓	郝廣才文	格林文化公司	一九九八年二月
搖滾馬戲團	郝廣才文	格林文化公司	一九九九年二月
拯救獨腳人	郝廣才文	格林文化公司	一九九九年二月
學說謊的人	郝廣才文	格林文化公司	一九九九年二月
藍鬍子的故事	郝廣才文	格林文化公司	一九九九年二月

三、報導與評論彙編

蘋果派阿拉蒙　郝廣才　中華民國兒童文學學會會訊八卷四期（民國八十一年八月）一九九二年八月　頁廿九～卅一

蘇斯博士的作品研討　林麗娟記錄　觀念玩具──蘇斯博士與新兒童文學　一九九三年六月一日初版　頁七十一～七十七

蘇斯博士的作品賞析　林麗娟記錄　觀念玩具──蘇斯博士與新兒童文學　一九九三年六月一日初版　頁六十五～七十

蘇斯博士的作品和生平　郝廣才主講，黃瑞怡記錄　觀念玩具──蘇斯博士與新兒童文學　一九九三年六月一日初版　頁五十八

訪郝廣才──談海峽兩岸暨世界的圖畫書　余治瑩　兒童文學家十夏季號，一九九三年四、五、六月分　一九九三年六月　頁十九～廿二

出乎意料的願望──評〈魔法水晶球〉，〈阿卡迪歐．羅巴托著 康琮譯〉　郝廣才　聯合報：讀書人　一九九五年六月

兒童文學裡可以出現髒話嗎？　林良等　兒童文學家十八期　一九九六年四月　頁三

～六

夢想的實踐者——珍・古德Jane Goodall　郝廣才　出版情報一〇二期　一九九六年十月　頁十二～十三

走進繪本的童幻世界　郝廣才　台北畫刊三五一期　一九九七年四月　頁八～十一

《從法蘭克福書展談兒童文學圖書出版之一》，從法蘭克福到全世界，台灣出版家的國際視野——專訪郝廣才　湯芝萱　國語日報・教育專刊・兒童文學版十三版　一九九七年十二月廿一日

油炸冰淇淋——繪本在台灣的觀察　郝廣才　美育九十一期，兒童插畫特輯　一九九八年一月　頁十一～十六

一九九八台灣童書市場概況：在茶杯中蓬勃發展　郝廣才口述，湯芝萱整理　出版情報一二九、一三〇期合刊　一九九九年二月　頁一二六～一二七

期待更寬廣的出版視野——第七屆台北國際書展　郝廣才　台北畫刊三七三期　一九九九年二月　頁十一～十三

郝廣才想要開一百家出版社　董成瑜　中國時報開卷四三版　一九九九年二月廿五日

國家圖書館出版品預行編目資料

兒童文學工作者訪問稿／林文寶主編. --初版
. --臺北市：萬卷樓，民 90
面；　公分
含索引
ISBN 957-739-353-5(平裝)

1. 中國兒童文學

859　　90009372

兒童文學工作者訪問稿

編　　者：林文寶
責任編輯：李冀燕
發 行 人：許錟輝
出 版 者：萬卷樓圖書有限公司
台北市羅斯福路二段 41 號 6 樓之 3
電話(02)23216565・23952992
FAX(02)23944113
劃撥帳號 15624015
出版登記證：新聞局局版臺業字第 5655 號
網站網址：http://www.wanjuan.com.tw/
E　-mail：wanjuan@tpts5.seed.net.tw
經銷代理：紅螞蟻圖書有限公司
台北市內湖區文德路 210 巷 30 弄 25 號
電話(02)27999490
FAX(02)27995284
承印廠商：晟齊實業有限公司
電腦排版：浩瀚電腦排版股份有限公司
定　　價：500 元
出版日期：民國 90 年 6 月初版

ISBN 957-739-353-5